KB151038

셜록 홈즈와
엉킨 실타래

셜록 홈즈
미공개 사건 파일
#03

셜록 홈즈와
엉킨 실타래

데이비드 스튜어트 데이비스 지음 | 하현길 옮김

책이
이름

'이제 난 엉킨 실타래로부터 뽑아낸

다른 실마리로 옮겨간다.'

닥터 존 H. 왓슨 《배스커빌 가의 사냥개》 중에서

닥터 왓슨의 붉은 가죽으로 장정된 일기가 어떻게 해서 내 손에 들어왔느냐 하는 것은 길고도 복잡한 이야기이다. 내가 살을 붙여 소설로 만든 기록이 매우 논란을 불러일으키고 있다는 설명으로 충분하다고 본다. 하지만, 전문가들은 일기의 필적이 전 세계에서 첫 번째로 등장한 자문탐정인 셜록 홈즈 씨의 친구이자 전기작가인 닥터 존 H. 왓슨의 것이 분명하다는 데 의견의 일치를 보고 있다. 왓슨은 이 소설의 4장과 6장과 관련된 부분을 직접 목격하지 못했다. 따라서 작가인 본인은 이 사건을 설명하는 왓슨의 기록을 최대한 정확하게 짜 맞춰 제삼자의 시각으로 재구성했다. 관련된 사건들이 실제로 일어났는지, 아니면 문학적으로 성공에 목말라 있는 이야기꾼인 왓슨의 환상적인 창작물인지는 지금에 와서는 어느 누구도 자신 있게 말할 수 없다. 그건 독자 여러분이 결정할 문제라고 나는 확신한다.

데이비드 스튜어트 데이비스

《엉킨 실타래》와 관련된 일들은, 셜록 홈즈가 가장 각광을 받았던 사건들 중의 하나로서 《배스커빌 가의 사냥개》라는 제목으로 발표된 사건의 바로 뒤를 이어 발생했다. 독자 여러분이 배스커빌 사건의 핵심에 대해 잘 알고 있다면 《엉킨 실타래》에서 언급된 몇 가지와 상당한 관련성이 있다는 걸 눈치채게 될 것이다.

1888년 가을, 셜록 홈즈에게 다트무어의 그림펜에 살고 있으며 몇 달 전에 의문의 죽음을 당한 찰스 배스커빌 경의 집안 친구인 닥터 제임스 모티머가 방문했다. 모티머는 홈즈와 왓슨에게 1648년에 사악한 휴고 배스커빌 경의 목을 물어뜯어 죽인, 현실에서는 찾아볼 수 없는 무시무시한 괴물인 배스커빌 가의 사냥개에 관한 전설을 들려줬다. 그때 이후로 유령 같은 사냥개는 배스커빌 가의 후계자들의 간담을 서늘하게 하며 황무지를 떠돌아다녔다. 모티머는 이 사냥개가 찰스 경의 죽음에 어떤 식으로든 관련이 있다는 걸 확신하고 있었고, 따라서 캐나다에서 돌아와 배스커빌 가의 유산을 상속하기로 되어 있는 헨리 경이 위험에 처해 있다고 느꼈다.

홈즈는 유령 같은 사냥개의 존재를 동화라고 묵살하면서도 헨리 경을 돕는 데는 동의했다. 준남작인 헨리는 전설 따위에 전혀 주눅이 들지 않는, 책임감이 강하고 용감한 젊은이인 것으로 드러났다. 황무지로부터 멀리 떨어지라는 경고가 담긴 편지도 헨리의 상속을 막는 데는 역부족이었다. 하지만, 홈즈는 그 편지를 보고 인간의 악행이 개입되어 있다는 걸 확신했다.

탐정은 너무 바빠서 헨리 경을 따라 다트무어에 있는 배스커빌 저택으로 갈 수 없다면서 왓슨을 자신의 대리인으로 파견했다. 고립된 데다가 활기도 없는 저택에서 왓슨은 집사인 배리모어를 만났다. 배리모어는 세상을 떠난 찰스 경의 유언에 따라 막대한 액수의 돈을 상속받은 자로, 홈즈가 처음에 의심했던 용의자 중의 하나였다. 왓슨은 그곳에 도착한 다음 날, 근처의 메리핏 하우스에 살고 있는 박물학자인 존 스태플턴과 마주쳤다. 그때, 두 사람은 황무지를 가로질러 낮게 울려퍼지는 신음소리를 들었고, 스태플턴은 배스커빌 가의 사냥개가 울부짖는 소리라고 주장했다. 하지만 사냥개가 황무지를 떠돌아다니는 유일한 괴물은 아니었다. 탈옥수 한 명도 그곳에 숨어 있었는데, 왓슨은 '블랙 토르' 위에 우뚝 서 있는, 쓸쓸해 보이는 이상한 형체 하나를 슬쩍 볼 수 있었다.

왓슨이 이 형체를 죽어라고 쫓아갔을 때, 블랙 토르의 돌로 된 신석기시대 오두막 한 곳에서 사람이 살고 있는 흔적을 발견했다. 신비한 형체는 셜록 홈즈라는 게 밝혀지고, 홈즈는 처음부터 이곳 황무지로 내려와 먼 곳에서 상황을 관찰하고 있었던 것이었다. 홈즈는 스태플턴이 살인자라고 이미 결론을 내려놓고 있었다. 스태플턴은 찰스 경의 막내동생이자, 남미에서 결혼하지 않아 후손을 남겨두지 않았다고 알려진 로저 배스커빌의 아들이었다. 스태플턴의 계획은 헨리 경을 살해하고 자신이 배스커빌가의 유산을 상속받는 것이었다. 유령 사냥개를 다시 만들어내서 살해 도구로 사용한다는 건 천재적인 발상이었다.

홈즈는 서서히 그물을 당겼고, 자신도 모르게 미끼가 되어버린 헨리 경을 이용해서 스태플턴으로 하여금 사냥개를 풀어놓도록 만들었다. 블러드하운드와 마스티프의 잡종인 사냥개는 그 큰 몸에 온통 인(燐)을 발라 한층 더 무섭게 만들어놓은 괴물이었다. 사냥개가 헨리 경을 공격하려 했지만, 홈즈는 그가 심각한 부상을 당하기 전에 괴물을 사살할 수 있었다.

스태플턴은 거대한 그림펜 늪을 가로질러 도망치려고 했지만, 그날 밤에는 황무지에 안개가 짙게 끼어 있었고 발을 헛딛고 말았다.

'이 녀석을 빨아들인 거대한 늪의 악취가 심하고 끈적끈적한 수렁 아래의 어딘가에……. 차갑고 냉혹한 사내가 영원히 파묻혀 있다.'

| CONTENTS |

1장

의문의 방문객

"흥! 흡혈귀라니!"

셜록 홈즈는 역겹다는 듯 코웃음을 치고 읽고 있던 조간신문을 내팽개치더니 창가로 성큼성큼 걸어가 우리의 베이커 가 하숙집 거실 창문까지 차오른 짙은 안개의 벽을 내다봤다.

1888년 11월 말의 살갗이 쓰리도록 몹시 추운 아침이었고, 온화했던 가을은 혹독한 겨울의 손아귀에 이미 굴복하고 말았다. 지난주에 불어왔던 맹렬한 돌풍이 그나마 남아 있던 나뭇잎들을 죄다 쓸고 간 탓에 런던의 공원들은 온통 삭막한 해골처럼 보였다. 그리고 지금은 노란 스카프 같은 짙은 안개가 등골이 으스스할 정도로 차디찬 공격으로부터 런던을 보호하는 것처럼 둘러싸고 있었다.

내 친구인 셜록 홈즈에게 이번 가을은 아주 흐뭇한 계절이었다. 그는 바스커빌 가의 사건을 포함해서 세 건의 수사를 모두 성공적으로 끝마쳤다. 사실, 어제 오후에 헨리 바스커빌 경과 닥터 모티머가 우릴 방문했고, 홈즈는 그들에게 유령 사냥개에 관한 자세한 전말을 설명했다. 홈즈는 자신의 설명을 듣기를 열망하는 열렬한 청중들에게 수사 상황을 이야기할 때면 으레 그랬던 것처럼 눈길과 몸짓에서 밝은 광채가 빛났다.

난 황무지에서 겪었던 고난이 헨리 경에게 가져온 변화를 보고 크게 놀랐다. 푹 들어간 창백한 뺨과 눈 밑이 새까매지고 끊임없이 흔들리는 눈동자는 헨리 경이 시련에 여전히 쫓기고 있다는 걸 여실히 말해주고 있었다. 헨리 경과 닥터 모티머는 혹시 산산이 뒤흔들린 준남작의 신경을 회복할 수 있지 않을까 하는 희망을 안고 세계일주 유람선 여행을 준비하기 위해 2, 3주일 예정으로 런던에 나와 있었다.

음울한 바스커빌 저택은 또 다시 주인이 없는 상황을 맞이해야 했다. 여러 세대 동안 배스커빌 가를 위해 봉사해왔던 충직한 집사 배리모어는 마침내 허락을 받아 자신의 아내와 함께 작은 하숙집을 운영하겠다는 계획을 안고 플리머스로 갔다. 따라서 거대한 저택은 폐쇄됐고, 헨리 경이 돌아올 때까지는 그 상태를 그대로 유지하게 될 운명이었다.

우린 항해에 나서기 전에 마지막 준비를 하러 떠나는 헨리 경과 닥터 모티머를 포근한 미소와 굳은 악수로 배웅했다. 그들이 떠나고 나서 홈즈와 난 아주 즐겁게 저녁을 보냈다. 마르치니의 레스토랑에서 저녁식사를 하고, 마이어베어의 〈위그노 교도들〉에 나오는 드 레즈케 형제의 기막힌 노래를 듣기 위해 앨버트 홀을 방문했다.

홈즈는 그날 밤 내내 재치 있게 말도 잘하고 느긋한 분위기를 풍겼지만, 내 머릿속 한 구석에서는 불안감이 똬리를 틀고 앉아 경종을 울렸다. 셜록 홈즈와 오랫동안 함께 살아온 터라 홈즈의 수다가 위험신호라는 걸 너무나도 잘 알고 있었다. 세 건의 수사를 뚝딱 해치운 상태라 지금 당장은 홈즈만이 가지고 있는 재능을 더 이상 요구하는 곳도 없었다. 흥미진진한 문제를 품고 있는 새로운 수사 의뢰가 들어오지 않는다면 지루함과 불만이 찾아드는 건 시간문제라는 걸 깨달았다. 홈즈는 기이하고 도전적인 수수께끼를 푸는 데서 특별한 즐거움을 찾는 어린애와 여러 면에서 유사했다. 일단 수수께끼가 풀리고 도전이 사라지면, 그 아이의 기분은 또 다른 장난감을 손에 쥐어야만 좋아질 수 있을 것이다. 어떤 사건이 만족스러운 결론에 도달했을 때, 홈즈를 깊숙하고 어두운 우울증의 늪에 빠져들지 않게 만드는 유일한 방법은 또 다른 장난감, 믿기 힘들 정도로 뛰어난 그의 두뇌를 바삐 움직이게 만드는 또 다른 범죄를 제공하는 것이었다.

그날 밤, 잠들기 전의 늦은 시간에 어느덧 불길이 사그라져가는 서재의 벽난로를 둘러싸고 브랜디를 한 잔 하고 있을 때, 홈즈는 과하다 싶을 정도로 말을 많이 했다. 온갖 주제에 대해서

다 떠들어댔는데, 중세의 신비극으로부터 현재의 외교정책의 문제점까지 다루지 않은 부분이 없었다. 하지만 다음 날 아침이 되자 그의 태도가 확연히 달라졌다. 뚱한 표정을 짓고 입도 뻥긋하지 않았다. 마치 잠에서 깨어나자 자신의 관심을 끌 만한 문제가 없다는 걸 갑자기 깨달은 것 같은 모습이었다.

그날 아침 첫 번째로 듣게 된 홈즈의 목소리는 역겹다는 그의 고함이었다.

"흡혈귀라니?" 난 홈즈의 고함 소리에 얼떨떨해하면서 그의 말을 그대로 따라했다.

"신문에 실려 있네." 홈즈는 내팽개친 〈타임스〉 지를 가리키며 입맛이 쓰다는 듯 말했다. 난 그 신문을 집어 들고 홈즈가 읽고 있었던 페이지를 훑어봤다. 하단의 오른쪽 귀퉁이에서 홈즈가 언급한 기사를 찾아냈다. 내용은 이랬다.

흡혈귀: 실제로 존재하는 걸까?

암스테르담 대학교의 아브라함 반 헬싱 교수는 어젯밤, 왕립학회의 첫 번째 강연인 '동유럽의 소수 이단종교'에서 자신이 '불사(不死)를 믿는 이단종교'라고 명명했고, 일반인들에게는 흡혈귀라고 더 잘 알려진 존재들이 실제로 존재한다는 걸 자신이 믿고 있다고 언급했다.

반 헬싱은 청중들에게 이러한 피조물이 존재하고 자신

이 직접 이들을 만났다고 단언했다. 청중들이 흥분하며 말도 안 되는 소리라고 길길이 날뛰자 교수는 '사람들의 무지와 불신이야말로 이들을 보호하는 가장 강력한 장치입니다. 문명세계에 사는 사람들이 이들의 존재를 받아들이지 않으려고 거부하는 한, 성스럽지 못한 이단종교는 계속 세력을 늘려갈 것입니다'라고 자신의 주장을 굽히지 않았다. 다수의 학회 회원들이 역겹다는 이유로 강연장을 나가버렸고, 남아 있던 회원들은 초빙 강연자에게 온갖 야유와 욕설을 퍼부었다.

우여곡절 끝에 질서가 회복됐고, 더 이상 흡혈귀에 대한 언급은 하지 않은 채 강연이 계속됐다.

"이건 좀 이상하군." 난 신문을 옆으로 던지며 말했다.

"그처럼 저명한 학자가 많은 사람들이 지켜보는 자리에서 경솔한 발언을 하다니……."

"이게 경솔한 발언 정도인가!"

홈즈가 화를 벌컥 내며 코웃음을 쳤다.

"이 사람은 스스로 자신을 완벽하게 바보로 만든 셈이지. 따로 고립되어 살고 있는 농민공동체들 사이에서는 여러 세대를 걸쳐 그러한 미신적인 믿음이 전해져 내려오는 건 흔한 일이지만, 소위 과학을 한다는 사람이 그런 동화에나 나올 법한 이야기가 진실하다고 주장하는 건 전혀 다르단 말일세. 과학의 세계에 이제 막 발을 들인 사람이라 할지라도 그러한 믿음을 무책임하게 초자연적인 것이라고 설명할 것이 아니라 괴기스러운 설화를 실제로 일어난 것처럼 사람들이 받아들인 결과라는 걸 분명히 밝혀야 하네. 단순하고 무식한 사람들에게야 현실과 환상의 경계선이 흐릿하겠지만, 교육을 제대로 받은 사람들이라면 그와 같은 난센스는 단 한 순간도 망설이지 말고 부인해야지."

홈즈는 슬픈 표정을 지으며 머리를 가로저었다.

"사람이 자신의 악행을 슬쩍 덮기 위해 도깨비와 걸어 다니는 시체를 생각해내는 순간, 난처한 지경에 빠지는 법일세, 왓슨. 굳이 저승으로부터 이런 것들을 소환하지 않더라도 우리가 살고 있는 세상에는 수많은 악들이 있다네."

"하지만, 사람들이 열린 마음을 가지고 다뤄야 할 설명되지 않는 영역도 분명히 있잖나." 내가 소심하게 반박했다.

홈즈가 대수롭지 않다는 듯 껄껄 웃었다.

"사람들이 설명되지 않는 일들을 다룰 때는 가능하면 열린 마음이라는 것에 의존하지 않아야 하네. 그와 같은 초자연적인 허튼소리에 휩쓸리지 않으려면 의문을 품고 의심해보는 태도가 절대적으로 필요하지. 한 가지 예를 들자면, 바스커빌 가 사건의 경우에 그와 같은 유령 사냥개가 실제로 존재한다고 받아들였다면 무슨 수로 만족스럽게 해결을 할 수 있었겠나?"

"우리가 다뤘던 사냥개가 실질적인 존재라는 건 충분히 이해하겠지만, 전설에 나오는 것들은 어떻게 설명할 수 있겠나?"

"전설이란 모닥불을 둘러싸고 앉아 떠들어대던 이야기에서 시작된 신화일 뿐일세, 왓슨. 유령 이야기는 아이들을 겁주기 위해 만들어진 것이지, 어떤 행동을 취하기 위한 논리적인 토대를 제공하는 자료가 아니라는 것이지."

내 맞은편 의자에 털썩 주저앉은 홈즈의 표정은 자신이 장기로 하는 주제에 신이 난 모양인지 무척이나 밝았다.

"초자연적인 현상의 세계는 상상력이 지적 능력을 압도하는 사람들만이 받아들인다네. 교육을 많이 받은 몽상적인 사람이, 반 헬싱이 그런 사람처럼 보이는데, 가장 위험한 사람이지. 말도 안 되는 걸 스스럼없이 받아들이면 속기 쉬운 평범한 사람들 눈에는 그게 사실처럼 보일 테니까 말일세."

"하지만 논리적으로 설명할 수 없는 괴이한 일들에 관한 소문이 워낙 많다보니 초자연적인 현상을 무조건, 다 부인해서는 안될 것 같은 느낌이 드는데……."

"느낌이 들다니!" 홈즈는 내 말을 큰소리로 그대로 따라했다. "느낌은 감정적인 함정일세. 믿을 수 없고 여성적이지. 의사결정을 하는 데 있어서 유일하게 신뢰할 수 있는 요소는 느낌이 아니라 사실, 논쟁의 여지가 없는 사실이라는 걸 깨달을 정도로 오랫동안 나와 함께 지내왔다고 생각했는데 어쩜 이럴 수가 있나, 왓슨!" 홈즈는 쓴웃음을 지었다.

"오, 친애하는 친구여, 자넨 논리적인 사람으로 성공하기에는 로맨틱한 정신을 너무나 많이 가지고 있군. 바로 그런 이유 때문에 내가 조금 추리 솜씨를 발휘하면 자넬 당혹스럽게 만들 수 있나 보네. 가슴이 머리를 방해하게 되면, 모든 쟁점을 다 덮어버리는 법이거든."

"사실 말일세, 홈즈……."

내가 항변의 말을 꺼내려는 순간, 갑자기 아래쪽에서 들려오는 하숙집 현관을 두드리는 소리가 홈즈의 주의를 사로잡았다. 홈즈는 얼른 한 손을 들어 내 말을 막았다.

"우릴 찾아온 방문객이 분명하네."

홈즈는 손바닥을 비비면서 기쁜 표정을 지었다. 사건을 의뢰하러 온 사람일 수도 있다는 기대감에 그의 까만 눈이 반짝거렸고, 초자연적인 현상을 믿는 것에 대해서 조금 전까지 퍼붓던 비난은 싹 잊어버린 것 같았다.

계단을 올라오는 발자국 소리에 뒤이어 서재의 문을 노크하는 소리가 들렸다. 홈즈는 이마를 찌푸렸다.

"이거, 의뢰인이 아닌 모양이군. 들어오세요, 허드슨 부인."

하숙집 여주인이 방 안으로 들어왔다.

"어유, 놀래라, 나라는 걸 어떻게 알았어요, 홈즈 씨?"

"숙련된 귀에는 발자국 소리도 지문만큼이나 구별이 가능하거든요, 허드슨 부인. 그리고 부인의 발자국 소리는 런던에서 손꼽힐 정도로 우아하니까요." 홈즈가 당연하다는 듯 대꾸했다.

허드슨 부인이 얼굴을 붉혔다.

"왓슨, 내 예측대로 방문객이 있었네. 그리고 우리에게 선물을 남겨준 모양이고."

홈즈는 허드슨 부인이 들고 있는 꾸러미를 가리켰다.

"늘 그렇듯이 맞아요, 홈즈 씨. 어떤 신사분이 이제 막 이걸 가져왔어요. 그리고 홈즈 씨의 손에 직접 전달해달라고 신신당부를 하더라고요."

"그렇다면 그 사람은……? 그 신사에게 내가 집에 있다고 확실히 말해줬겠죠?"

"아, 물론이죠. 내게 부탁하는 것보다 직접 전달하는 게 나을 것 같다고 말하고, 홈즈 씨 방까지 그냥 올라가기만 하면 된다고 했어요."

"그 사람이 거절하던가요?" 내가 물었다.

"음, 그 사람은 지금 몹시 바쁘다고 하면서 자신이 바라는 걸 내가 확실히 해줄 것으로 믿는다고 하더군요."

"부탁받은 일을 제대로 하셨네요." 홈즈는 활짝 웃으며 허드슨 부인으로부터 꾸러미를 받아 테이블 위에 놓았다.

"그 사람이 어떻게 생겼던가요?" 내가 물었다.

"내가 잘못 알고 있는 게 아니라면," 홈즈가 말했다.

"허드슨 부인께서 그 사람의 인상착의를 알려주시기 어려울 것 같은데? 모자를 눈 위까지 푹 눌러쓰고 머플러를 끌어올려 입 주위를 둘러쌌을 테니까."

"맞아요, 홈즈 씨, 그 사람은 정말 얼굴을 꽁꽁 둘러싸고 있었고, 분명히 건강이 좋아 보이지 않았어요."

우리의 하숙집 여주인이 말했다.

"혹시 그 사람의 후두염에 대해서 말씀하시는 건가요?"

홈즈가 물었다.

"뭐, 그런 게 아닌가 생각했어요. 그게 어떤 병인지는 정확하게 모르겠지만, 그것 때문에 목소리가 많이 쉬었더군요."

셜록 홈즈는 만족스러운지 고개를 끄덕였다.

"그런데 그걸 어떻게 알았어요, 홈즈 씨?"

홈즈는 너그러운 미소를 지었다.

"그냥 한번 추측해본 겁니다, 허드슨 부인. 이런 날씨에 기침과 감기를 피할 수 없는 법이고, 배달부는 밖에 돌아다니니 감기에 걸리기 쉽겠죠."

난 겉으로만 그럴 듯해 보이는 홈즈의 설명을 전혀 믿지 않았던 터라 허드슨 부인이 방을 나가자마자 즉시 그 문제를 물고 늘어졌다.

"홈즈, 난 자네가 추측을 하지 않는다는 걸 잘 알고 있네. 따라서 그 방문객이 후두염에 걸렸다는 것과 모자와 머플러를 자네가 묘사한 대로 하고 있다는 걸 어떻게 알게 된 것인가?"

홈즈는 내 질문을 묵살하고, 꾸러미를 손가락으로 가볍게 톡톡 두들기며 잠시 생각에 잠긴 채 뚫어지게 노려봤다. 마침내 그가 입을 열었다.

"왓슨, 꾸러미를 배달하러 온 사내가 한 층의 계단을 올라오는 수고만 하면 그게 목적지에 안전하게 도달하는 걸 직접 볼 수 있는데 왜 그렇게 하지 않은 걸까?"

"그 사람이 바쁘다고 했잖나?"

"말도 안 되는 소리! 이 꾸러미에 붙어 있는 딱지에 적힌 그대로 '지급, 친전(親展)' 일만큼 중요한 것이라면 제대로 전달되도록 충분한 시간을 확보해야 하지 않았을까? 아니, 왓슨, 여기에는 우리가 생각하는 것과 다른 무엇인가가 있는 게 틀림없네. 그 사람이 이곳까지 오지 않으려 한 건 내가 자신을 알아볼까 봐 얼굴을 마주치지 않으려 한 것일세."

"에이, 그럴 리가 있나, 홈즈." 난 내 친구가 아무것도 없는 곳에서 헛것을 보고 있다고 생각하면서 그의 말을 반박했다.

"그 사람은 허드슨 부인조차도 자신의 얼굴을 자세히 볼 수 없도록, 그리고 자신의 인상착의를 부인이 내게 자세히 설명하지 못하도록 극도로 조심을 했네."

"그럼 후두염은……?"

"원래의 목소리를 위장하는 거였지."

난 폭소를 터뜨렸다.

"홈즈, 사소한 걸 너무 확대 해석하는 것 아닌가?"

"확대 해석이라고? 그건 아니네. 추측이라면? 그건 맞는 말이네. 내 경험으로 미뤄볼 때, 추리를 시작할 자료가 없는 경우에는 추측이 훌륭한 대체물이었지. 추측은 전혀 불가능한 것으로부터 가능성이 높은 뭔가를 뽑아내는 데 도움을 주곤 했다네."

"하지만 자네는 추리를 시작할 자료가 있지 않나?"

난 꾸러미를 손가락으로 가리켰다.

홈즈의 얼굴이 환하게 밝아졌다.

"왓슨, 항상 그렇듯이 자네의 상식은 정말 값으로 따질 수 없을 만큼 귀중한 역할을 하는구만. 이 꾸러미가 어쩌면 우리의 괴상한 방문객에 대해서 알아야 할 필요가 있는 모든 것을 말해줄 지도 모르겠군. 벽난로 선반 위에 있는 잭나이프를 건네주지 않겠나? 의문투성이인 이 꾸러미에 무엇이 들어 있는지 봐야겠네."

2장

꾸러미

꾸러미는 길이가 30센티미터에 폭이 15센티미터 정도되는 직사각형이었다. 두터운 갈색 종이로 포장되고, 질긴 검은색 끈으로 묶여 있었다. '지급, 친전'이라는 단어는 위쪽의 왼쪽 모서리에 굵은 활자체로 찍혀 있었고, '베이커 가 셜록 홈즈 앞'이라는 손으로 쓴 가늘고 긴 글씨가 가운데쯤에 적혀 있었다.

홈즈는 편지를 벽난로 선반에 찍어 고정시키는 데 사용하는 잭나이프를 이용해서 끈을 절단하고 두어 겹의 포장지를 천천히 벗겨냈다. 홈즈는 꾸러미 안에 들어 있는 정교한 물체에 손상이 가지 않도록 신경을 쓰는 것처럼 모든 과정을 조심스럽게 해나갔다.

"내 생각대로구만."

홈즈는 포장지가 완전히 제거되자 입을 열었다.

"이게 책이라는 걸 이미 알고 있었다는 말은 하지 말게."

"우체국의 상자에 넣고 포장을 했다 하지만 '채프먼 앤드 홀' 출판사의 초판본 특유의 형태와 두께를 감출 수는 없는 법이네."

"이게 단지 책에 불과하다는 걸 알고 있다면, 왜 폭발하기 직전의 폭탄처럼 다루는 건가?"

홈즈는 쓴웃음을 지었다.

"'책에 불과한 게' 아닌 것 같아 이러는 것일세."

홈즈가 툭 던진 수수께끼 같은 말을 완전히 이해하지 못한 채 홈즈가 심상치 않다고 여기는 게 무엇인지를 알아보려고 잠시 동안 갈색의 커다란 책을 뚫어지게 쏘아봤지만 결국 아무것도 알아내지 못했다.

"누가 이걸 자네에게 보냈는지를 말해줄 편지 같은 건 없는 것처럼 보이는군."

결국 난 이렇게 말했다.

"그런 건 기대하지도 않았네."

"책 안쪽에 헌사(獻辭)가 있을지도 모르지."

내가 책을 펼치려고 하자 홈즈가 얼른 내 팔을 잡았다.

"만지지 말게, 왓슨. 적어도 내가 이걸 정밀하게 살펴볼 기회를 갖게 될 때까지는."

홈즈는 확대경을 집어 들고 테이블 옆에 쪼그리고 앉아 책을 전혀 건드리지 않고 책의 등과 앞뒤 표지를 꼼꼼히 살폈다.

"이거 아주 기이하고 계몽적이구만."

홈즈는 내게라기보다는 자신에게 말하는 것처럼 중얼거렸다. 마침내 그는 허리를 쭉 펴고 일어서서 메마른 웃음을 흘렸다.

"뭣이 그렇다는 건가, 홈즈?"

"책 제목이 그렇다는 걸세. 찰스 디킨스의 가장 인기 있는 작품들 중의 하나인 《위대한 유산》이거든. 하지만, 면밀히 살펴본 결과, 이 책은 원래의 내용인 젊은 핍의 모험이라든가 그가 괴상하게 물려받은 유산과는 아무런 관련이 없는 것 같단 말일세." 홈즈는 잭나이프로 책 겉표지를 가볍게 톡톡 두들겼다.

"그래, 이 책은 바로 이만한 두께가 필요해서 선택된 게 분명하네. 《두 도시 이야기》였다면 너무 얇았을 테니까 말일세."

난 머리를 살래살래 흔들었다.

"이게 무슨 소리인지를 도통 모르겠다고 솔직히 고백해야겠네."

홈즈는 내게 입을 꾹 다물고 입 꼬리만 올라가는 미소를 지어 보였다.

"모든 게 곧 다 밝혀질 걸세, 왓슨. 그런데, 잠깐 창문 쪽으로 자리를 옮겨주면 고맙겠군."

내 친구가 그런 요청을 할 때는 뭔가 그럴 이유가 있어서 그렇다는 걸 잘 알고 있었기 때문에 얼른 그의 말을 따랐다. 내가 움직이는 걸 보고 나서 홈즈는 그 책을 테이블 가운데로 밀어놓고,

팔을 쭉 뻗어 닿는 곳까지 물러서서 잭나이프의 칼끝으로 하드커버를 조심스럽게 들어 올렸다. 갑작스럽게 찰칵하는 날카로운 소리와 함께 은색의 짧은 단검 하나가 책 안쪽으로부터 튀어나와 천장에 깊숙이 박혔다.

홈즈는 기쁨의 환호성을 질렀다.

"끝내주는군!"

그는 위험하기 짝이 없는 발사체를 올려다보며 말했다.

"이제 창문에서 떨어져도 되네, 왓슨. 위험한 순간은 다 지나갔거든."

난 책을 살펴보려고 바삐 다가갔다. 가운데가 도려내어지고 독창적인 스프링 장치가 설치되어 있었다.

"사악하지 않나, 왓슨? 책을 펼치면, 책을 읽으려는 사람의 심장에 바로 칼날이 박히도록 스프링이 장치되어 있단 말일세."

"어떻게 해서 자넨 책을 열어보기도 전에 그렇다는 걸 알았던 건가?"

내가 물었다.

"솔직히 말하자면, 전혀 몰랐네, 왓슨. 어떤 교활한 악마가 똬리를 틀고 있는지는 확신할 순 없었지만, 이 책이 겉보기처럼 순진무구한 선물이 아니라는 건 알고 있었지. 이것이 배달된 방법이라든가 발송자의 이름을 전혀 드러내지 않았다는 것 때문에 처음부터 의심을 하고 있었네. 자세히 살펴보니까 종이 가장자리에 접착제를 사용한 희미한 흔적이 남아 있었고, 책 위쪽을 살살 두들겼더니 속이 텅 빈 것 같은 소리가 들렸거든. 따라서 책 중심부를 도려내기 위해 종이를 접착한 게 분명하다는 판단이 서더군. 위대한 문학작품을 훼손하는 것이 범죄는 아닐지 몰라도 올바른 일이 아니라는 건 분명하지 않나? 무엇을 하기 위해 책 속을 파내는 작업을 했던 것일까? 책 표지를 들어 올림으로써 작동되는 어떤 장치를 집어넣기 위해 그랬다는 게 분명했지."

"왜 이렇게 했을까?"

"책이 펼쳐지면 그 장치가 드러나기 때문이겠지. 내가 이걸 펼쳤을 때 어떤 불쾌한 꼴을 당할 것인지 확실하게 예측할 수 없어서 당장에 영향을 받는 위험지역을 벗어나도록 자네를 창가로 가 있으라고 요청했던 것일세."

"아, 그 책에 내가 먼저 손을 대지 않았던 게 다행인 셈이군. 아무런 의심도 하지 않고 그냥 열어봤을 테니까 말일세."

"그랬다면 날 암살할 뻔했던 작자가 크게 실망했을걸? 이 책이 날 콕 집어서 배달됐다는 걸 명심하게나."

"어이쿠, 하느님 맙소사!"

이 사태에 대한 전체적인 의미가 머릿속을 스치자 나도 모르게 비명이 터져 나왔다. 홈즈를 살해하려는 시도가 여러 번 있었지만, 이처럼 은밀하고 사악한 방식으로 행해진 건 처음이었다. 그리고 극히 안전하다고 여겼던 베이커 가의 우리 하숙집 내에서 시도된 것도 처음이었다. 이젠 우리 거실의 벽난로 주변조차도 안전해 보이지 않았다.

"이 흉측한 걸 누가 보냈는지 짐작이라도 가나?"

내가 물었다.

"내겐 적이 아주 많네." 홈즈는 남의 허를 찌르는 교묘한 장치를 꼼꼼히 살펴보면서 대꾸했다.

"하지만 이처럼 대담하고 치명적인 선물을 내게 보낼 수 있는 녀석은 몇 명 되지 않아. 뒤틀린 유머감각도 가진 녀석이라면 더더구나."

"유머감각이라고?"

"이 책이 두께 때문에, 살인장치를 품기에 충분할 정도로 두 터워야 하기 때문에 선택됐다고 했잖은가. 그리고 책 제목이 무작위적으로 선택된 게 아니라는 확신이 드는구만."

"위대한 유산 말인가?"

"사실일세. 이걸 보낸 작자는 내가 죽기를 원했어. 그것이야 말로 녀석의 '가장 큰 기대치'였겠지. 뭐, 유산은 아닐지라도. 다 행히도 그런 기대치가 실현되진 않았지만 말일세."

홈즈는 음산한 표정으로 입가에 미소를 지었다.

"그게 무슨 유머인가? 내겐 살짝 미친 것으로 보이는구만."

"자네 말이 맞을 걸세, 왓슨."

"그 녀석이 누군가? 이 미친 녀석이 누구냐고?"

"의문스럽기 짝이 없는 배달부야말로 장본인인 게 분명하네. 정체에 관해서는 의심이 가는 녀석이 있지만, 확실히 집어내려 면 자료를 좀 더 모아봐야겠어. 그런데, 한 가지는 확실하네. 이 책을 내게 직접 넘겨주길 꺼려했다는 걸로 봐서 나와 전에 마주친 적이 있는 녀석이고, 내가 자신을 알아볼까 두려워서 얼굴을 마주 보기를 피했다는 걸세."

"이제 자넨 무엇을 할 셈인가?"

"아무것도 할 생각이 없네." 홈즈는 안락의자에 털썩 주저앉으며 심드렁하게 대답했다.

"아무것도 안 한다고?"

난 홈즈의 말이 전혀 이해되지 않아 앵무새처럼 그대로 따라서 말했다.

"청구서를 받아든 사람처럼 일일이 내 말을 확인하지 않아도 된다네, 왓슨. 난 분명히 '아무것도 안 한다'고 말했네."

"당최 자네를 이해할 수가 없네, 홈즈." 난 화가 나는 터라 목소리를 좀 높였다.

"자네의 생명을 앗아가려는 시도를 너무나도 태평스럽게 받아들이고, 그런 악당이 도망치도록 내버려두는 것 같아 정말 깜짝 놀랐다는 말을 꼭 해주고 싶단 말일세."

"친애하는 왓슨, 자넨 내가 품고 있는 의도를 잘못 해석한 것일세. 이 의문의 살인자가 결국에는 법의 심판을 받도록 만들겠다고 약속하겠네. 하지만 지금 당장은 이 녀석을 죽자고 추적할 필요성이 있겠나 싶어. 녀석은 머잖아 자신의 어쭙잖은 계획이 실패했다는 걸 알아차릴 것이고, 내가 의심하고 있는 녀석이 맞는다면 곧 무슨 수작을 부리려고 들 걸세."

"녀석이 다시 자네를 죽이려고 시도할 것이라는 뜻이군."

"틀림없네. 이처럼 치명적인 장치를 살해도구로 고안해낼 정도로 교활하고 사악한 녀석이라면 한 번의 실패쯤으로 주저하진 않을 걸세. 이런 경우에는 역할이 뒤바뀌는 거지, 왓슨. 내가 파리란 말일세. 따라서 거미가 내게 다가오도록 기다리면 되네. 때가 되면, 녀석은 틀림없이 다가올 걸세."

3장

전보

 난 홈즈가 자신에게 가해진 협박을 아무렇지도 않다는 듯 받아넘기는 모습을 보고 조금 실망했다는 걸 고백해야겠다. 범죄 수사라는 측면에서는 홈즈가 실수를 거의 하지 않는다는 걸 잘 알고 있었지만, 자신을 거의 살해할 뻔한 녀석을 추적하려고도 하지 않는 건 직무태만이 아닌가 하는 느낌이 들 정도였다.

 홈즈가 의자에 파묻힌 채 만족스러운 표정으로 담배를 뻐끔뻐끔 피우고 있는 동안에, 난 점점 화가 나기 시작했다. 다음 주먹이 날아오기를 그저 차분히 기다릴 게 아니라 뭔가 적극적인 행동을 취할 수도 있고, 또 취해야 하는 게 분명했다. 난 마구잡이로 취급받아 원형을 잃어버린 《위대한 유산》을 샅샅이 살폈다. 그러는 동안, 갑자기 어떤 생각 하나가 머릿속을 스치고 지나가서 즉시 행동으로 옮겼다. 난 브래들리의 상점에 가서 담배를 사오겠다는 말을 남기고 집 밖으로 나갔다. 홈즈는 내가 나간다는데도 별로 신경을 쓰지 않는 것 같았다.

무섭도록 춥고 안개가 심하게 낀 바깥으로 나가자마자, 난 채링 크로스 로드를 향해 걸어갔다. 그곳에서 초판본을 전문적으로 취급하는 모든 서점을 찾아다니며 최근에 디킨스의《위대한 유산》초판본이 팔린 적이 있는지 질문했다. 이구동성으로 팔린 적이 없다는 대답이 돌아왔다.

안개가 한층 더 짙어지고 가스등이 켜지기 시작할 때, 난 짜증 나고 낙심한 상태로 베이커 가로 되돌아왔다. 홈즈는 쾌활하면서도 약간 조롱하는 듯한 표정으로 날 맞이했다.

"어떤가? 조사를 해보니 뭔가 그럴 듯한 단서가 나오던가?" 내가 난로 옆에 앉아 있는 홈즈에게 다가가자 으스대며 물었다.

"조사라니?"

"아, 이거 왜 이러나, 왓슨? 설마 지금도 브래들리의 상점에 다녀온 척하려는 건 아니겠지? 그건 전혀 먹히지 않는다는 걸 명심하게. 담배를 넣어두는 항아리가 아르카디아 혼합 담배로 넘칠 지경인데다가 담배가 가득 든 파우치를 실수로 의자 곁에 놓아둔 사람이 담배를 사러 나간다는 건 말이 안 되는 소리니까. 따라서 자네가 다른 목적으로 외출했다고 쉽사리 추리할 수 있었지."

"자네를 살해하려고 했던 사내에 관해서 더 많은 걸 밝히려고 내가 애쓰고 있다는 걸 알아줬으면 하네."

"그 점에 대해선 고맙게 생각하지만, 채링 크로스 로드의 서점들을 일일이 찾아다녔는데도 아무런 소득이 없어 실망이 크겠구만."

"내가 그곳에 갔다는 건 어떻게 아는 건가?"

"그런 것이야 간단한 추리일 뿐이지. 새로운 진전 상황이 있을 때까지 기다리겠노라는 내 결정에 대해서 자네가 불만을 품고 있다는 걸 알고 있었네. 그리고 자네가 황급히 외출하기 전에 책을 몇 번이고 곁눈질하는 걸 지켜봤었네. 따라서 자네가 직접 뭔가를 조사하려는 게 분명하다고 생각했지. 자네가 조사할 수 있는 유일한 길은 그 소설책을 구입한 서점을 찾아내는 것일 수밖에. 그렇게 해야만 그 책을 구입한 사람의 인상착의를 알아낼 수 있고, 운이 좋으면 그밖에 다른 사항들도 밝혀낼 수 있을 테니까. 채링 크로스 로드야말로 이 근방에서 고서를 판매하는 서점들이 즐비한 곳이고. 자넨 그보다 먼 곳까지 뒤져볼 정도로 오랫동안 외출하진 않았단 말일세."

난 미소를 지으며 고개를 끄덕였다.

"뭐, 당연한 일이지만, 자네 말이 다 맞아. 내 나름대로 애를 써보긴 했지만, 자네에게 따로 전해줄 정보를 얻진 못했네."

"친애하는 왓슨, 자네의 용무를 내게 탁 털어놨더라면 자네가 이런 혹독한 날씨에 밖으로 싸돌아다니는 수고를 하지 않도록 해줄 수 있었단 말일세."

홈즈는 《위대한 유산》을 집어 들었다.

"이 책은 최근에 구입한 게 아니네. 가죽 장정이 얼마나 많이 긁히고 쭈그러졌는지, 그리고 표지 안쪽에 얼마나 많은 얼룩이 묻어 있는지를 보게나. 밥값을 제대로 하는 서적상이라면 책을 이런 상태로 놔두진 않았을 걸세. 팔려고 진열하기 전에 가죽을 복원하고 겉모습이 말끔해지도록 정비를 했겠지. 이 책은 오랫동안 개인 소장품의 일부였다고 말할 수 있겠네. 교육을 많이 받고, 한때는 부유했다가 이제는 나락으로 떨어진 어떤 사람이라고 조심스럽게 말할 수 있겠지."

"어떤 근거로 그렇다고 보는 건가?"

"이 책이 새 것이었을 때는 매우 비쌌을 테니까. 여기 이 부드러운 가죽과 값비싼 금박 글씨를 좀 보게나. 그리고 전집 중의 한 권인 게 거의 확실하네. 내 경험으로 미뤄볼 때, 부유한 자들만이 이런 값비싼 책들을 구입하고, 교육을 많이 받은 자들만이 형편이 아주 나빠질 때까지 이런 것들을 붙잡고 내놓으려 하지 않는 법이거든."

홈즈는 의문이 가득 찬 내 눈길을 보고는 말을 계속했다.

"이 책은 소중한 소유품이지만, 최근에는 더럽고 눅눅한 상태에서 보관되고 있었네. 책을 들고 잠시만 냄새를 맡아봐도 보관 상태가 엉망이라는 모든 증거가 드러날 걸세. 자넨 알고 있나, 왓슨? 때로는 코가 눈보다 더 정보를 많이 캐낼 수 있다는 걸?"

"이 책을 가져온 사람이 원래의 소유자인가?"

"아, 이제 우린 추측의 영역으로 어슬렁거리며 들어가고 있는

데, 현재로선 별로 하고 싶은 생각이 들지 않는군. 날 살해할 뻔한 사내는 이 책을 최근에 받았거나, 아니면 훔쳤을 수도 있네. 이번 미스터리의 이 부분은 아직 그림자 속에 남아 있는 셈인데, 거미처럼 으슥한 곳에 숨어서 기회를 노리는 녀석이 다음의 행동을 해야만 그림자가 걷힐 것일세."

* * *

홈즈는 오랫동안 기다릴 필요가 없었다.

홈즈는 바로 그날 밤 늦게, 전보를 받았다. 그는 따뜻하게 차려진, 이른 저녁 식사를 한 이후로 벽난로의 불꽃을 노려보며 독한 섀그 담배를 파이프에 가득 채워 연신 피워댔다. 구름이 끼다시피 방 안을 가득 채운 회색 연기 사이로 보이는, 홈즈의 무엇이든 뚫어버릴 듯한 눈길에서 그가 오전에 있었던 일을 곰곰이 되짚어보고 있다는 걸 알 수 있었다.

전보가 배달된 건 밤 10시를 막 넘겼을 때였다. 홈즈는 얼른 읽어보고는 같잖다는 듯 코웃음을 치고 전보를 내게 던져줬다.

"그것에서 무엇이든 좋으니 알아낼 만한 게 있나, 왓슨?"

전보의 내용은 이랬다.

런던의 가난한 사람들이 당신의 도움을 절실히 필요로 합니다. 이 사람들의 처지는 절망적입니다. 당신은 런던의 가난한 사람들을 도와주실 분인가요?

더 가든스 소사이어티

(LONDON POOR NEED ALL YOUR HELP. THEIR PLIGHTS
DESPERATE. ARE YOU ONE TO HELP LONDON POOR?)

더 가든스 소사이어티(THE GARDEN S OCIETY)

C

"흐음……. 좀 사기성이 있는 조직 같아 보이는구만."

내가 알아본 바를 말했다.

"내 생각도 마찬가지일세, 친구. 기부금을 내달라고 호소하는
주제에 값비싼 전보를 치면서 기금을 낭비하는 합법적인 자선단
체는 없을 테니까."

"그럼 누가 이걸 보낸 건가?"

"확실히는 모르겠네……. 아직까지는. 전보에서 특별히 이상
하게 보이는 건 없나?"

"음……." 난 전보를 한 번 더 힐끗 곁눈질했다.

"문장 구성이 약간 이상하고, '소사이어티'의 'S'가 원래의
자리가 아닌 곳에 찍혀 있구만."

내 친구는 신이 난 듯 손바닥을 비벼댔다.

"훌륭하네, 왓슨. 이제 조금만 더 배우면 자네도 어엿한 탐정
이 되겠군."

"어련하시려고." 난 좀 퉁명스럽게 대꾸했다.

"내가 놓친 것이라도 있단 말인가?"

"맨 밑 오른쪽 귀퉁이에 적힌 'C'자는 어떻게 해석할 텐가?"

난 전보를 다시 뚫어져라 들여다봤다. 홈즈는 이 메시지에서 내 눈에 보이는 것 이상의 뭔가를 본 게 분명했다. 아무리 생각해봐도 이상한 곳에 위치한 알파벳의 의미가 무엇인지를 알아낼 수가 없었다.

"혹시 서명이 아닐까?"

난 결국 자포자기한 심정으로 말했다.

"발신자의 신원을 밝힐 수 있는 단서가 될 수도 있을 것 같은데……."

"놀랍구만!" 홈즈는 뻐기며 남을 가르치려드는 특유의 목소리로 크게 말했다.

"어쩌면……." 난 그의 말을 묵살하고 계속 말했다.

"알파벳 자체보다는 알파벳의 발음이 더 중요한 것일 수도 있네."

"아, 그럼 바다나 항해와 관련이 있는 '더 씨(the sea)'라는 뜻인가?"

홈즈의 어조로 미뤄봐서 내가 전혀 엉뚱한 길로 들어섰다고 판단하고는 고개를 두어 번 끄덕였다.

"나름 의미 있는 생각이긴 하지만, 이 메시지를 너무 심각하게 받아들인 것 같네. 하지만, 친구 자넨 전적으로 다 틀린 건 아닐세. 'C'라는 문자가 전보를 보낸 사람을 직접적으로 가리키진 않지만 전보의 내용을 풀 수 있는 열쇠이기 때문이지. 자네가 이마를 찌푸리는 걸로 봐서 좀 더 설명을 해줘야 할 것 같군.

문장이 이상하게 구성되어 있는 이 전보는 암호화된 메시지일세. 그리고 맨 끝에 따로 떨어져 있는 'C'는 암호를 푸는 열쇠인 셈이고. 'C'는 알파벳의 세 번째 글자이므로 이제 세 번째마다 있는 글자들을 취합하면 완전히 다른 새로운 메시지가 만들어질 것이네."

우리 두 사람은 전보를 뚫어져라 들여다봤다.

"세 번째 글자들이라고? 그럼 첫 번째 줄이 N N O E가 되는데, 아무런 의미도 없어 보이는군." 내가 말했다.

"내게도 마찬가지일세." 홈즈가 순순히 동의했다.

"그럼 세 번째 단어들일지도 모르지." 내가 제안했다.

"자네가 정곡을 찔렀네! 훌륭해, 왓슨. 매 세 번째 단어들이 맞아."

홈즈는 재빨리 전보의 세 번째 단어들을 적었다.

"이러고 보니 훨씬 그럴듯하군. 내용은 이렇네. 'Need Help Desperate One London Gardens(런던 가든스에 사는 사람이 도움을 절실하게 필요로 합니다)'."

"런던 가든스라고?"

"그래. 바로 그런 이유 때문에 '소사이어티'의 'S'가 '가든'이라는 단어에 붙어 있었던 걸세."

"기발하구만."

"아니, 어쩌면……. 필요한 만큼만 기발해 보이도록 애쓴 걸 거야."

"그게 무슨 뜻인가?"

"이건 도와달라는 간청일세. 그런데 왜 이걸 보내면서 이렇게 번거로운 방법을 썼단 말인가?"

"자네에게 요청했다는 걸 알아차릴 가능성이 있는 어떤 집단, 혹은 집단들이 알아보지 못하도록 하려고 한 것이겠지."

"뭐, 그랬을 수도 있지만, 암호가 너무 초보적이라는 게 문제일세. 발신자는 자신의 진심어린 호소에 내가 흥미를 갖도록 하기 위해 암호를 사용했지만, 그와 동시에 내가 아무런 곤란도 겪지 않고 숨겨진 메시지를 확인하고 오늘 밤에 언급된 주소로 갈 수 있도록 해두고 싶었던 것이지."

"자넨 이게 함정일 거라고 의심하고 있나?"

"충분히 그럴 가능성이 있지. 의문스럽기 짝이 없는 배달부의 손길이 또 다시 느껴지는구만."

"자넨 어떻게 할 셈인가?"

"모험을 찾아 떠나는 기사 노릇을 해야지."

"그럼 나도 따라가려네." 홈즈는 고개를 가로 저었다.

"안 되네, 왓슨. 이번에는 내가 혼자 가는 게 절대적으로 필요한 상황일세."

"크나큰 위험에 스스로 목을 들이미는 상황이 될지도 모르네."

"그럴 가능성이야 충분히 있지만, 어쨌든 혼자 가야만 해."

"내가 자넬 실망시킨 적이 있었나?"

홈즈는 엷은 미소를 지으며 한 손을 내 어깨 위에 올려놓았다. "친애하는 왓슨, 이전에도 말한 적이 있지만, 자네야말로 극히 위험한 순간에 내 편이었으면 하고 정말 바라는 사람이라네. 그렇긴 하지만 오늘 밤의 짧은 여행은 나 홀로 행동해줄 것을 요구하고 있단 말일세."

"무슨 말인지 알겠네."

난 묵묵히 홈즈의 말을 받아들일 수밖에 없었다.

"그리고," 홈즈는 기다란 집게손가락으로 날 가리키며 덧붙였다.

"어떤 일이 있어도 내 뒤를 미행해선 안 되네."

"자네가 그렇게 각별히 당부하니 그 말에 따라야겠지."

"진정으로 하는 말일세. 자네가 모습을 드러내면 모든 게 엉망이 될 수도 있네."

"아, 알았다니까 그러나."

난 마지못해 홈즈의 말에 동의했다.

"자넨 역시 좋은 사람이야. 이렇게 꾸물거리고 있을 시간이 없군."

홈즈는 입고 있던 가운을 벗어던지며 큰 소리로 말했다. 2, 3분이 채 지나기도 전에 그는 방을 빠져나갔다.

난 홈즈가 자신보다는 나의 안전을 위해서 정체가 밝혀지지 않은 적을 만나러 홀로 가야겠다고 주0장했다는 걸 잘 알고 있었다. 따라서 홈즈가 이번 일이 정말 위험하다고 굳게 믿고 있다는 걸 알 수 있었다. 우리들의 거실 창문을 통해 누르스름한 안개의 거대한 소용돌이에 휩싸인 친구의 모습을 지켜보는 동안, 가슴 속을 큰 돌이 짓누르는 듯한 느낌이 들 정도로 답답했다.

4장

런던 가든스

런던 가든스는 상당히 매력적인 이름에도 불구하고 켄티시 타운(Kentish Town)의 몰락한 구역에 자리 잡고 있었다. 베이커 가의 끝부분에서 이륜마차를 잡아탔던 셜록 홈즈는 자신이 도착했다는 걸 알리지 않으려고 목적지로부터 400미터쯤 떨어진 곳에서 내렸다. 거리는 조용했고, 때때로 몇 마리의 쥐들이 희미한 삭삭거리는 소리와 함께 움직이는 걸 제외하고는 텅 비어 있었다. 쥐들은 젖어 있는 도로 위를 마치 시커먼 얼룩처럼 잽싸게 가로질렀다.

안개는 베이커 가만큼 짙게 끼어 있지 않았고, 상당히 강한 바람이 휘몰아치며 탐정의 길쭉하고 시커먼 형체 주변의 누르스름한 연기를 걷어냈다. 자신이 매달려 있는 기둥 아래쪽으로 둥그스름한 불빛을 내려보내려고 애쓰는 가스등들로 인해 이따금 어둠이 살짝 가시기도 했다. 홈즈는 어둠 속에 몸을 감춘 채 천천히 걸었다.

저 멀리서 빅벤이 자정을 알리는 차임벨 소리가 들렸다. 홈즈는 목적지를 향해 조심스럽게 나아가면서 점점 더 허름해지는 건물들을 살폈다. 차디찬 한밤의 공기 중에는 무엇이 썩는 듯한 악취가 풍겼다. 홈즈는 갑자기 멈춰 섰다. 온몸의 감각이 위험신호를 보냈고, 신경이 바짝 곤두섰다. 숨 막히는 정적이 깔린 거리에서 뭔가 분간하기 힘든 희미한 소리가 들린 것 같은 느낌이 들었다. 홈즈는 두어 걸음을 더 내디디며 소리의 정체를 밝히려고 귀를 쫑긋 세웠다. 이번에는 분명히 들을 수 있었다. 누군가가 발을 끌며 걷는, 조용하면서도 규칙적인 소리였다.

홈즈는 미행을 당하고 있었던 것이다.

그는 상대방이 알아차리지 못하도록 급작스럽게 돌아서서 뒤쪽의 어둠 속을 노려봤다. 깜짝 놀라 숨을 흑 들이쉬는 소리가 들렸고, 안개 너머로 당장이라도 내려칠 듯이 오른팔을 들어 올리고 있는 어떤 사내의 윤곽이 어렴풋이 보였다. 사내의 형체가 앞으로 달려들자 홈즈는 재빨리 옆으로 걸음을 옮겼고, 다행히도 떨어져 내리는 악랄한 주먹질을 피할 수 있었다. 습격자는 몸을 비틀거리며 뭔가 알아들을 수 없는 말을 지껄였다.

홈즈는 사내를 밝은 곳으로 유인하기 위해 가장 가까운 가로등이 있는 곳으로 뒷걸음질 쳤다. 가스등 불빛 속으로 어기적거리며 들어오는 사람의 모습은 정말 보기에도 민망했다. 나이는 몇 살이나 되는지 종잡을 수 없었다. 수염을 깎지 않은 얼룩덜룩한 얼굴과 핏발이 선 눈은 인간이라기보다는 동물에 가까웠다. 이 사람의 야윈 몸은 다 썩어가는 넝마를 밧줄 삼아 간신히 매달려 있는 것처럼 보였다. 축 늘어진 손에는 무기가 들려 있었는데, 짧지만 단단한 몽둥이였다.

"해를 끼칠 의도는 없었습니다요, 선생님."

허덕거리는 호흡을 헤치며 꺽꺽거리는 목소리가 흘러나왔다.

"언제부터 박살난 머리통이 아무런 해도 입지 않은 것으로 된 것인가?" 홈즈가 쏘아붙였다.

사내는 몽둥이를 집어 던져버렸다.

"해를 끼칠 의도는 없었습니다요."

그는 좀 전에 했던 말을 느릿하게 되풀이했다.

"워낙 절박해서요, 선생님, 그래서 그랬던 겁니다요."

그는 비틀거리며 좀 더 불빛이 비치는 곳으로 들어섰다.

"제가 며칠 째 아무것도 먹지를 못해서……." 그의 초췌한 얼굴이 흐려지고, 눈썹이 잔뜩 찌푸려졌다. 정말 언제부터 굶고 있었는지를 기억해낼 수 없는 모양이었다.

"언제부터 굶고 있었느냐하면……." 사내는 고개를 가로저으며 잔뜩 당혹한 목소리로 다시 입을 열었다.

홈즈는 자신의 눈앞에 서 있는 가엾은 사람에 대해 머릴 굴렸다. 이 사람은 정말 눈에 보이는 그대로의 사람일까? 런던의 보잘 것 없는 구역에 살면서 그때그때 찾아낸 남이 버린 음식물로 간신히 생명을 이어가다가 정말 죽을 것 같으면 범죄를 저지르기도 하는 인간쓰레기들 중의 하나일까? 아니면 의문스럽기 짝이 없는 전보와 오늘 아침에 벌어진 암살 시도와 어떤 식으로든 관련이 있는 사람일까?

사내는 발을 질질 끌며 홈즈에게 두어 걸음 더 다가와 애원조로 두 손을 앞으로 내밀었다. 그와 동시에 하수도의 악취가 확 밀려왔다. 홈즈는 사내의 공허한 눈과 썩어가는 치아와 고름이 줄줄 흐르는 종기와 영양실조로 푹 꺼진 뺨을 면밀히 관찰했다. 그것들은 가짜가 아니었다. 고난에 찌든 이 사내는 사기꾼이 아니었다.

은전 하나가 공중에서 반짝 빛을 발했다.

"감사합니다요, 선생님."

"이제 자네 갈 길로 가게나." 홈즈가 쏘아붙였다.

"하늘의 축복이 함께 하시기를……."

괴물 같은 사내는 감사의 말을 중얼거리고, 발을 질질 끌며 뒷걸음질을 치며 다시 어둠 속으로 녹아들었다.

홈즈는 잠시 더 기다렸다가 도로를 가로질러 '런던 가든스'란 이름을 달고 있는 여섯 채의 음울하고 다 허물어져가는 집들로 다가갔다. 한때는 상류층이 거주하는 자랑스러운 곳이었지만, 이제는 표면이 다 바스라지고, 정원에는 잡초가 우거지고, 창문에는 때가 잔뜩 끼어 있을 정도로 비참하게 내버려진 상태였다.

홈즈를 극적인 방법으로 이곳까지 불러들인 첫 번째 집인 1번지를 제외한 나머지 집들은 다 어둠에 잠겨 있었다. 1번지의 2층 방 안에서 불빛이 펄럭거렸고, 닫혀 있는 블라인드에 투영된 윤곽은 어떤 사내의 형체였다.

"기다리고 있군." 홈즈가 중얼거렸다.

"자신이 쳐놓은 거미줄의 한복판에서."

그는 자신을 암살할 뻔한 작자의 신분을 거의 확실히 알고 있다고 생각했지만, 증거로 삼을만한 실마리가 너무 희박해서 그저 추측의 영역에 속한 문제라 그 이름을 입 밖에 내지 않겠다고 마음먹었다. 생각조차 하지 않으려고 했다.

코트 주머니에서 리볼버를 꺼내든 홈즈는 언제라도 행동을 취할 자세를 갖추고 현관문으로 이어진 길을 따라 걸었다. 그러는 동안, 홈즈는 한 줄로 이어진 진흙 발자국을 발견했고, 걸음폭을 바탕으로 해서 키가 172센티미터 정도 되는 날씬한 사내가 지나간 자국이라는 걸 계산할 수 있었다.

문이 쉽사리 열렸고, 홈즈는 집 안으로 들어갔다. 흐릿해진 유리창을 통해 들어온 희미한 가로등 불빛에 드러난 내부는 외부보다 퇴락의 상태가 훨씬 더 심했다. 한때 이곳에 사람이 살았다는 걸 나타내는 카펫이나 가구가 단 하나도 없었다. 사방의 벽들은 곰팡이가 피어 시커멓게 얼룩져 있었고, 이곳저곳의 벽지가 큰 폭으로 벽에서 떨어져나가 늘어져 있어 그 안쪽의 갈라진 회반죽을 드러내고 있었다.

집 안은 조용했다.

홈즈는 눈이 어둠에 적응될 때까지 잠시 홀에 그대로 서 있었다. 어슴푸레한 가로등 불빛이 만들어내는 괴기한 그림자들의 위협적인 분위기가 조금씩 줄어들었다. 홈즈는 2층으로 올라가는 모험을 감행하기 전에 아래층의 방들이 모두 확실히 비어 있는 걸 확인하려고 발끝으로 살금살금 걸었다. 홈즈는 자신의 적이 혼자라는 걸 거의 확신하고 있었지만, 이런 상황에서는 조심에 조심을 거듭한다고 해서 나쁠 게 없었다.

홈즈가 예전에 주방으로 사용됐던 방에 들어가 있을 때, 갑자기 식료품 저장실에서 어떤 소리가 들려와 그의 주의를 끌었다. 손에 들고 있던 리볼버를 단단히 움켜쥔 다음 저장실 문을 천천히 열었다. 커다란 쥐 두 마리가 죽은 고양이의 잔해처럼 보이는 것을 게걸스럽게 뜯어먹고 있었다. 홈즈가 들이닥치는데도 쥐들은 도망갈 자세를 취하지 않고 잔치를 즐겼다.

나머지 방들에서도 두텁게 쌓인 먼지와 썩어가는 목제품 이외에는 나오는 것이 없었다. 이제 불이 켜져 있는 방을 수색할 시간이었다. 홈즈는 발소리를 전혀 내지 않은 채 계단을 올라갔고, 층계참에 도달하자 걸음을 멈췄다. 왼쪽으로 난 짧은 통로가 있었고, 맨 끝에 있는 문짝 아래쪽 틈으로 유령처럼 너울거리는 노란 불빛이 흘러나오고 있었다. 잠시 동안 흥분에 찬 황홀감이 홈즈의 온몸을 타고 흐르며 움직이지 못하도록 만들었다. 홈즈는 그 방에 들어섬으로써 극도로 위험한 상황에 처할 수 있다는 걸 잘 알고 있었다.

홈즈가 문 앞에 도달하자 마치 적에게 경고신호를 보내는 것처럼 마룻장이 삐걱거렸다. 약 1분의 시간 동안 홈즈는 열심히 귀를 기울였다. 하지만 삐걱거리는 소리에 대한 반응이 전혀 없었다. 모든 것이 정적에 잠긴 채 고요했다. 홈즈는 조용히 한쪽 무릎을 꿇고 열쇠구멍을 통해 안을 들여다봤다. 눈에 잔뜩 힘을 주고 살펴본 결과, 방 안에는 창문 가까운 곳에 테이블 하나가 놓여 있고, 테이블에는 사내 하나가 꼼짝도 하지 않고 앉아 있을 뿐, 텅 비어 있었다. 탁자 위에 놓인 작은 램프가 그 사내에게 그림자를 던지고 있어 모습이 정확하게 보이지 않았다.

"이제 때가 됐군." 홈즈는 속으로 생각하며 리볼버를 손에 든 채 극적이다 싶을 정도로 재빨리 방 안으로 뛰어들었다.

"안녕하신가?" 홈즈는 어두컴컴한 형체에게 인사를 건넸다. 그러다가 자신이 큰 실수를 저질렀다는 걸 즉시 알아챘지만, 그것을 만회할 뭔가를 채 해보기도 전에 뒤통수가 깨지는 듯한 아픔을 느꼈다. 잠시 동안 눈앞에서 번갯불이 번쩍거렸고, 이내 어둠이 몰려와 시커먼 물결 속으로 끌어들였다. 홈즈는 정신을 잃고 바닥에 쓰러졌다.

5장

리드게이트 양의 경고

난 내 친구가 괴이한 소환에 응해서 밤의 어둠 속으로 사라지는 걸 지켜보면서 친구가 돌아올 때까지 자지 않고 기다려야겠다고 마음먹었다. 홈즈가 벌인 한밤중의 모험에 대해서 들을 때까지는 잠이 오지 않을 거라는 걸 잘 알고 있어서 죽어가는 벽난로의 불씨에 석탄을 더 집어넣고, 위스키 병과 〈란셋(The Lacet)〉(영국 의학 전문지)을 챙겨 불가에 앉았다. 최면술을 마취제로 사용하는 것에 관한 샤르코(Jean-Martin Charcot, 프랑스의 신경 병리학자)의 흥미로운 논문이 실려 있음에도 불구하고 독서에 집중할수가 없었다. 두 눈은 문장을 훑고 있었지만, 머릿속은 연신 오늘 있었던 극적인 사건—암살 시도와 암호문으로 된 전보—으로되돌아갔다. 그 두 가지는 정말로 관련이 있는 것일까? 그리고 만약 관련이 있다면, 어떤 식으로 관련이 있는 것일까?

이 문제에 관해서 생각을 깊이 할수록 점점 더 오리무중으로 빠져들었다. 결국 모든 게 다 뒤섞여 분간이 가지 않는 지경에 이르렀다. 현재 확보하고 있는 증거를 다시 고려해보려고 하는 순간, 끊이지 않고 울려대는 아래층 현관 초인종 소리가 내 생각을 방해했다. 회중시계를 힐끗 내려다보고는 자정이 지났다는 걸 알았고, 허드슨 부인이 이미 잠자리에 들었을 게 뻔하므로 내가 득달같이 계단을 달려 내려갔다. 문을 열자, 젊은 여인이 내 품안으로 쓰러지며 안겼다.

"홈즈 씨요." 여인은 숨을 헐떡거리며 급하게 말했다.

"홈즈 씨를 만나야 해요."

"안 됐지만, 홈즈는 지금 사건 수사 때문에 외출 중입니다." 난 그녀의 팔을 받쳐주며 홀 안으로 인도했다.

"그분을 꼭 만나야 해요."

그녀는 내 말을 듣지 못했는지 같은 말을 되풀이했다.

"그분에게 경고를 해야 하거든요."

"경고를 한다고요?" 난 그녀의 팔을 꽉 움켜잡으며 말했다.

그녀는 걸음을 멈추고 날 의심스러운 눈길로 훔쳐봤다.

"당신은 누구세요?"

"닥터 왓슨이고, 셜록 홈즈의 아주 가까운 친구입니다."

"그분을 꼭 만나야 해요, 큰 위험에 처해 계시거든요."

"일단 위층으로 올라가서 몸을 좀 녹이고, 모든 걸 다 이야기해주셨으면 합니다." 난 무섭게 다그쳤다.

잠시 후, 젊은 여인은 덜덜 떨리는 하얀 두 손에 브랜디 잔을 움켜쥔 채 벽난로를 마주 보고 있는 의자의 끄트머리에 엉덩이를 걸치고 있었다. 난로의 불빛에 비친 그녀의 파리하고 섬세한 얼굴은 병적으로 창백했고, 대도시에서 볼 수 있는 때로 얼룩져 있었다. 하지만 그녀의 다소 슬퍼하는 태도가 그녀의 아름다움을 다 가리지는 못했다. 그녀는 자연스럽게 위엄 있는 태도를 하고 있었고, 진갈색의 눈동자는 유별나다 싶을 정도로 섬세하고 숭고하게 반짝거렸다. 그녀의 의상이 오래 되고 낡았지만, 상당히 고급품이라는 걸 알아볼 수 있었다.

그녀는 브랜디를 한 모금 마시고 몸을 부르르 떨었다.

"불 쪽으로 좀 더 다가앉으시죠, 아가씨." 내가 권했다.

"제가 몸을 떠는 건 추위 때문이 아니에요, 닥터 왓슨. 두려움 때문이죠."

"아가씨는 정확히 무엇을 두려워하는 건가요?"

"그 사람이요. 그렌펠을 말하는 거예요!"

"그렌펠이라고요?"

"네, 만약 그게 그 사람의 본명이라면요. 본명이 아닐 거라는 의심이 들긴 하지만요." 그녀는 약간 생기가 도는 듯 활기차게 말했고, 눈동자도 흥분으로 인해 반짝거렸다.

"셜록 홈즈에게 경고하려고 이곳을 찾아왔다고 했는데……. 이 그렌펠이라는 사람을 조심하라는 것이었나요?"

홈즈의 이름을 언급하자, 그녀는 혹시 홈즈가 주위에 있는지 방 안을 미친 듯이 둘러봤다.

"셜록 홈즈……. 맞아요. 그분은 어디에 있죠?"

"좀 전에도 말했지만, 지금은 외출 중입니다."

"그렇다면 너무 늦었어요."

"처음부터 말해줄 수 있나요? 난 내 친구처럼 수수께끼를 잘 푸는 사람이 아니라서요."

그녀는 눈물 젖은 눈동자가 또렷하게 보이는 창백한 얼굴로 날 쳐다보고는 고개를 끄덕였다.

"제 이름은 실리어 리드게이트예요. 나이는 스물다섯이고요." 그녀는 씁쓸한 미소를 지었다.

"네, 제가 훨씬 더 나이 들어 보인다는 건 잘 알고 있어요. 그건 그렇게 살 수밖에 없었던 삶이 남긴 흔적이죠. 제가 항상 이렇게 보였던 건 아니에요, 닥터 왓슨. 한때는 저도 무척이나 예뻤었고, 깨끗하고 아름다운 옷을 입었었죠." 그녀는 브랜디를 한 모금 더 마시고 벽난로의 불꽃을 뚫어져라 쳐다봤다.

"그 때는 제 아버지가 살아 계셨을 때였어요. 아버지는 화가인 오브리 리드게이트였어요." 그녀는 내 얼굴에서 그 이름을 알고 있다는 표정이 나타나길 기다렸지만, 난 그 이름을 들어본 적이 없었다.

"아버지가 그리 유명한 화가는 아니었어요." 리드게이트 양의 말이 계속됐다.

"하지만 아버지는 초상화를 그려주면서 꽤나 많은 수입을, 우리 두 사람이 안락하고 행복한 생활을 이어나가기에 충분한 수입을 올렸죠."

"당신 어머님은⋯⋯?"

"어머니는 절 출산하던 중에 돌아가셨어요. 아버지는 어머니 몫까지 절 돌봐주었어요. 정말 좋은 아버지였어요"

이제 그녀의 목소리는 조금씩 떨리기 시작했고, 그녀는 감정을 조절하려고 애쓰는 기색이 역력했다.

"2년 전, 한밤중에 저희 집에 불이 났어요. 아버지는 그림을 그리는 동안에는 맨 위층에 있는 화실에서 주무시는 게 습관이었죠. 아버지는 그곳에서 불길에 휩싸였어요. 불길을⋯⋯. 피하지 못한 거죠. 소방대원들이 애써봤지만 화실에 접근조차 하지 못했었어요. 연기가 너무 많이 났고⋯⋯. 열기가 굉장했어요. 전 아버지의 소리를⋯⋯. 비명 소리를 들을 수 있었어요⋯⋯."

젊은 여자는 울음을 터뜨렸다. 두 손에 얼굴을 파묻고 조용히 흐느꼈다. 난 상체를 숙이고 그녀의 어깨를 가만히 어루만졌다.

"너무 슬퍼하지 마세요." 그 말을 꺼내자마자 아무런 의미가 없다는 걸 즉시 깨달았다. 하지만 놀랍게도 그녀는 그 말에 약간 마음을 가라앉힌 것 같았고, 잠시 후에 고개를 들고 옷소매로 눈물을 닦았다. 그러고는 설명을 계속했다.

"아버지는 우리 집을 태워버린 불길 속에서 돌아가셨어요. 소중한 물건들을 구하려고 애써봤지만, 책 몇 권과 보석 몇 점을 제외하고는 모두 재가 되어버렸죠. 아버지의 팔리지 않은 그림들도 마찬가지였고요. 따라서 전 돈도, 가족도, 집도 없는 처량한 상태로 이 세상에 혈혈단신 홀로 남겨지고 말았죠."

"친구들은요?"

"전 친구가 없어요. 아버지만이 유일한 친구였죠. 제가 원하는 건 아버지뿐이었어요."

내 가슴은 이 연약하고 불행한 여인에 대한 동정으로 터질 듯했다.

"제가 아버지를 대신해서 집안 살림을 꾸렸고, 화실 일까지 도와드렸어요. 하지만 직업 훈련을 한 번도 받은 적이 없어서 앞으로 혼자서 살아가는 데 필요한 능력을 전혀 갖추지 못한 셈이었죠. 살아가기 위해 보석을 한 점씩 팔아치울 수밖에 없었어요. 결국 지금 보시고 있는 제 모습처럼 되고 만 거죠. 지난 2년 동안, 발악하다시피 하며 목숨을 이어가려고 애썼어요. 싸구려 숙소에 머물고, 남의 동정을 받으면서요."

그녀가 말을 멈추고 잠시 있는 동안에 얼굴 표정이 갑자기 변했다. 부드러운 턱 선이 바짝 굳어지고, 눈동자에선 빛이 반짝거렸다.

"제가 살고 있는 삶이 더 이상 나쁠 수 없다고 생각했었는데, 그건 존 그렌펠을 만나기 전까지의 잘못된 생각이었어요. 그 사람을 만나고 나서는 바로 지옥이 시작됐거든요. 전 숙소 근처의 '슈터스 힐'에 있는 기독교 자선단체에 잠시 나간 적이 있었어요. 예배자들에게 빵과 수프를 무료로 나눠주는 오래된 전도관 이었죠. 바로 그곳에서 그 사람을 만났어요. 한 달도 채 안 됐고요. 그 악마 같은 얼굴에 눈길이 간 그날을 저주해요! 처음에 그 사람은 정말 온화한 태도로 절 대해줬어요. 그리고 제가 타인의 상냥함을 얼마나 절실히 원했는지는 하느님만이 아실 거예요. 아버지가 돌아가신 이후로 말을 털어놓을 수 있는 최초의 사람이었죠. 그 사람은 저처럼 불운과 원수들 탓에 이 세상에 태어났다고 하더군요. 이러는 게 단지 잠정적인 상황일 뿐이라고도 했고요. 아, 그 사람이 처음에 절 얼마나 친절하게 대해줬던지……." 그녀는 메마른 웃음을 날렸다.

"전 그 사람과 즉시 사랑에 빠졌어요, 닥터 왓슨. 악마와 사랑에 빠지는 게 제 운명이었던 거예요."

그녀는 미소를 지었지만, 그 미소에는 공허함이 묻어났고, 눈에는 눈물이 차올랐다. 손수건을 건네자 그녀는 그것을 받아들고 눈물을 닦았다.

"말씀을 계속해주시죠, 아가씨." 난 몸도 마음도 지쳐버린 이 아가씨의 곤경에 동정이 가긴 했지만, 홈즈에 대한 걱정을 떨쳐버릴 수 없었고 대체 무엇이 그의 생명을 위협하고 있는지를 언급해주길 간절히 바라고 있었다.

"얼마 지나지 않아 존 그렌펠이 제 숙소로 들어와 함께 살게 됐어요. 세상 물정을 모르는 제 생각에는 그게 자연스러운 일처럼 보였어요. 삭막한 세상에 내동댕이쳐진 사람들끼리 뭉치는 게 당연하다고 생각했던 거죠. 우린 연인이 됐고요."

그녀는 말을 멈추고 내 눈을 빤히 쳐다봤다.

"그게 당신에겐 충격적인가요, 닥터 왓슨?"

"리드게이트 양, 난……."

"더 이상 절 놀라게 할 게 없을까 봐 두려워요. 가난이 민감하게 감지하는 능력을 모두 다 망가뜨려버렸거든요. 일반인들이 누릴 수 있는 안락함을 맛보지 못한 채 거의 2년 동안 황량한 환경 속에서 살다보니 눈앞에 보이는 호의를 허겁지겁 잡으려고 했던 모양이에요." 그녀는 차디찬 웃음을 터뜨렸다.

"전 곧 잘못을 깨달았어요. 얼마나 잔인하고 악랄한 사내가 제 심장을 잡아 쥐었는지를 알기까지 별로 오랜 시간이 걸리지 않았던 거죠. 그 사람은 날 때리곤 했어요, 닥터 왓슨. 조금만 맘에 들지 않으면 여지없이 두들겨 팼어요."

인간의 마음 깊숙한 곳에 자리 잡고 있는 악을 이미 여러 번 경험해봤음에도 불구하고 그런 일을 만날 때마다 실망과 분노가 치밀어 오르는 걸 억제할 수 없었다.

"녀석은 더 이상 아가씨 몸에 손을 대지 못할 겁니다." 난 상체를 기울여 그녀의 팔뚝에 손을 올려놓으며 조용히 말했다.

"하지만 선생님은 그 사람이 얼마나 영악한지 모르세요. 그 사람의 본성을 사무치게 또렷하도록 지켜본 제 생각으로는 그 사람 마음 속 깊은 곳에 자리 잡은 어떤 것에 대한 증오심이 분노에 부채질을 해서 광기로 밀어붙인다는 걸 깨달았죠. 그리고 우연한 기회에 어떤 극악한 장비로 누군가를 해치려는 구상을 하고 있다는 걸 알게 됐어요. 그 사람은 그 사실을 내게 숨기려고 했지만, 어느 날 밤에 술이 잔뜩 취한 채 자랑하고 싶은 마음에 사로잡혀 셜록 홈즈를 죽음으로 몰아넣을 계획을 짜고 있다고 털어놓더군요."

"계속 말씀해주시죠, 리드게이트 양." 난 곧 벌어질 끔찍한 가능성이 눈앞에 보이는 것 같아 그녀에게 재촉했다.

"그 사람은 셜록 홈즈에게 뭔가 큰 원한을 가지고 있어 파멸시키기로 마음먹은 것 같아요. 그렌펠은 제가 애지중지하는 소장품들 중에서 가져간 책의 안쪽에 장치할 기계장비를 만들었어요. 그 장비가 어떤 것인지는 잘 모르겠지만, 사용 목적이 해롭다는 건 충분히 예측할 수 있었어요."

"저기에 아가씨 책이 놓여 있습니다, 리드게이트 양."

난 홈즈의 화학 실험대 위에 놓여 있는 책을 가리켰다.

"책 속의 장치는 저 책을 읽으려는 사람의 심장에 저걸 날리도록 설계된 것이고요."

난 천장에 박혀 있는 칼날을 가리키며 덧붙였다.

"정말 끔찍하네요!"

"다행히도 그 몹쓸 계획은 실패했습니다."

"하지만 그렌펠은 오늘 밤에 홈즈 씨를 살해할 계획이라고요."

"뭐라고요!"

"오늘 밤에 홈즈 씨가 베이커 가를 벗어나도록 유인해서 죽일 계획이라고 했단 말이에요. 제가 어느 누구에게라도 입만 뻥긋하면 죽이겠다고 위협했고요. 자신의 계획을 망치지 못하도록 절 제 방에 꽁꽁 묶어놓고 입까지 틀어막았어요. 묶인 걸 간신히 풀어내는 데 여러 시간이 걸렸고, 최대한 빨리 이곳으로 달려온 거라고요. 그런데 지금 보아하니 이미 늦은 것 같군요. 홈즈 씨는 이미 약속 장소로 갔고, 그렌펠은 그분을 자기 마음대로 다루고 있을 거예요."

"셜록 홈즈를 손아귀에 넣으려면 어지간히 영리한 정도로는 어림도 없습니다."

홈즈의 능력을 단단히 믿고 있기에 말은 그렇게 했지만, 가슴을 꽉 조여오는 불안감을 떨쳐버릴 수가 없었다.

"그렌펠이 어떻게 내 친구를 함정에 빠뜨리려고 하는지 조금이라도 아시는 바가 있습니까?"

그녀는 고개를 가로 저었다.

"리드게이트 양," 난 의자에서 벌떡 일어서서 옷걸이에 걸려 있는 코트를 잡아채며 말했다.

"난 홈즈가 어디로 갔는지 알고 있습니다. 아가씨가 말한 대로 홈즈가 정말 위험에 처해 있다면 그 친구를 도와줘야 합니다. 그러는 동안, 아가씨는 이곳에 그대로 있으면서 우리가 돌아오길 기다려야 합니다. 이곳에서는 어떠한 위험도 닥치지 않을 겁니다. 내 말이 무슨 뜻인지 알겠죠?"

"네." 그녀는 조용히 대답했다.

2, 3분이 채 지나기도 전에, 안개가 자욱한 차가운 공기에 단단히 대비를 한 난 마차를 잡아타고 '런던 가든스'로 향했다. 마차가 어둡고 텅 빈 거리를 쏜살같이 달려가는 동안, 난 리볼버를 손에 움켜쥔 채 좌석에 몸을 파묻고 황급히 달려가는 이 여행이 별일 없는 걸로 끝나기를, 홈즈가 이번 모험에 내재된 위험을 충분히 간파했기를 열심히 기원했다. 이 그렌펠이라는 녀석이 누구이든 간에 홈즈를 수중에 넣으면 절대로 자비를 베풀어줄 리가 없는 잔인하고 사악한 악당일 게 틀림없었다. 아무리 애를 써봐도 홈즈가 진정으로 내 도움이 필요한 곤경에 처해있을 거라는 생각을, 그리고 내가 너무 늦게 나섰다는 생각을 머릿속에서 지울 수가 없었다.

6장

거미

얼굴에 뿌려진 차디찬 물벼락의 충격 때문에 셜록 홈즈는 정신을 차렸다. 처음에는 눈앞이 뿌옜고, 뒤통수를 강타당한 고통으로 인해 정신까지 가물거렸다. 점차적으로 정신이 맑아졌고, 홈즈는 자신이 처한 상황을 감지할 수 있었다. 바닥에 누워 있고, 손목과 발목은 단단히 묶여 있었다. 어떤 사내가 자신을 내려다보며 석유램프를 들고 서 있었는데, 얼굴은 그림자에 가려 보이지 않았다.

"좋은 밤입니다, 셜록 홈즈 씨. 선생이 내 초청에 응해줘서 무척이나 기쁘군요."

사내는 비단결처럼 부드러운 목소리로 말했다. 홈즈는 가느다랗게 고음으로 울려나오는 목소리를 즉시 알아차렸고, 자신이 의심했던 게 옳았다는 확신이 들었다. 이제 그 치명적인 책을 누가 보냈는지, 그리고 누가 함정으로 유인했는지를 확실히 알게 됐다.

"이런 볼썽사나운 모습으로 자네 앞에 나설 의도는 전혀 없었네. 스태플턴."

홈즈를 사로잡은 사내가 재미있다는 듯 낄낄거렸다.

"그럼 선생은 알고 있었다는 말인가?"

"확신하진 못했지, 지금까지는. 이제야 털어놓는 것이지만, 자네가 수렁 속으로 사라졌을 때 좋아한 적이 없었어. 워낙 영악하지라 그림펜 늪으로 빨려 들어가진 않았을 거라고 믿었지. 자네가 설치해놓았다는 표시들이 너무 두드러지도록 빤히 보이더란 말일세. 자네가 죽었다는 결론을 내리도록 조작해놓은 손길을 느꼈다네. 아주 편리한 방법으로 자신의 죽음을 알리는 방법이라고나 할까? 물론 난 이런 의심쩍은 점을 헨리 경과 닥터 왓슨에게는 알리지 않았지. 그럴 필요가 없어서였어. 자네의 계획은 실패했고, 자네가 살아 있다는 흔적이 조금이라도 드러나면 좀 가혹한 결말이 기다리고 있을 테니까 말일세. 어쨌거나 자네와 내가 곧 만나게 될 거라는 점은 일찌감치 인지하고 있었지. 자네처럼 극히 위험하고 재능이 많은 적수는 그리 쉽사리 볼 수 있는 게 아니라서 말이야."

스태플턴은 경건하다고 해도 좋을 만한 웃음을 터뜨리고, 뻣뻣하게 뻗친 머리카락에 둘러싸인 때 묻은 얼굴을 석유램프가 밝히는 빛의 테두리 속으로 밀어 넣었다. 스태플턴은 더 이상 홈즈가 다트무어에서 만났던 세련된 박물학자가 아니었다. 홈즈는 이 사내의 단정하지 못한 모습과 꾀죄죄한 옷차림으로 미뤄 보아 꽤 오랫동안 어려운 상황에서 살았으리라고 짐작했다.

"그렇게 말하니 몸 둘 바를 모르겠군요." 스태플턴이 말했다.

"자신이 가지고 있는 재능을 완전히 이해해주는 사람을 만나는 건 언제나 즐거운 일이죠. 더구나 위대한 셜록 홈즈께서 알아주시면 그 기쁨이 배가 되는 법이고요."

"아, 자네가 지금 어떤 처지인지를 충분히 이해하네."

홈즈는 이죽거렸다.

"선생은 아주 머리가 좋은 악마이지만, 그런 당신을 뛰어넘어 지금 칼자루를 잡은 건 바로 나란 말이오. 난 그 사냥개가 사살된 다음 날 아침에 늪지대에 서 있는 당신을 지켜봤소. 날 수색하는 당신을 말이오. 그때 내게 총이 있었다면, 선생은 이미 골로 갔을 것이오. 난 그날 맹세를 했었소. 아무 데나 간섭하고 나서는 홈즈 씨에게 빚을 갚겠노라고. 선생이 참견하지 않았더라면 난 지금 바스커빌 저택의 주인이 되어 있었을 것이오. 범죄자처럼 경찰로부터 도망치고, 피하고, 싸구려 숙소에 몸을 숨기는 도망자 신세가 아니라!"

홈즈는 음산한 미소를 지으며 대꾸했다.

"그런데 어떡하나? 친애하는 스태플턴 자네가 범죄자인 게 틀림없는데." 홈즈는 느긋하게 말했다.

"사악한 범죄의 기질이 자네 혈관을 타고 흐르고 있으니 말일세. 찰스 바스커빌 경을 살해하고 헨리 경을 파멸시키도록 자네를 몰아간 건 바로 자네의 강력한 탐욕이었거든. 남의 것을 욕심내는 탐욕 말일세."

"내 것이 될 수도 있었어!" 스태플턴의 찢어지는 듯한 목소리가 텅 빈 방 안에 둔중하게 울려퍼졌다.

"난 가난에 허덕이며 여러 달 동안 모든 일을 신중하게, 아주 세세한 부분까지 계획을 세웠단 말이야."

"살해 수단으로 그 사냥개를 재창조해낸 것이 정말 천재적이었다는 점은 인정하는 바일세. 어쩌면 너무 기발했던 게 문제였지만⋯⋯."

"그게 무슨 뜻이지?"

"바스커빌 가문의 사람들을 살해하는 데 좀 덜 선정적인 방법을 사용했더라면 내가 그 사건을 수사하고 싶다는 마음이 들지 않았을 수도 있었고, 그렇다면 자네의 악랄한 술책이 방해를 받지 않고 진행됐을 수도 있었다는 말이지."

스태플턴은 홈즈의 말을 잠시 음미하고는 고개를 끄덕였다. "선생 말이 당연히 옳아." 그는 무작정 고집을 부리지는 않았다. "바스커빌 가 사람들을 살해하는 데 좀 더 평범한 수단을 선택할 수도 있었어. 독약 같은 것 말이지. 하지만 그러면 무슨 재미가 있고 도전이 되겠어? 살인을 저지르겠다고 마음을 먹으면 가장 사악하고 창의적인 방법을 구상해야 하는 것 아닌가?"

"그래서 오늘 아침에 그런 지저분한 꾸러미를 내게 보낸 것이로군."

"맞아." 스태플턴의 눈에 즐거움이 넘쳐 반짝거렸고, 입은 불쾌한 미소를 지으며 벌어졌다.

"상당히 멋진 선물이었잖아?"

"자네의 뜻을 공손히 받아들여 그 칼날이 내 심장에 푹 박히도록 놔두지 못해 미안하구만." 홈즈는 가볍게 대꾸하고 한 마디를 더해 스태플턴의 자존심을 뭉개버렸다.

"성공하지도 못한 그런 일에 아주 값비싼 책 한 권을 망쳐버렸다는 게 아주 안타깝구만."

"그 책은 내 것이 아니야. 그 여자의 소유물이었다고."

그 말은 스태플턴이 채 인식하기도 전에 쏟아져 나오고 말았다.

홈즈는 속에서 기쁨의 감정이 솟구치는 걸 느꼈다. 스태플턴이 미끼를 덥석 문 꼴이었기 때문이다. 턱 주위의 근육이 단단히 뭉치고 눈동자가 재빨리 움직이는 걸로 봐서 스태플턴은 신중하지 못한 자신의 반응에 화가 치민 것 같았다.

"그 여자는 자신의 귀중한 책이 무참하게 도려내진 것에 대해서 마음이 무척이나 언짢았겠구만." 홈즈가 살살 염장을 더 질렀지만, 스태플턴은 더 이상 유인당하지 않았다.

"끝까지 꼬치꼬치 캐물을 셈인가, 홈즈? 날 어찌 해보겠다는 생각으로 퍼즐 조각들을 좀 더 모으려고? 괜히 시간 낭비하지 말라고. 넌 이 방을 살아서 나서진 못할 테니까."

아주 잠깐 동안, 스태플턴의 얼굴이 분노로 인해 시뻘게졌다.

"그렇다면 그 여자에 대해서 말해주는 게 왜 두려운 건가?" 홈즈가 물었다.

스태플턴은 대답하기 전에 잠시 머뭇거렸다.

"두려운 게 아니야." 그는 잘난 체하며 말했다.

"나의 경솔한 발언이 너의 호기심을 잔뜩 불러일으킨 것 같아 아주 만족스러워서 이러는 거지."

미지의 여인에 대해서 더 이상 질문해봤자 현재로서는 아무런 실익이 없다는 걸 깨달은 홈즈는 주제를 바꿨다.

"오늘 오후에 우리 하숙집을 지나칠 때 내가 별 탈 없이 여전히 원기왕성한 걸 보고 무척 실망했겠군."

"그때 날 본 건가?"

"아니, 하지만 너의 작은 장난감이 맡은 바 임무를 제대로 수행했는지를 확인하려고 돌아올 게 틀림없다고 생각했거든. 난 네가 필요로 하는 정보를 제공하고 싶어 일부러 창가를 여러 번 왔다 갔다 했지."

"나의 두 번째 장치가 성공적이었다는 점은 인정하겠지, 홈즈?"

탐정은 가볍게 고개를 끄덕였다.

"네 생명을 노리는 첫 번째 시도가 실패로 돌아가자, 다음번에 성공을 보장받으려면 우리가 직접 얼굴을 마주 대해야 하고, 그 대면도 내 영역에서 이루어져야 한다는 걸 깨달았지. 너를 베이커 가로부터 유인해내는 유일한 방법이 정말 흥미를 불러일으키고 감질나게 해서 경계심을 누그러뜨릴 수 있는 수수께끼를 보내는 것이라는 걸 알고 있었어. 난 네가 암호로 된 메시지를 꿰뚫어 보지 못하리라고 생각할 정도로 천진난만하진 않단 말씀이야. 사실, 함정을 설치하고 도전하는 걸 네가 피하지 않을 거라는 확신이 있었지. 그리고 넌 나방처럼 내가 피워놓은 불길 속으로 날아들었고."

홈즈는 그림자가 진 스태플턴의 얼굴이 흥분으로 떨리는 걸 볼 수 있었다.

"흥미로운 비유로군." 홈즈가 활기 없는 목소리로 말했다. "나와 닥터 왓슨이 거미줄에 걸린 파리 신세였다니."

스태플턴이 씩 웃었다.

"아주 적절한 표현이지 않나? 내 거미줄에 사로잡힌 느낌이 어떤지 말해주지 않겠나, 홈즈?"

셜록 홈즈는 팔목을 파고드는 밧줄의 고통을 누그러뜨리려고 자세를 조금 바꿨다.

"지금 약간 불편하군. 하지만 이런 처지에 빠진 게 다 내 탓이니 어쩌겠나? 미끼로 내세운 공범을 테이블에 앉혀놓고, 넌 내가 들어서는 순간에 곤봉으로 후려치려고 문 뒤에 숨어있다는 걸 즉시 알아차리지 못했으니……."

스태플턴은 머리를 뒤로 젖히고 목이 졸린 것처럼 꺽꺽거리는 소리를 터뜨렸다. 자신이 무슨 우스운 말을 한 것도 아니라서 스태플턴의 반응이 얼른 이해가 되지 않았다. 급작스럽게 터져 나왔던 스태플턴의 외침은 꽤 오랫동안 지속되는 고음의 징징거리는 소리로 바뀌었다. 그건 미치광이의 폭소였다. 한참이 지나서 스태플턴이 제멋대로 날뛰는 감정을 제어할 수 있게 되자 미친 듯한 폭소가 점차 사그라졌다.

"공범이라고?" 스태플턴은 폭소를 터뜨리다가 흘린 눈물을 닦으며 큰소리로 말했다.

"내 친구가 테이블에 앉아 있었단 말이지?"

그의 얼굴에는 여전히 무시무시한 미소가 피어오르고 있었고, 그의 짜증나는 목소리로 미뤄보아 터질 듯한 즐거움을 간신히 억제하고 있는 것 같았다. 스태플턴은 바닥에 무기력하게 누워있는 홈즈를 난폭하게 잡아당겨 단번에 앉은 자세로 만들어버렸다. 홈즈는 팔목을 파고드는 밧줄 때문에 이를 갈았다.

"나의 공범을 소개하지, 홈즈."

스태플턴은 석유램프를 테이블 쪽으로 돌려 그곳에 묵묵히 앉아있는 시커먼 형체를 비췄다. 스태플턴의 동료라고 생각했던 것이 마네킹에 불과하다는 걸 알아본 홈즈는 속이 쓰렸다. 탐정의 얼굴에 떠오른 원통해하는 표정을 보고 스태플턴은 또 다시 괴이한 폭소를 터뜨렸다.

"누가 이런 걸 상상이나 해봤겠어!"

스태플턴은 의기양양한 목소리로 외쳤다.

"위대한 탐정인 셜록 홈즈가 마네킹에 속아 넘어가는 것을!

너의 경력을 끝내는 방법으로는 별로 권할만한 것이 못 되는 것 같아 살짝 걱정이 되는군."

"아주 멋진 도구로군. 그리고 이런 걸 활용한 넌 축하를 받아야 마땅하고. 그런데 난 아직 내 경력을 끝낼 생각이 전혀 없다는 걸 분명히 해둬야겠군." 홈즈는 강력히 주장했다.

"허풍이 심하군. 친애하는 홈즈 씨, 물에 빠져 죽기 직전의 사람이 지푸라기라도 잡고 허우적대고 싶은 건가? 탐정 나리, 넌 곧 물속으로 잠기기 직전의 무력한 사람이라는 걸 잊지말라고." 스태플턴은 의기양양한 태도로 호주머니에서 낡은 회중시계를 꺼내 시간을 확인했다.

"우리 대화가 재미있기는 하지만," 그는 회중시계를 다시 집어넣으며 말을 계속했다.

"이제 그만 끝을 내야겠어. 마차가 날 태우러 올 시각이 거의 다 됐고, 마부를 기다리게 하고 싶지 않거든. 그러니 이제 작별인사를 해야겠네, 홈즈. 복수를 하려 한 내 계획이 이렇게 신속하고도 만족스럽게 마무리돼서 얼마나 기분이 좋은지는 꼭 말해줘야겠군. 널 오랫동안 쫓아다녀야 했다면 상당히 불쾌했을 게 틀림없어. 원래 내 것이어야 할 바스커빌 가의 작위가 내 머릿속을 떠나지 않고 있어서 말이야. 어쨌든 그걸 손에 넣고 말 테지만."

스태플턴이 조용히, 상당히 논리적인 방식으로 주장을 펼치고 있었지만, 지저분한 얼굴과 낡은 옷차림에 눈동자가 제멋대로 움직이는 걸 지켜보는 홈즈는 그래도 가장 영악한 범죄자 중의 하나였던 자의 혼란된 머릿속에 그나마 남아 있던 이성의 끈이 급격히 사라지고 있다는 걸 알게 됐다. 이제 무슨 수를 써도 바스커빌 가의 작위를 상속받는 게 불가능함에도 불구하고 이 사내는 그런 사실을 전혀 모르고 있는 것처럼 보여서였다. 홈즈는 자신에 대한 복수와 바스커빌 저택의 주인으로서의 입지를 굳힌다는 두 가지 강박관념이 스태플턴으로 하여금 현실을 제대로 인식하지 못하게 하는 요인이라고 생각했다.

"네가 버둥거리며 죽는 모습을 지켜보지 못하는 게 섭섭하지만, 신문에서 너의 사망기사를 읽는 것으로 대신하기로 하지. 신문이 널 제대로 평가해서 기사를 쓰기를 바라겠어."

스태플턴은 문 쪽으로 걸어갔다.

"이제 정말로 가야 해. 굳이 일어서서 배웅할 필요는 없어. 아 참, 넌 일어설 수가 없겠군. 내가 이렇게 가끔 깜빡깜빡 한다니까. 하지만 너 혼자 이곳에서 추위에 떨게 놔두진 않을 테니까 걱정은 하지 말고."

그 말이 떨어지는 것과 동시에 스태플턴은 석유램프를 맞은편 벽으로 힘껏 던졌다. 램프는 벽에 부딪혀 박살났다. 즉시 한 줄기 불길이 마룻바닥을 스치며 썩어가는 목재를 먹어치우기 시작했다.

"이러면 좀 따뜻해지겠지!" 스태플턴은 찢어지는 폭소를 터뜨리며 방에서 달려나갔다.

허기가 진 듯한 불길은 지글지글 소리를 내며 몸을 쭉 내뻗었고, 불과 몇 초가 지나기도 전에 실내의 절반 정도가 불길에 휩싸였다. 홈즈는 결박에서 벗어나려고 안간힘을 썼지만, 너무 단단히 묶여 있었다. 스태플턴이 꼼꼼히 손을 써놓은 결과였다.

숨이 턱턱 막히게 하는 연기의 소용돌이와 불에 타는 목재의 매캐한 냄새가 실내를 채우기 시작했다. 1초, 1초가 지날 때마다 길게 뻗은 오렌지색 불길의 날름거리는 혀가 무력하게 누워 있는 셜록 홈즈를 향해 점점 더 다가왔다.

7장

큰 화재

이륜마차가 안개를 헤치며 런던 가든스를 향해 달려감에 따라 말발굽 소리가 한밤의 거리에 울려 퍼졌다. 내 지시에 따라 마부가 마구 말들을 몰아붙여 금세 목적지에 도착했다. 마차에서 내리다가 때마침 반대쪽으로 맹렬하게 내달리는 마차 한 대를 보게 됐다. 순식간에 스쳐 지나가 어둠 속으로 사라지는 마차 안에는 창백한 안색에 희희낙락한 기색이 완연한 승객 한 명이 타고 있었다. 그 얼굴은 기억 속의 누군가를 떠올리게 했지만, 그 당시에는 그게 누군지 콕 집어 말할 수가 없었다.

마부에게 기다려달라고 지시한 난, 당장에라도 허물어질 듯 낡아빠지고 아무도 살지 않는 것처럼 보이는 여섯 채의 집을 향해 황급히 걸어갔다. 바로 그 순간, 첫 번째 집의 2층 창문으로 쏟아져 나오는 불길을 봤다.

"이런, 맙소사!" 난 깜짝 놀라 소릴 질렀다.

"홈즈!"

난 득달같이 달려 집 안으로 뛰어들었다. 홀은 이미 시커먼 연기로 가득 찼고, 연기 너머로 2층의 맹렬한 열기가 느껴졌다. 난 헐떡거리며 계단을 올라가면서 목청껏 소릴 질렀다.

"홈즈! 홈즈! 자네, 거기에 있나, 홈즈?"

화재로 인해 발생한 웅웅거리는 소리와 탁탁 튀는 소음을 뚫고 불길 지옥의 심장부인 층계참의 끝에 위치한 방으로부터 뭔가에 억눌린 듯한 희미한 비명이 들려왔다. 난 눈썹에서 흘러내리는 땀을 코트 소매로 닦으며 그 방을 향해 달려갔다.

하지만 사방에서 밀려오는 타는 듯한 지독한 열기와 눈앞을 가로막고 숨을 턱턱 막히게 하는 연기로 인해 전진하는 속도가 느려졌다. 계단 난간은 이제 완전히 불길에 휩싸였고, 오렌지색 불꽃이 난간을 타고 앞뒤로 혀를 날름거리며 닿는 것들을 모두 품안으로 끌어들이고 있었다. 내가 입은 코트의 몇 군데가 이미 불길에 눌어붙고 있었고, 구두를 둘러싼 열기 때문에 두 발이 뭔가에 찔린 것처럼 아파오기 시작했다.

마침내 그 방의 문턱에 도달했는데, 노란색의 맹렬한 불길이 방의 거의 모두를 먹어치우고 있었다. 사내 형태의 몸뚱이가 불길에 휩싸여 있어 구출 가능성이 전혀 없어 보였다. 난 가슴이 덜컥 내려앉았다.

"홈즈!"

난 쉰 목소리로 비명을 질렀다.

충격을 먹거나 위기의 순간에 시간이 멈춰 선 것처럼 보이는 게 이상했다. 몇 분이 지나도록 타오르는 시체를 멍하니 바라보며 서 있었던 것 같았다. 그러는 동안 내 머릿속에서는 셜록 홈즈와 함께했던 과거의 생활이, 머릿속에 영원히 각인된 기억이 주마등처럼 흘러갔다. 전혀 손을 쓰지 못하고 쳐다보고 있는 가운데 나의 가장 사랑하는 친구가, 내가 이제껏 살아오면서 가장 현명하고 뛰어나다고 생각한 사람이 무자비한 불길에 타고 있었다.

실제로는 이러한 생각이 불과 몇 초 안 되는 순간에 훅 지나간 일이었다. 나의 몽상은 뒤에서 들려온 소음 때문에 깨졌다. 급격히 돌아선 내 눈에 비치는 것은 문 뒤쪽에 불구자처럼 웅크리고 있는 셜록 홈즈의 모습이었다. 내 심장은 기뻐 날뛰었다.

"자네를 보니 정말 기쁘군, 친구."

홈즈는 미약한 목소리로 꺽꺽거렸다.

그의 목소리를 듣고 마음이 놓인 난 급히 물었다.

"무슨 일이 벌어진 건가?"

"지금 말할 시간이 없네. 얼른 밧줄을 풀어주게나. 당장 이곳을 빠져나가야 해."

난 고개를 끄덕이고는 최대한 재빨리 행동했다. 주머니칼로 홈즈의 결박을 끊어 손과 발을 자유롭게 해줬다.

"저길 달려나가야 해."

홈즈는 이제 거의 불길에 타버린 층계참을 가리켰다.

"내가 먼저 감세." 난 맹렬히 타오르는 불길 속에서 또렷이 들리도록 고함을 지르며 코트를 머리 위까지 끌어올려 보호막을 만들고 지옥에 있는 모든 악마들이 뒤쫓아오기라도 하는 것처럼 내달렸다. 무엇이라도 바싹 태워버릴 듯한 불길이 날 잡아채려고 노란색 촉수들을 뻗었다. 나도 대가를 지불해야 했다. 혹독한 열기로 인해 즉시 두 손에 물집이 잡히기 시작했다.

홈즈는 내 뒤를 바짝 따라 달렸고, 계단을 다 내려오자마자 계단과 층계참이 불똥과 오렌지색 불길과 더불어 허옇게 타버린 목재가 천둥 같은 소리를 내며 뒤쪽에서 무너져 내렸다. 화재는 이제 집 전체로 번졌고, 불길은 승리의 트로피를 껴안은 채 하늘 높이 치솟으며 세차게 펄럭거렸다. 이제 지붕이 주저앉는 것도 시간문제였다.

홈즈와 내가 숨도 제대로 쉬지 못한 채 다행스럽게도 차디찬 밤공기 속으로 뛰어들었을 때, 두 사람의 코트는 이미 불이 붙어 있었다. 코트를 벗어 던지고 비틀거리며 우린 살을 태울 듯한 불길을 벗어났다.

"이리 오게, 왓슨." 홈즈가 외쳤다.

"여기 있으면 안전하지 않아. 언제 집이 폭삭 주저앉을지 모르거든." 그는 내 팔을 끌어당겼다.

"안전하려면 얼른 도로 맞은편으로 가야 하네."

맞은편 인도에는 밤의 어둠을 뚫고 어디선가 모습을 드러낸 일단의 사람들이 불길에 마취된 듯 멍하니 구경을 하고 서 있었다. 우린 그들 사이를 파고들었고, 잠시 후에 홈즈가 예언한 대로 런던 가든스 1번지 집이 마지막까지 불길에 저항하다가 마침내 삐꺽거리는 소리와 갈라지는 소리를 내며 무너져 내렸다.

도로 맞은편의 안전한 장소에서 홈즈는 진심이 가득한 손길로 내 등을 가만히 두들겼다.

"왓슨."

그는 차가운 공기를 게걸스럽게 들이마시며 헐떡거렸다.

"앞으로 내가 혹시라도 자네에게 따라오지 말라고 할 때면, 난 자네가 그 말을 무시하리라고 굳게 믿겠네."

그는 멋쩍은 미소를 지었다.

"자넨 오늘 밤에 내 목숨을 구했네, 친구."

"자네의 지시를 묵살할 그럴 만한 이유가 있었네, 홈즈."

"자네의 그 유명한 직감 말인가, 응?"

"그것보다 좀 더 확정적인 것이었네. 자네가 위험에 빠졌다는 경고를 받았거든."

"경고를 받았다고?" 내 친구는 내가 밝힌 사실에 큰 충격을 받은 것처럼 보였다.

"누구로부터 말인가?"

난 리드게이트 양과 그녀의 이야기를 중요한 사실들이 하나도 빠지지 않도록 잘 요약해서 말해줬다. 귀를 쫑긋 세워 경청하는 홈즈의 얼굴에는 아무런 감정이 드러나지 않았다. 그는 내 말이 끝날 때까지 아무런 질문도 하지 않았다.

"정말 많은 걸 깨닫게 해주는 이야기로군. 그리고 그 숙녀 분은 지금 베이커 가에서 우리가 돌아오길 기다리고 있다는 건가?"

난 고개를 끄덕였다.

"그렇다면 이곳에서 더 이상 꾸물거리지 말고 즉시 집으로 돌아가자고." 그렇게 말하고 홈즈는 내가 대기시켜놓은 마차가 있는 곳까지 재빨리 걸어가서 얼른 올라탔다. 나도 재빨리 따라가서 아무 설명도 없이 자신의 마차를 탄 홈즈를 보고 어리둥절한 표정을 짓고 있는 마부에게 행선지를 알려줬다. 내가 그 불이 난 집에 어떻게 갇히게 됐는지 그 이유를 말해달라고 그렇게 종용했지만, 홈즈는 돌아오는 동안 내내 아무 대꾸도 하지 않았다.

베이커 가에 도착하자 홈즈는 앞장서서 부리나케 계단을 달려올라가 우리의 거실 문을 활짝 열어젖혔다.

"이런!" 홈즈가 소리쳤다.

"숙녀 분이 날아가버렸구만."

"사라졌다고?" 난 믿을 수가 없어 되물었다.

"이렇게 되지 않을까 걱정이 됐었는데……."

홈즈는 텅 빈 실내를 가리키며 말했다.

"리드게이트 양은 우리와의 싸움에서 그렌펠이 이길 거라고 더 믿고 있는 것 같군."

"그럼 그 여자가 너무 두려워서 이곳에 그대로 있지 못했다는 뜻인가?"

홈즈는 고개를 끄덕였다.

"자네가 내게 해준 말로 봐서 짐승 같은 그렌펠이라는 작자가 그 여자를 완전히 손아귀에 틀어쥐고 있는 게 분명하네. 그 여자가 오늘 밤 이곳으로 찾아온 것만으로도 크나큰 위험을 감수했을 걸? 내가 불지옥을 탈출하는 데 자기가 어떤 식으로 관련되어 있다고 그렌펠이 의심하는 날이면 당장 죽일 거라는 걸 그 여자는 잘 알고 있었을 걸세."

"이런 딱한 일이 있나! 그럼 그 여자가 그 녀석에게로 돌아갔다는 뜻인가?"

"당연히 그렇겠지. 그렇지 않다면 그 여자가 달리 어디로 갈 수 있겠나?"

"정말 불쌍한 아가씨로군. 홈즈, 우린 이 일을 해결하기 위해 뭔가를 해야 하네. 그 여자를 구해야 한단 말일세."

"다 때가 있는 법일세, 왓슨. 우선 상처를 치료하고, 그런 다음 난 술을 한잔해야겠네."

홈즈의 표정으로 봐서 논쟁을 벌여봐야 아무 소용이 없을 것 같았다. 홈즈의 마음이 일단 정해지면 내가 아무리 애를 써봐야 그걸 바꿀 수가 없었다. 어쩔 수 없이 그의 계획대로 할 수밖에 없었고, 난 우리들의 손에 난 작은 화상들을 치료했다. 그렇게 급박하게 탈출했음에도 이것보다 더 큰 상처는 없었다.

30분 후, 홈즈와 난 불씨를 되살린 벽난로를 둘러싸고 앉아 오늘 밤 사건을 회상하고 있었다. 홈즈의 분위기는 잔잔한 호수처럼 가라앉아 있어서, 가운을 걸치고 다리를 느긋하게 쭉 뻗은 채 오래된 도기 파이프를 뻐끔거리는 모습에서는 조금 전에 불타오르는 건물 안에서 목숨을 잃을 뻔했다는 사실이 믿어지지 않았다.

"그 여자의 이야기는 《위대한 유산》의 복사본에 관한 내 추리와 딱 들어맞는군."

홈즈는 만족스러운 기색이 가득한 어조로 한 마디 했다.

"자넨 여자가 개입되어 있다고 의심했던 건가?"

내 친구는 껄껄 웃었다.

"자넨 아주 적절한 단어를 사용하는구만. 그렇지 않을까 '의심'을 했었지만, 그걸 입증할 자료가 거의 없었다네. 의문에 싸인 암살범이 여자들에게 최면술과 흡사한 힘을 발휘할 거라고 믿었고, 그걸 바로 써먹지 않고는 못 견딜 녀석이라는 걸 알고 있었네."

"도대체 이 그렌펠이라는 녀석이 누군가?"

"자넨 스태플턴이라는 이름으로 더 잘 알고 있을 걸세."

"스태플턴? 바스커빌의 살인자 말인가?" 난 숨을 헐떡거렸다.

"하지만 녀석은 죽었잖은가!"

"전혀 그렇지 않아. 생생하게 살아 있다고."

"난 녀석이 그림펜 늪 밑바닥에 가라앉았다고 생각했는데……."

"증거가 다 그 방향을 가리키고 있고, 세상 사람들이 그 이야기를 믿도록 놔두는 게 좋겠다는 생각은 했지만, 난 전혀 그렇지 않다는 걸 알고 있었네."

홈즈는 이어 자신이 그날 밤 베이커 가를 떠났을 때부터 내가 불타오르는 집에 제때 도착했을 때까지 있었던 모든 일들을 자세히 풀어놓았다.

"그럼 내가 자네라고 생각했던 그 몸뚱이가 마네킹이었단 말인가?"

홈즈의 설명을 마무리 짓는 말로 내가 물었다.

"사실이네, 왓슨. 나의 경계심을 근본적으로 허물어뜨린 게 바로 그것이었지. 이번에 맞이한 적수가 단독범이라고 그렇게 확신했음에도 불구하고 그런 교활한 미끼에 속아 넘어갔으니, 원." 홈즈는 멋쩍은 웃음을 흘렸다.

"내가 방 안으로 들어서며 마네킹에게 말을 거는 걸 보고 스태플턴이 무척이나 기분 좋아 했을 게 틀림없네."

"녀석이 문 뒤에 숨어서 기다렸겠군?"

"그래, 날 때려 정신을 잃게 할 준비를 하고서 말일세. 그리고 그걸 아주 성공적으로 해치웠지. 난 제대로 얼간이 노릇을 한 셈이네. 왓슨, 자넨 이걸 내가 벌인 성공적이지 못한 모험 중의 하나로 기록해둘 수 있을 걸세."

그는 상체를 앞으로 내밀며 내 팔을 어루만졌다.

"그리고 자네가 없었더라면, 내 친구여, 이것이 나의 마지막 모험일 뻔했네."

홈즈가 전하는 너무나 진지한 감사의 말에 감동한 나머지 난 그만 대꾸할 말을 잊고 말았다. 홈즈는 술을 한 잔씩 더 따르려고 일어섬으로써 나의 쑥스러움을 덮어줬다.

"우린 이 가엾은 아가씨를 스태플턴의 손아귀로부터 구해내야만 하네."

난 홈즈가 술잔을 내게 건넬 때 주장했다. 스태플턴의 학대받던 아내인 베릴에게 홈즈가 얼마나 친절하게 대했는지를 잘 기억하고 있었다.

"우리가 지금 당장 해야 할 일은 휴식이네. 잠을 푹 자야 한단 말일세."

"하지만 그럴 시간이 없는 것 아닌가?"

"피로에 지친 두뇌는 제대로 작동하지 못하는 법일세, 왓슨. 스태플턴처럼 교활하고 위험한 녀석을 다루기 위해서는 활력이 넘치고 경계심을 끌어올려야 할 필요가 있네."

"하지만 그 아가씨는 어떻게 하고……."

"그 여자는 적어도 아침까지는 아무 일이 없을 걸세. 내 목숨을 노린 두 번째 시도가 실패로 돌아갔다는 걸 스태플턴이 알아차릴 때까지는 몇 시간이 걸릴 테니까. 그때까지는 무사할 거란 말일세. 스태플턴이 악의에 찬 녀석이라는 건 맞지만, 아무런 이유 없이 무턱대고 살인을 하지는 않는다네."

"그래서 자넨 잠을 자겠다는 말이군."

홈즈의 장담에도 불구하고 그 말을 믿기 힘들었고, 따라서 목소리에 분노의 기색이 드러나지 않도록 무진 애를 썼지만 입에서는 날카로운 지적이 튀어나갔다.

"그래, 왓슨, 그리고 자네도 함께하기를 권하고 싶네. 그래야 아침에 상황을 신중히 검토할 수 있고, 우리가 취할 다음 행동이 무엇인지를 결정할 수 있을 테니까 말일세."

✤

8장

전도관

난 홈즈가 실리어 리드게이트 양의 운명에 대해서 너무나 무관심한 것 같아 화가 났지만, 그의 마음을 돌릴 수 있는 방법이 없다는 걸 깨닫고는 할 수 없이 잠을 청하러 침실로 들어갔다. 하지만 손에 입은 화상이 욱신거리고, 스태플턴에게 학대받는 가엾은 아가씨의 모습이 눈앞에 떠올라 잠을 이룰 수가 없었다. 두어 시간 이리 뒤척 저리 뒤척거리다가 결국 침대에서 일어나 옷을 입었다.

내 눈에는 홈즈가 스태플턴을 체포하는 일에 가장 관심이 있고, 리드게이트 양의 구출은 그저 부수적인 일로 생각하는 것처럼 보였다. 내 친구가 계획을 세우고 덫을 설치하는 동안 그녀가 더 큰 위험에 처하게 될 것이라는 걸 깨달았다. 스태플턴이 그녀를 살해할 수도 있지 않겠는가! 그런 끔찍한 생각이 머릿속을 스치자 당장 행동을 취할 필요가 있다는 확신이 들었고, 홈즈가 리드게이트 양의 구출을 위해 어떤 조치를 취하려 하지 않기 때문에 나라도 나서는 게 당연하다고 여겼다.

내가 베이커 가로부터 길을 떠날 때는 아직 어두운 시각이었다. 희뿌연 동쪽 하늘만이 아침이 거의 다가왔음을 알리는 신호였다. 내 계획은 리드게이트 양과 스태플턴이 만났다는 오래된 전도관을 찾아내는 것이었다. 그곳에서 그들의 숙소가 어디인지를 추적할 수 있지 않을까 하는 다소 희망 섞인 생각에서였다.

난 운이 좋았다. 매릴리번 로드에서 잡아탄 마차의 늙은 마부가 슈터스 힐의 전도관을 알고 있었고, 30분 후, 난 삭막하고 곧 허물어질 듯한 건물 앞에 서 있었다. 이제는 런던 전체가 어둠 속에서 깨어나고 있었다. 안개는 자취를 감추고, 청명하고 상쾌한 아침이었다. 오렌지색 태양이 지붕 위로 불끈 솟아올라 따사로운 햇살을 쏟아내고 있었다. 유리창의 가장자리를 둘러싸고 싸늘한 무늬를 누볐던 서리가 이미 녹아내리고 있었다.

옷도 제대로 걸치지 못한 한 무리의 가엾은 사람들이 전도관의 문 주위에 옹기종기 모여 서서 조금이라도 온기를 얻으려고 발을 동동 구르고 양손을 모아 입김을 불어넣었다. 내가 문 쪽으로 접근하자 그 사람들은 돈을 적선하라고 애원했고, 난 이처럼 누더기를 걸치고 굶주린 사람들을 그냥 지나칠 수가 없었다. 난 동전 몇 개를 나눠주면서 스태플턴이 혹시 이들 사이에 있지 않을까 하는 생각에 야윈 얼굴들을 꼼꼼히 살폈다. 하지만 스태플 턴의 얼굴은 보이지 않았다. 높다란 떡갈나무 대문을 지나 막 전 도관 안으로 들어가려는 순간, 이들 중 한 명이 내 팔을 잡았다.

"지금 안으로 들어가도 아무 소용이 없구만요, 나리."

그 사람은 귀에 거슬리는 목소리로 말했다.

"그 친구는 8시가 돼야 먹을 걸 나눠준다니까요. 지금은 나리 를 발로 차서 쫓아낼 거구만요."

난 그 사람의 말을 무시하고 문을 밀어 열고 건물 안으로 들어 섰다. 땀 냄새와 확실히 분간할 순 없지만 불쾌하기 짝이 없는 다른 냄새들이 코를 찔렀다. 짧은 복도를 지나 나무로 만든 조각 한 긴 벤치들로 꽉 차 있는 천장이 높고 넓은 홀로 들어갔다. 맨 끝 쪽의 한 층 올라선 설교단에는 주기도문이 적힌 플래카드가 붙어 있었다.

"나가시오! 8시까지는 수프를 급식하지 않아요."

경쾌하고 교양이 있으면서도 권위로 가득 찬 목소리가 설교 단의 그림자 속에서 튀어 나왔다.

"전 수프를 얻어먹자고 온 게 아닙니다. 정보를 얻고 싶습니 다." 난 얼굴이 보이지 않는 사람에게 큰 소리로 대꾸했다.

키 큰 사람 하나가 어둠 속에서 걸어 나와 자신감이 돋보이는 큰 걸음으로 성큼성큼 내게 다가왔다.

"그런 말을 하는 당신은 누구죠?"

"전 닥터 존 왓슨입니다."

"닥터시라고요? 음, 이곳에서 의사 선생님의 봉사가 확실히 필요할 수도 있죠. 난 매튜 볼턴이라고 합니다. 이 전도관을 책임지고 있습니다. '몸과 마음의 양식인 수프와 설교'를 전하고 있습니다." 그는 벤치들을 손으로 가리켰다.

"하느님의 일이 항상 청결하고 기분 좋은 것만은 아닙니다."

그는 옷 주인이 게으르다는 흔적을 여러 개 남기고 있는 거친 트위드 양복을 걸친 야윈 사람이었다. 턱수염이 무성하고 얼굴은 벌겠다.

"절 도와주실 수 있으리라 믿고 있습니다." 내가 말했다.

"그래요?" 그의 목소리에는 경계하는 기색이 역력했다.

"전 실리어 리드게이트의 친구입니다."

"실리어 리드게이트 말인가요?"

"그 여자를 알고 계십니까?"

볼턴이 눈을 가늘게 떴다.

"그 여자에게 어떤 문제가 있는 건가요?"

"제가 얼른 만나지 못하면 그럴 수도 있습니다. 그녀에게 도움을 주려고 이러는 것이지 다른 뜻은 없다는 걸 분명히 말씀드립니다." 난 볼턴의 얼굴에 선명하게 드러난 의심을 누그러뜨리려고 했다.

"한 시간도 안 되는 동안 그런 주장을 한 사람이 또 있었단 말이오."

"저 말고 다른 사람이 그녀에 대해서 물었단 말입니까?" 난 깜짝 놀라 다급하게 물었다.

"맞아요." 볼턴은 느릿느릿하게 대답했다.

"그 사람이 누군지……. 혹시 아는 사람이었습니까?"

볼턴은 고개를 가로저었다.

"전혀요. 의사 양반, 이게 다 무슨 영문인지 선생이 말해주지 않겠소? 이곳을 찾는 사람들 중 한 명에 대해 그런 질문들을 하고 있으니 호기심이 동하지 않을 수 없구려. 가엾은 실리어는 거의 1년 동안 아무런 문제도 없이 이곳에 잘 나왔는데, 이제 갑자기 불과 한 시간 동안에 두 사내가 그녀에게 도움을 주고 싶다며 찾아왔으니 말이오."

난 볼턴의 팔을 움켜쥐었다.

"절 믿어주셔야 합니다. 리드게이트 양은 지금 위험에 처해 있습니다. 제가 그녀를 당장 만나는 게 무엇보다도 중요하단 말입니다."

볼턴은 나의 손을 뿌리치려는 기미는 전혀 보이지 않고 날 매섭게 노려봤다.

"내가 왜 선생을 믿어야 하지? 선생이 실리어를 해치려는 게 아니라는 걸 내가 어떻게 안단 말이오?"

"지금은 제 말을 믿어달라고밖에 할 수 없습니다, 볼턴 씨. 전 현상수배된 살인범을 추적하고 있는 셜록 홈즈와 함께 일하고 있고, 우린 실리어 리드게이트 양이 살인범의 다음번 희생자라고 믿을 충분한 이유를 가지고 있습니다. 이제 그녀가 어디에 있는지 제발 말씀해주시겠습니까?"

난 진심을 다해 이야기했고, 정성이 통했는지 볼턴의 표정에 변화가 생겼다. 그는 입을 열기 전에 잠시 동안 내 눈을 똑바로 쳐다봤다.

"셜록 홈즈라……. 그 탐정 말이오?" 볼턴이 물었다.

난 머리가 어지러울 정도로 세게 고개를 끄덕였다.

"음," 마침내 볼턴이 입을 열었다.

"좀 전에 왔던 사람에게 해준 말을 그대로 선생에게 해줄 수밖에 없소. 실리어는 요 며칠 동안 전도관에 나오지 않았어요. 하지만 내가 이전에 들은 바로는 매컬리 스트리트에서 셋방을 얻어 살고 있다고 했소."

"그녀와 함께 살고 있는 존 그렌펠이라는 사람을 알고 계십니까?"

"실리어와 함께 있는 건 두어 번 본 적이 있지만, 말을 해본 적은 없소." 볼턴은 어깨를 으쓱했다.

"내가 아는 것이라고는 그게 다요."

"감사합니다." 난 얼른 그곳을 찾아가기 위해 등을 돌리며 감사의 말을 전했다. 그러다가 매우 중요한 정보를 얻을 수 있는 기회를 놓칠 뻔했다는 걸 깨닫고는 볼턴에게 더 물었다.

"리드게이트 양에 대해서 물어보러 왔다던 그 사람 말입니다……. 어떻게 생겼던가요?"

"체형은 선생과 비슷했고, 나이는 좀 더 들고, 품위가 있고, 머리카락은 회색이었소. 단안경을 썼고, 큼지막한 콧수염이 났습디다. 귀가 약간 먹었는지, 같은 말을 계속해서 되묻곤 했었소. 상당히 상류사회의 인물인 것 같습디다."

"본인 입으로 자신이 누군지 밝히던가요?"

볼턴은 고개를 끄덕였다.

"실리어 아버지의 친구이고, 최근에서야 그녀가 곤경에 처해 있다는 소식을 들었다고 했소. 실리어를 요 몇 달 간 찾고 있었다는 말도 했고요."

난 정보를 준 데 대해서 볼턴에게 감사의 말을 전하고, 매컬리 스트리트로 가는 길을 물어본 다음 잠시도 지체하지 않고 그곳을 빠져나왔다. 리드게이트 양에 대해서 물어본 사람이 누군지 전혀 알 길이 없었지만, 그녀의 상황을 조금 알고 있는 내가 보기에는 그 사람이 전혀 있을 법하지 않은 이야기를 한 것 같았다. 전혀 모르는 이 남자가 불행한 아가씨의 목숨을 위협하고 있다는 느낌이 확고하게 들었다.

얼마 지나지 않아 난 매컬리 스트리트로 들어섰고, 그곳이 누추한 상태라는 비밀을 페인트가 벗겨지고 있는 문과 넝마 같은 커튼 뒤쪽에 한사코 숨기려는, 붉은 색 벽돌로 지은 높다란 테라스하우스(각 세대마다 테라스를 가진 경사지 연립 주택으로 아랫집의 지붕이 바로 윗집의 테라스가 되는 형태)들이 길게 줄지어 늘어선 곳이라는 걸 알게 됐다. 슬쩍 둘러보니 이들 중 일곱 집이 '저렴한 숙박 시설'이라는 광고를 하고 있었고, 곧 내가 찾고자 하는 집이 눈에 들어왔다.

난 문을 세게 노크하고 기다렸다. 1층 창문을 가리고 있던 색 바랜 레이스 커튼이 약간 움직이더니 1분쯤 후, 문이 조금 열리고 앙상하게 말라빠진 여자의 얼굴이 불쑥 튀어나왔다. 툭 불거진 눈에는 의심의 기색이 역력했고, 날 향해 퉁명스럽게 쏘아붙이면서 드러난 이들은 다 썩어 있었다.

"무슨 일이야?"

"실리어 리드게이트 양을 찾고 있는데요."

"찾는 사람이 또 있네?"

난 심장이 내려앉는 것 같았다.

"누군가가 그녀에 대해서 물었단 말인가요?"

그 대답이 무엇일지 뻔히 알면서도 묻지 않을 수 없었다.

"누군가가 그랬지." 아주 간단한 대답이 돌아왔다.

"그리고 수고비로 소버린 금화를 줬고." 못생긴 노파가 씩 웃었다. 꿈에 볼까 무섭고 탐욕스러운 웃음이었다.

난 소버린 금화 한 개를 꺼내 노파에게 건넸다.

"아까 그 신사에게 줬던 것과 똑같은 정보를 저에게도 제공해 주실 수 있는지요?"

"그 여자가 갑자기 인기 폭발이네? 당신이 경찰은 아니겠지?"

난 고개를 가로저었다.

"아, 당연히 그러시겠지." 노파는 또 다시 흉하게 웃었다.

"소버린 금화를 선뜻 주는 경찰이 어디 있겠어? 좋아요, 신사 양반, 이리 들어오시구랴."

노파는 지저분한 앞치마 주머니에 금화를 집어넣고 우중중한 복도로 날 안내했다. 습기로 인한 기분 나쁜 악취와 지방을 요리하는 퀴퀴한 냄새가 콧구멍을 엄습했다.

"물론 지금 그 여자는 없수다. 밤새 들어오지 않았거든."

"그녀와 함께 살고 있는 그렌펠이라는 사내는요?"

노파는 눈을 가늘게 떴다.

"대체 무슨 말을 하고 싶은 거유? 내가 여기에서 매음굴을 운영하고 있는 줄 아시남? 그 남자는 그녀의 오빠라우……. 그 여자가 내게 그렇게 말했다니까. 설마 말썽을 부리려고 온 건 아니겠지?"

"아, 당연히 그럴 생각은 없습니다. 전 리드게이트 양의 가족과 오래전부터 친구인 사람입니다. 전적으로 그녀가 잘 지내고 있는지에만 관심이 있습니다."

"오호, 그것 재미있구랴. 좀 전에 찾아온 양반도 똑같은 소리를 합디다."

"그 사람이 단안경을 끼고 큼지막한 콧수염이 있는 회색 머리카락의 신사였나요?"

"맞수다. 신사였다우." 노파는 내가 신사라는 분류에 끼지 못한다는 걸 조롱이라도 하듯 코웃음을 쳤다.

"그 여자의 방을 보고 싶겠구랴?"

내가 그렇다고 하자, 노파는 앞장서서 어기적거리며 카펫이 깔리지 않은 계단을 올라가 두 번째 층계참에 있는 칙칙하고 작은 방으로 안내했다.

"그 사람이 해가 뜨기 전에 돌아와서 짐을 싸들고 나갔다우." 집주인 노파는 내게 방 안을 보여주며 말했다.

"그녀의 오빠라는…… 그렌펜 말인가요?"

노파는 고개를 끄덕였다.

"맞수다. 슬그머니 뺑소니 친 거지, 뭐. 보기 싫은 것이 없어져서 속이 다 시원하구만. 한 번도 마음에 든 적이 없었수. 그 여자에게 정말 못 되게 굴었다니까. 그 여자가 우는 소릴 여러 번 들었지."

그래, 스태플턴이 또 다시 우리의 손가락 사이로 빠져나갔단 말이지? 어디로 가서 몸을 숨길지 알아낼 방법이 없었다. 정말 크나큰 타격이 아닐 수 없었다.

"어젯밤 이후로 리드게이트 양을 본 적이 있습니까?" 난 뭔가 좀 좋은 소식을 들을 수 있지 않을까 하는 기대감을 가지고 물었다. 늙은 까마귀 같은 노파가 고개를 가로 저었다.

난 맨 안쪽에 있는 더럽고 좁은 창문을 통해서만 빛이 들어오는 작은 방을 슬쩍 둘러봤다. 먼지를 뒤집어 쓴 빛 바랜 레이스 커튼이 유리창을 가로막고 서서 가뜩이나 희미한 햇살이 들어오는 걸 방해했다. 방 안에는 가구가 거의 없었지만, 침대 곁의 싸구려 화장대 위에 질 좋은 가죽으로 장정이 된 디킨스의 작품 전

집이 늘어서 있었다.

"구경 값도 듬뿍 냈으니 여유를 갖고 이 방을 둘러봐도 좋수다. 좀 전에 왔던 신사 양반은 그렇게 했다우."

난 주변을 세밀히 살펴봤지만, 이곳에서 알아낼 게 거의 없다는 걸 바로 깨달았다. 스태플턴은 이미 다른 곳으로 날라버렸고, 워낙 교활한 녀석이라 자신의 행방을 가리킬 가능성이 있는 단서를 전혀 남겨놓지 않았을 게 뻔했다. 리드게이트 양은 스태플턴이 자신에게 무슨 짓을 저지를까 두려워 아직 돌아오지 않은 것 같았다. 어쩌면 영원히 돌아오지 않을 수도 있었다.

그건 그렇다 치고, 난 노파에게 오늘 아침 내내 나보다 한 발 앞서 돌아다닌 의문의 신사에 관해 몇 가지 질문을 더 던져봤다. 불행히도 그녀는 전도관에서 매튜 볼턴이 이미 해준 말에 더 이상 덧붙일 게 없는 것 같았다. 난 도움이 되는 정보를 거의 얻지 못한 채, 아직도 소버린 금화를 꽉 움켜쥐고 있는 노파를 뒤로하고 베이커 가를 향했다.

난 마차에 앉아 아직 잠에서 완전히 깨어나지 못한 창문 밖의 대도시를 바라보며 지금까지 한 수사를 되돌아봤다. 스태플턴이나 리드게이트 양의 행방을 여전히 모르고 있으니 노력에 비해 큰 성과가 없다고 할 수 있지만, 그래도 전혀 소득이 없었던 건 아니었다. 그들이 살고 있는 곳을 찾아냈고, 리드게이트 양이 결국 그곳으로 되돌아갈 가능성이 극히 높았다. 더더욱 중요한 점은, 이 사건에 또 다른 사내가 개입되어 있다는 걸 밝혀냈을 뿐만 아니라 그 사내의 인상착의를 상세하게 파악했다. 헛걸음만 친 나들이가 아니었고, 이러한 사실들을 셜록 홈즈 앞에 내놓을 생각을 하니 어깨가 절로 으쓱해졌다.

수없이 오갔던 터라 익숙하기 짝이 없는, 우리의 방으로 연결된 열일곱 개의 계단을 올라가면서 내가 알아낸 것을 말했을 때 친구의 놀라는 얼굴이 볼만할 거라는 생각에 터져 나오는 웃음을 참기가 힘들었다. 하지만 방문을 열었을 때, 내 얼굴에서는 웃음기가 사라지고 말았다. 벽난로 가의 고리버들 의자에 옷을 잘 차려 입은, 회색머리의 예순 살가량 된 신사가 앉아 있어서였다. 그 사람은 커다란 콧수염을 기르고 있었고, 단안경이 불빛을 받아 반짝거렸다.

9장

기묘한 범죄

내가 방 안으로 들어서자, 그 신사는 날 올려다봤다. 날 보자마자 그의 얼굴에 미소가 떠올랐고, 그로 인해 단안경이 눈에서 떨어져 내렸다.

"좋은 아침입니다, 닥터 왓슨."

그 신사는 호들갑스러울 정도로 친근하게 내게 인사를 건넸다. 그는 한 손을 들어 올려 앞으로 나오라고 신호를 보냈다.

"이리 와서 난로가의 의자에 앉아 몸을 녹이게나, 친구. 밖이 아직 엄청 춥더군."

목소리는 의심할 바 없이 셜록 홈즈의 것이었지만, 겉모습은 단 한 가지도 그의 것과 일치하지 않았다.

난 홈즈가 능숙하게 변장한 모습을 여러 번 지켜봤지만, 지금처럼 완전히 속아 넘어간 건 처음이 아닌가 싶었다. 목소리는 정감 있고 귀에 익었지만, 그 목소리가 흘러나오는 얼굴은 내가 알고 있는 셜록 홈즈의 야위고 금욕적인 특색과는 털끝만큼도 닮지 않았다. 무성한 회색 머리카락이 이마 위로 자연스럽게 흘러내렸고, 축 늘어진 커다란 콧수염과 빵빵한 두 뺨이 강팍하고 야윈 얼굴 전체를 도톰하고 약간 짧은 형태로 완전히 변화시켰다. 조각 같은 매부리코는 지금 아주 짧은 주먹코로 변해 있었다. 그와 더불어 눈가에 깊게 파인 주름들과 불그레한 안색 때문에 나이가 한층 더 들어 보이도록 만들었다. 이건 위대한 어빙조차도 자랑스럽게 여길 분장이었다.

이런 완벽한 분장에 대한 놀라움에서 정신을 차렸을 때야 아침 내내 발자취를 쫓아갔던 의문의 노신사가 홈즈였다는 사실에 생각이 미쳤다. 변장에 대해 경탄하던 마음은 즉시 분노로 대체됐다.

"왓슨, 자넬 이처럼 경악하게 만들어서 미안하지만, 내가 부지런히 질문을 하고 다녔다는 건 인정해주겠지?"

"간밤에 했던 잘 자라던 인사는 어떻게 된 건가?"

내가 쏘아붙였다.

"난 필요한 만큼 충분히 잤었네." 홈즈는 서투른 변명을 했다.

"아침이 될 때까지 이 사건에 대해서 더 이상 어떤 조치를 취할 의도가 없다고 날 믿게 만들었네."

"이미 아침이잖은가."

"꼭 사기당한 기분일세, 홈즈. 자네의 계획에 날 끼워줄 수도 있었을 텐데? 날 믿지 못할 사람처럼 대한 게 섭섭하군."

"친애하는 왓슨, 자네를 전적으로 신뢰하고 있다는 걸 꼭 말해주고 싶네. 자네를 속인 것처럼 보였다면 날 용서해주게나. 하지만 사건 수사에 필요해서 뿐만 아니라 자넬 위해서 이렇게 했다는 걸 믿어주게." 홈즈는 자신의 책상 위에 놓인 거울 앞에 앉아 변장을 지우기 시작했다.

"만약 내가 셜록 홈즈라는 신분 그대로 조사를 시작했다면 그 사실이 스태플턴의 귀에 곧 들어갈 것이고, 그에 따라 리드게이트 양도 더 큰 위험에 빠질 수 있다는 걸 알고 있었네. 이런 이유로 예전부터 그녀의 가족과 알고 지내던 친구의 신분으로 나섰던 것이고." 그는 연극에나 나올 법한 동작으로 두 손을 들었다.

"자넨 충분히 휴식을 취할 필요가 있었고, 난 혼자 행동할 필요가 있었던 걸세."

"내게 미리 말해줬으면 좋았지. 자네와 똑같은 실마리를 따라 조사하는 바람에 쓸데없이 힘만 낭비한 꼴이 됐잖나."

홈즈는 머리에서 회색 가발을 들어내며 아무렇지도 않다는 듯 대꾸했다.

"자네가 질문하고 다닌다는 걸 알고 있었네, 왓슨. 자넬 매컬리 스트리트에서 봤거든."

"자네 같은 사람을 보질 못했는데?"

"당연히 못 봤겠지. 어쨌거나, 왓슨, 드디어 추리의 열차에 탑승한 걸 축하하네. 그리고 오늘 아침에 내가 수집한 정보라는 면에서 볼 때, 자네의 조사가 아무런 해도 끼치지 않았다고 자신 있게 말할 수 있네. 스태플턴은 우리가 추적에 나서기 훨씬 전에 줄행랑을 놓았거든. 날 불에 타죽도록 내버려두고 또 다른 은거지로 숨어든 게 틀림없네. 그 녀석은 워낙 교활하고 조심스러워서 자신의 뒤를 따라올 흔적을 남겨둘 리가 없지."

"리드게이트 양은 어떻게 된 것일까?"

"스태플턴이 영원히 사라졌다는 걸 알게 되면 자신의 허접한 숙소로 되돌아올 것이라고 믿고 있네. 이미 그곳이 감시 하에 놓이도록 손을 써놨지."

"경찰이 감시하는 건가?"

홈즈는 폭소를 터뜨렸다.

"그럴 리가 있나. 경찰보다 더 믿음직한 '베이커 가 소년단'을 동원했지. 왓킨스에게 감시조를 짜라고 지시했네. 그 아가씨가 매컬리 스트리트에 돌아오는 즉시 내게 연락이 올 걸세."

"그녀가 돌아오지 않으면 어떻게 할 건가?"

"그렇게 되면 좀 더 심도 있는 조사가 필요해지겠지. 하지만 스태플턴이 볼 때 그녀의 효용가치는 끝이 났으니 이제는 스태플턴을 조금도 두려워하지 않아도 된다네."

"그럼 자네 문제는? 녀석이 또 다시 자네의 목숨을 노릴 것으로 보나?"

"당연히 그러겠지. 스태플턴의 정신 자체가 잔인하고 계산적인데다가, 광기로 인해 거의 돌다시피 했으니 말일세. 녀석은 날 파멸시키고 바스커빌 가의 영주 지위를 획득해야겠다는 두 가지 욕심에 사로잡혀 있네. 스태플턴은 내가 죽을 때까지 끊임없이 공격을 해댈 걸세."

이제 변장을 다 지워버린 홈즈는 벽난로 선반으로 걸어가 편지봉투 하나를 꺼내 내게 건넸다.

"아침에 돌아오니 이게 우리 방 도어 매트(문간에 깔아놓는 신발 바닥 닦개) 위에 놓여 있더군."

홈즈는 담배 파이프를 집어 들며 말했다.

난 홈즈 앞으로 온 편지를 개봉했다. 안이 텅 비어 있었다.

"안쪽에 아무 것도 들어 있는 것 같지 않은데……."

"자네 손바닥에 대고 탈탈 털어보게."

내 친구의 말대로 하자 작고 까만 물체 하나가 손바닥 위로 떨어졌다. 죽은 파리였다.

"이게 무슨 뜻인가?" 난 숨을 헐떡이며 물었다.

홈즈는 파이프에 불을 붙이고 사용한 성냥을 벽난로 불 속으로 던진 다음 내 물음에 대꾸했다.

"그건 내가 살아 있다는 걸 스태플턴이 알고 있다는 뜻일세." 홈즈는 느긋하게 말했다.

"게임이 아직도 진행 중이라는 걸 알리는 신호인 셈이지. 거미와 파리 게임……."

"정말 악마 같은 놈이군……."

"끈기가 엄청난 악마이지. 하지만 우린 녀석을 잡게 될 거야, 왓슨. 이 거미가 우리의 거미줄에 얽혀 허우적대는 건 시간문제일세. 이제 우리 둘 다 맛있는 걸 먹을 자격이 있다고 생각하네. 힘들고 죽을 뻔한 밤을 지낸데다가, 자네가 입은 화상에 새롭게 감은 붕대를 보니 자네의 고통이 그대로 전해지는 것 같군. 허드슨 부인의 맛깔스러운 아침식사로 자네의 고통을 좀 가라앉히고, 푹 쉬면서 하루의 일과를 마치는 게 어떻겠나?"

홈즈는 씩 웃고는 만족스러운 표정으로 파이프를 뻑뻑 피우면서 의자에 깊숙이 등을 묻고 두 발을 쭉 뻗었다.

30분이 채 지나기도 전에 홈즈와 난 눈앞에 펼쳐진 호화로운 아침식사를 게걸스럽게 먹어치우고 있었다. 홈즈는 음식물에 대해서 모순적인 태도를 보였다. 복잡하고 머리를 많이 써야 하는 사건을 수사하고 있는 중에는 정기적인 식사를 거부하고, 음식물을 단지 몸이 움직이도록 만드는 연료 정도로만 취급하곤 했다. 그때는 홈즈의 미각이라는 게 완전히 사라진 것처럼 보였다. 홈즈가 어떤 사건의 수사에 깊숙이 관여하고 있을 때 열량을 높이려고 그랬던지 고기나 생선에 꿀을 듬뿍 발라 먹는 걸 본 적이 있어서였다. 하지만 오늘 아침에는 단순한 햄과 계란일 뿐인데 홈즈는 허겁지겁 입에 집어넣고 있었다.

"허드슨 부인은 항상 믿음직스럽게 기운이 나는 성찬을 마련해준단 말이야."

홈즈는 식탁에서 물러나 불가에 자리를 잡고 앉았다.

"아, 왓슨, 우리의 식후 끽연이 방해받을 것 같군. 방문객이 계단을 올라오고 있어서 말이야."

내 자신의 청력에는 자신이 있었지만, 방문객이 있음을 알리는 어떠한 소음도 듣지 못했다. 하지만 잠시 후, 조심스럽게 문을 노크하는 소리가 들렸다.

"들어와요, 레스트레이드." 홈즈가 큰 소리로 대꾸했다.

거실 문이 활짝 열리고, 한 손에 보울러 모자를 들고 어리둥절한 표정을 짓고 있는 붉은 얼굴의 스코틀랜드 야드 형사가 문턱에 서 있었다.

"무슨 수로 나라는 걸 안 거죠, 홈즈 씨?"

"아주 간단하죠. 내가 아는 사람 중에 12 사이즈(300밀리미터)나 되는 경찰 부츠를 신고, 특유의 스타카토 장단으로 노크를 하며, 이렇게 이른 아침에 날 찾아올 사람이 달리 누가 있겠소?"

레스트레이드는 실망한 표정으로 자신의 발을 내려다봤다.

"어서 들어오라니까요, 레스트레이드." 홈즈가 말했다.

"코트를 벗고 불가에 앉아요. 포트에 커피가 좀 남아 있을 거요. 오늘 아침에는 식사할 시간도 없었던 것 같군요."

"맞아요, 밤을 꼬빡 새운 사람처럼 보이는군요." 난 레스트레이드의 코트를 받아 옷걸이에 걸면서 한마디 거들었다.

"그건 전혀 아닐세, 왓슨. 뺨이 매끄럽고 칼라 주위에 선명하게 난 핏자국은 다급하게 면도했다는 증거이고, 거의 구겨지지 않은 양복과 번쩍거리는 부츠는 방금 걸쳤다는 걸 나타내고 있네. 우리의 친구는 야드에 생긴 급한 일 때문에 아침 일찍 불려 나갔다고 보는 게 맞을 걸세."

"당신 말이 옳습니다, 홈즈 씨."

레스트레이드는 깜짝 놀란 표정을 지으며 말했다.

홈즈는 별일도 아니라는 것처럼 너털웃음을 치며 두 손바닥을 마주 비볐다.

"새벽 4시에 호출을 받았습니다."

레스트레이드는 커피를 한 모금 마시고 설명을 이어갔다.

"끔찍한 사건이 발생했거든요. 기묘한 살인사건입니다. 홈즈 씨가 관심을 가질 만한 그런 겁니다."

"레스트레이드, 기묘할 뿐만 아니라 종잡을 수 없는 사건이겠죠. 종잡을 수 없는 사건이 벌어졌을 때만 스코틀랜드 야드의 형사가 우리 집으로 득달같이 달려오니까 말이오."

레스트레이드는 아무런 이의를 달지 않고 고개를 끄덕였다.

"기묘하면서도 종잡을 수 없는 사건이 발생한 겁니다."

홈즈는 만족스러운 미소를 지으며 의자에 깊숙이 몸을 파묻었다.

"관련 사실들을 들려주시오."

"햄스테드 히스의 '유령 여인'을 보도한 최근의 신문기사를 읽어본 적이 있습니까?"

"그런 문제를 다룬 기사를 읽은 기억이 나는군요. 의문의 여인이 어린아이들을 황야로 유인해서 상처를 입힌다던가?"

"바로 그겁니다, 홈즈 씨." 레스트레이드는 자신의 재킷 주머니에서 신문을 잘라낸 구겨진 쪼가리를 꺼내 홈즈에게 건넸다.

"〈더 웨스트민스터 가제트〉로군요."

홈즈는 신문의 활자를 면밀히 살펴보고는 말했다.

"맞습니다. 그 기사는 이틀 전에 실린 것이고요."

레스트레이드가 대답했다.

홈즈는 나를 향해 신문 쪼가리를 흔들며 부탁했다.

"자네가 수고를 좀 해주게, 왓슨. 크게 읽어주면 좋겠네."

난 그 쪼가리를 받아들어 큰 소리로 읽었다.

햄스테드의 공포
또 다른 어린애가 부상을 입다
유령 여인

어젯밤에 실종됐던 또 다른 어린애가 오늘 아침 늦게 햄스테드 히스의 슈터스 힐 쪽 가시금작화 덤불 아래에서 발견됐다는 소식이 이제 막 들어왔다. 그곳은 다른 곳보다 사람들의 발길이 뜸한 곳인 모양이다. 이 어린애는 이전의 사건들에서와 동일한 작은 상처가 목에 나 있었다. 아이는 끔찍할 정도로 약하고 수척해 보였다. 아이는 정신을 약간 차렸을 때, 하얀 옷을 걸친 여인, 즉 '유령 여인'에게 유인당했다고 말했다. 이것도 이전의 사건들과 동일한 내용이다.

"아마도," 기사 내용을 듣고 있던 홈즈가 입을 열었다.

"이 기사가 실린 이후로 한층 더 심각한 문제가 발생한 모양이군요. 어젯밤에요."

"말씀대롭니다." 레스트레이드가 즉시 인정했다.

"이 어린애가 발견된 곳 바로 근처에서 새벽 3시경에 그 지역의 순경이 젊은 여자가 쓰러져 있는 걸 발견했습니다."

"죽어 있었나요?" 내가 물었다.

"그렇습니다, 닥터. 목에 끔찍한 상처가 난 채로 차갑게 식어 있었습니다. 검시의의 말에 의하면 그 여자의 피가 거의 다 빠져 나갔다고 합니다."

10장

영안실의 시신

레스트레이드의 소름끼치는 설명을 듣고 나도 모르게 몸을 부르르 떨었다는 걸 고백해야겠다. 형사는 내 친구의 반응을 살펴보려고 극적으로 말을 끊었다. 홈즈의 표정은 전혀 변함이 없었지만, 그를 누구보다도 잘 알고 있는 난 그의 눈동자에서 흥분하는 기색이 반짝이는 걸 감지할 수 있었다.

"시신에는 목에 난 상처 이외에 다른 흔적이 있던가요?"

홈즈가 궁금증을 참지 못하고 먼저 입을 열었다.

"아무것도요." 즉시 대답이 돌아왔다.

"그리고 반항한 흔적도 전혀 없었고요."

홈즈는 눈썹을 치켜세웠지만, 아무 말도 하지 않고 그대로 기다렸다.

"그건 바로……." 레스트레이드는 자기만족감이 어린 목소리로 설명을 계속 했다.

"살해된 여자가 자신을 죽일 사람을 알고 있었고, 불의의 습격을 당했다는 뜻일 수도 있다는 겁니다."

"그럴 수도 있겠죠." 홈즈가 시큰둥하게 대꾸했다.

"아니면 살인범이 엄청나게 힘이 셌던가."

"그렇다면 자넨 이 범죄가 여자인 '유령 여인'이 저지른 게 아니라고 생각한다는 말인가?" 내가 물었다.

"그렇게 단정적으로 말하기는 곤란하네, 왓슨. 추측의 영역으로 들어가서 헤매기 전에 우리가 증거로 확보한 걸 먼저 다루도록 하세. 레스트레이드, 피살자의 신원은 확인됐나요?"

"아직은 아닙니다, 홈즈 씨. 시신에는 신원 확인에 도움이 될 만한 게 전혀 남아 있지 않았습니다."

"그녀의 옷은 어떻던가요? 제조자의 상표는 확인했겠죠?"

"음, 미처 확인하지 못했습니다."

홈즈는 조롱기가 가득한 코웃음을 쳤다.

"그렇다면 시신은요? 시신을 발견된 그대로 놔뒀다고 믿어도 되겠죠?"

레스트레이드는 잠시 주저하더니 고개를 가로 저었다.

"뭐라고요!" 홈즈는 믿을 수 없다는 듯 소리쳤다.

"범행 현장 주변의 출입은 통제하고 있지만, 시신은 야드의 영안실로 옮겼습니다."

화가 나서 얼굴이 벌게진 홈즈는 손바닥으로 앉아 있던 의자의 팔걸이를 내려쳤다.

"레스트레이드, 이 양반아! 내가 철저히 조사할 때까지는 범행 현장을 원래 그대로 놔둬야 한다고 도대체 몇 번이나 이야기해야 합니까! 그게 수사를 진행하는 가장 기초적인 일이란 말입니다!"

"그 시신이 발견된 지점을 지금도 조사하실 수 있습니다."

"어이구, 경위 나리, 수십 명의 경찰관들이 무수히 많은 발자국을 남기고 휩쓸고 간 자리에서는 의미 있는 증거를 찾아낼 가능성이 거의 없단 말입니다."

레스트레이드는 적지 않게 풀이 죽었고, 뭐라고 할 말이 없는 것 같았다. 난 홈즈가 예전에 레스트레이드에 대해서 스코틀랜드 야드의 '별 볼 일 없는 것들 중에서 그래도 나은 사람'이라고 쳐주고 있지만, 그럼에도 불구하고 스스로 알아서 행동하는 독창성이 부족하다고 평가한다는 말을 분명히 기억하고 있었다.

레스트레이드의 낙심한 모습을 보자 엄격하기만 했던 홈즈의 얼굴이 좀 부드러워졌다. 의자에서 벌떡 일어선 홈즈는 가운을 벗어 집어던지고 옷걸이에서 프록코트를 낚아챘다.

"왓슨과 난 우리 일을 처리하느라고 아침을 아주 바쁘게 보냈더랬소, 레스트레이드. 우리 자신이 처리해야 할 급박한 일이 있긴 하지만, 이 특이한 살인사건에 관심이 가는군요. 어떤가 왓슨? 시간을 내서 시신을 한번 봐도 될 것 같은데?"

난 마지못해 고개를 끄덕였다. 스태플턴과 리드게이트 양이 관련된 사건에서 한 시도 눈을 돌릴 수 없는 상태인데 홈즈가 새로운 사건에 빠져들 위험성이 있을 것 같아서였다.

내 마음속을 들여다본 것처럼 홈즈가 말했다.

"걱정할 것 없네, 친구, 모든 건 다 순리대로 풀릴 테니까 말일세. 자, 레스트레이드, 더 이상 시간 낭비하지 맙시다."

경위의 얼굴에서 웃음꽃이 활짝 피어났다.

"좋습니다, 홈즈 씨."

✱ ✱ ✱

경찰 영안실은 그레이트 스코틀랜드 야드에 위치한 런던경찰청 청사 바로 옆에 붙어 있는 으스스한 건물이었다. 만약 죽음의 냄새 같은 것이 존재한다면 바로 이 건물이 그런 것을 가지고 있었다. 죽음의 냄새는 보이지 않는 먼지처럼 자리 잡고 앉아서 어둡고 칙칙한 건물 속에서 들려오는 모든 소리를 둔탁하게 만들고 있었다. 장식용 징을 박은 육중한 문을 밀고 들어서는 순간, 바깥과는 다른 영역에, 살아 있는 사람보다 죽어 있는 사람들이 월등히 많은 영역에 있다는 걸 즉시 알아차리게 됐다.

레스트레이드는 우릴 당직경사가 근무하는 작은 사무실로 안내했고, 경사는 커다란 방문록에 우리 이름을 적어 넣었다. 그런 다음 발자국 소리가 울려퍼지는 기다란 복도를 따라 내려가 한

기가 돌고, 창문이 하나도 없고, 희미한 등이 켜진 방으로 들어
갔다. 돌로 된 바닥에는 핏자국이 여기저기에 말라붙어 있었다.
유혈이 낭자한 사건들의 지워지지 않는 기념품이었다.

방 맞은편 맨 안쪽에 나풀거리는 가스등 불빛이 만드는 어스
름한 그림자 속에 세월의 흔적이 그대로 묻어나는 오래된 도자
기 싱크대가 자리 잡고 있었다. 찌그러진 수도꼭지에서 떨어지
는 집요할 정도로 지속적인 물방울 소리가 가슴을 짓누르는 듯
한 적막을 깨뜨리고 있었다. 싱크대 왼쪽 벽에 붙어 있는 앞면이
유리로 된 높다란 캐비닛에는 다양한 수술도구가 들어 있고, 짧
은 작업대 위에는 표본이 들어 있는 유리병들이 놓여 있었다. 그
병들 중 한 개에는 커다란 눈알 하나가 용액에 둥둥 떠 있었다.
녹색이 감도는 가스등 불빛을 받고 있는 그 눈알이 날 똑바로 쳐
다보는 듯한 느낌이 들었다.

이것들을 제외하고 영안실 내에 있는 것이라고는 중앙에 달
린 가스등 아래쪽에 놓인 길고 좁은 테이블 위에 핏자국으로 얼
룩진 천을 덮어쓰고 누워 있는 시신뿐이었다. 시신의 한쪽 엄지
발가락에 거친 노끈으로 묶여 있는 꼬리표에는 사망자에 대해서
알아낸 상세한 것들이 적혀 있었다. 우리 세 사람이 테이블 주위
를 둘러싸자 우리로부터 뻗어나간 그림자들이 삭막한 벽을 타고
천장까지 올라갔다.

"난 이런 것을 한 번도 본 적이 없습니다. 피가 다 빠져나갔다
니, 원." 레스트레이드는 실내를 압박하고 있는 끔찍한 분위기

에 압도당한 듯 조용히 말했다.

레스트레이드가 천을 걷어내서 죽은 여자의 얼굴을 드러냈다. 난 공포에 질려 흑 하고 숨을 들이마셨다. 내가 이런 반응을 보인 것은 상처가 끔찍해서뿐만이 아니라—사실 상처가 눈을 뜨고 볼 수 없을 정도로 무시무시했다—이제는 퀭하고, 가죽 같은 데다가 생명이 빠져나가 창백하기 짝이 없는 얼굴을 알아봤기 때문이었다. 시신은 전혀 깜빡거리지 않는 차디찬 눈으로 날 멍하니 올려다보고 있었다.

"홈즈," 난 다급하게 소릴 질렀다.

"이 여자는 실리어 리드게이트 양일세!"

"뭐라고! 확실한 건가?"

"의심의 여지가 없네."

홈즈는 눈을 가늘게 뜨고, 잠시 동안 아무 곳에도 초점을 맞추지 않은 채 깊은 생각에 잠겼다.

"그렇다면 이 여자를 안다는 말인가요, 닥터 왓슨?"

레스트레이드가 물었다.

"그렇습니다." 난 즉시 대답하고, 홈즈가 할 수 없다는 듯 고개를 끄덕여 승인하는 걸 보고는 지난 24시간 동안 우리가 벌였던 모험을 축약해서 레스트레이드에게 설명했다.

"맙소사!" 내가 말을 마치자 레스트레이드는 어이가 없다는 듯 큰소리로 외쳤다.

"그렇다면 스태플턴이 여전히 살아 있는 거로군요. 그것도 자유롭게요."

"아무래도 그렇지 않을까 걱정됩니다." 내가 대꾸했다.

"그리고 이제 그 녀석은 자신의 범죄 목록에 더러운 살인을 또 하나 더한 거고요. 그렇지 않나, 홈즈?"

턱을 가슴에 파묻은 채 잠시 동안 뭔가를 골똘히 생각하고 있던 홈즈가 갑작스럽게 내 쪽을 향해 돌아섰다. 그의 얼굴은 삭막하고 진지했다. 홈즈는 고개를 가로저었다.

"그런 게 아닌 것 같네, 왓슨. 상당히 의심스럽단 말일세. 이런 살인 수법은 스태플턴의 것과는 전혀 맞지가 않아."

"이 살인은 자네를 또 다른 함정으로 유인하기 위한 미끼일지도 모르잖나."

"그럴 가능성이 있다는 건 인정하네. 하지만 그 정도는 극히 낮아. 이 여자의 살인은 스태플턴이 날 파멸시키려고 한 어젯밤의 시도와 시간적으로 너무나 밀접해 있고, 내가 그 불지옥을 탈출했다는 걸 채 알기도 전이란 말일세. 따라서 스태플턴은 이번 사건의 용의자에서 제외할 수 있다고 확신하네. 자넨 내 말을 믿지 못하는 표정이군, 왓슨. 그렇다면 내 질문에 대답해보게. 스태플턴은 리드게이트 양이 오늘 아침 아주 이른 시각에 햄스테드 히스를 가로지를 것을 어떻게 알았겠나?"

"그녀가 자신의 숙소로 되돌아간 게 분명하네."

"그 점은 나도 동의하네. 하지만 녀석은 매컬리 스트리트로 돌아갈 때까지 리드게이트 양이 그곳을 떠났다는 것조차 몰랐을 가능성이 높단 말일세. 녀석이 그 여자를 묶었다는 것 기억하고 있겠지? 스태플턴은 날 말살시키는 데 성공했다는 기분에 취해서 그 여자가 그곳에 없어도 별로 신경을 쓰지 않았을 걸세. 녀석에게 그 여자는 이제 더 이상 쓸모가 없어졌고, 그 여자가 녀석의 장기적인 계획에 중요한 역할을 한 것 같지도 않으니 말일세."

"자네 말이 옳은 것 같군."

난 마지못해 홈즈의 말에 동의했다.

"우리가 이곳에 온 건 한 사건의 실 가닥과 완전히 분리된 다른 사건의 실 가닥이 뒤엉키도록 만든 운명의 장난이 아닌가 하는 생각이 슬슬 들기 시작하는군."

"리드게이트 양을 누가 죽였던 간에 그녀와는 이전에 전혀 관련이 없었던 사람이란 뜻인가?"

"눈앞의 증거가 그렇다고 말하고 있네."

"그렇다면," 내가 나서서 물었다.

"자넨 이번 살인이 어떤 이유나 동기를 전혀 가지고 있지 않은 미치광이의 소행이란 말인가?"

"난 그렇게 말하지 않았네. 사인(死因)은 이번 사건의 가장 종잡을 수 없는 국면인 것 같네. 상처에서 뭐 좀 알아낸 것이 있나, 왓슨?" 홈즈는 시신의 목에 난 깊은 상처를 가리켰다.

난 좀 더 가까이에서 상처를 살펴보려고 상체를 숙였다. 살이 무참하게 찢겨져 있고 아주 작은 조각 몇 개가 보이지 않았다. 톱니처럼 생긴 상처 주위에 피가 시커멓게 엉겨 붙어 작으면서도 추악한 입 같은 모습을 하고 있었다.

"난 지금까지 이런 상처를 한 번도 본 적이 없네."

난 사실대로 고백했다.

"무엇이 저런 상처를 만들어낼 수 있을까?"

난 어깨를 으쓱했다.

"정말 모르겠네, 홈즈. 흡사 어떤 야생동물의 발톱이나 이빨에 의해 살점이 떨어져나간 것처럼 보이는데, 그건 아니겠지."

"사람의 치아라면 어떤가?" 홈즈가 나직한 목소리로 물었다.

"음, 그래, 그거라면 가능할 수도 있겠군. 맙소사, 자네 설마 그 유령 여인이 저지른 일이라고 생각하는 건 아니겠지? 이런 야만적인 행위를 어떻게 여자가 저지를 수 있겠나?"

"나도 모르겠네, 왓슨, 하지만 그 여자가 제1 용의자인 건 틀림없네. 이 살인사건은 현재 아리송하기 짝이 없는 특이한 점이 몇 가지 있고, 자료를 더 수집해야만 의문이 가시게 될 걸세."

"하지만 여자가 피살자를 마구 휘둘러 이처럼 끔찍한 상처를 입힐 정도로 힘이 강하지는 않을 것 아닙니까?"

레스트레이드가 끼어들었다.

"평범한 여자라면 그렇겠죠. 하지만 화가 잔뜩 난 여자라면, 살해하겠다고 마음을 먹고 있는 여자라면……. 가능할 겁니다. 두 명의 남편을 목 졸라 죽였을 뿐만 아니라 생명이 끊긴 그들의 시신을 끌고 계단을 3층이나 내려가 지하실에 파묻은, '배터시의 교살범' 캐서린 엘리엇이 떠오르는군요."

"홈즈 씨, 날 정말 어리둥절하게 만드는 것은 죽은 사람의 몸뚱이에서 왜 피를 몽땅 빼버리고 싶어 하는 사람이 있는가 하는 점입니다."

"그리고 그 피를 가지고 무엇을 했느냐 하는 점도요." 홈즈는 그렇게 대꾸하고는 확대경을 꺼내 시신의 양손을 살폈다.

"그것들이 이 기묘한 살인사건에서 가장 종잡을 수 없는 부분들이죠." 홈즈는 시신의 하체 쪽으로 렌즈를 움직이며 뭐라고 중얼거리기도 하고 고개를 끄덕이기도 했다. 그는 좀 더 시간을 들여 피살자의 양손과 양발, 그리고 얼굴을 꼼꼼히 살폈다. 마침내 홈즈가 레스트레이드와 내가 서 있는 곳으로 되돌아왔다. 그의 얼굴에는 먹구름이 잔뜩 끼어 있었다.

"이 시신에서는 분명히 알아낼 수 있는 게 별로 없군요. 공격자의 키가 172센티미터 정도이고, 이 여자를 마음대로 다룰 수 있도록 만든 다음—최면술 같은 걸 사용했을 지도 모르죠—재빨리 살해했다는 것 정도를 빼놓고는요."

"음, 살인범이 재빨리 손을 썼다는 건 분명하지만, 살인범의 키와 그 밖의 상세한 면에 대해서는 어떻게 확신하는 거죠?" 레스트레이드가 퉁명스럽게 물었다.

"키는 상처의 위치와 관련이 있죠. 살인범은 그런 각도로 상처를 입혔을 때 피살자와 거의 같은 높이로 서 있었을 겁니다. 리드게이트 양은 공격을 전혀 예상치 못한 탓인지 상처는 단 한 곳에만 나 있습니다. 다른 자국이나 긁힌 상처가 없단 말입니다.

그런 점은 살인범이 단 한 번만 공격했다는 걸 나타내고, 상처의 상태로 봐서 그 공격이 정면에서 이뤄졌어야 합니다. 그런 식으로 신체적인 공격을 받은 피살자에게서는 공격자와 사투를 벌이는 동안에 긁어낸 말라붙은 피부조각이나 천 조각이 손톱 밑에서 발견되는 법이고요. 이번 사건에는 그러한 것들이 전혀 없는 걸로 봐서 사투를 벌이지도 않았다는 겁니다. 그리고 마지막으로, 이 여자의 눈에 주목해주시죠. 극악한 공격을 받아 살해된 경우에는 으레 동공이 확대되는 법인데, 이건 지극히 정상적이라는 겁니다."

레스트레이드는 허리를 굽혀 시신의 눈동자를 들여다봤다.

"홈즈 씨, 당신이 제시하는 그림은," 레스트레이드가 말했다. "이 젊은 여인이 자신에게 가해진 치명적인 공격을 담담히 받아들였다는 거로군요."

"내게는 그렇게 보입니다."

경위는 모자를 벗고는 손가락으로 빳빳한 머리카락을 쓸어 넘겼다.

"이제 무엇을 해야 할지 전혀 갈피를 잡을 수 없다고 고백해야겠네요."

홈즈는 그 말에 대응하기 전에 잠시 생각에 잠겼다.

"오늘 밤 히스 지역을 순찰하라고 부하들에게 지시해놨겠죠?"

"사실 그렇게 조치했습니다."

"그렇다면 그들을 불러들이세요."

"뭐라고요?" 레스트레이드의 얼굴에는 영문을 모르겠다는 기색이 역력했다.

"철수시키라고요, 레스트레이드. 무거운 부츠를 신은 경찰관들이 그 지역을 순찰하고 있는데 우리의 살인범이 다시 어슬렁거리며 돌아다닐 리가 있겠어요?"

레스트레이드는 성이 잔뜩 난 눈길로 내 친구를 노려보고 있었지만, 실상은 반박할 말이 없어 그러는 것 같았다.

"자넨 살인범이 곧 다시 살인을 저지를 것으로 보는 건가?" 내가 물었다.

"그렇게 생각하네, 왓슨. 이번 사건에는 동기가 따로 없는 것처럼 보인단 말일세. 설혹 있다 하더라도 지금은 드러나지 않은 상태라서 논리적인 행동 패턴에 의존할 수가 없네. 이 악당은 언제라도 살인을 저지를 수 있어."

"하지만 부하들을 철수시키면 이 미친놈이 자유롭게 일을 저지를 수 있도록 해주는 것 아닙니까?" 레스트레이드가 물었다.

"꼭 그렇지만은 않죠. 오늘 밤 왓슨과 내가 히스에 있을 테니까요. 그런 일이 벌어질 가능성이 없도록 눈을 부릅뜨고 지켜볼 예정입니다. 순찰경관 수십 명보다 우리가 한밤중에 벌어지는 예기치 못한 상황을 다루는 데 더 많은 경험이 있다고 확신합니다." 홈즈는 내 쪽으로 고개를 돌렸다.

"물론 자네가 기꺼이 함께 가준다는 전제 하에 하는 말이네만. 어떤가, 왓슨?"

"자네가 원한다면 언제, 어디라도 함께함세."

난 확고한 어조로 대답했다.

"하지만 스태플턴은 어떻게 할 건가?"

"녀석보다는 이 일을 더 먼저 처리해야만 하네. 녀석은 내가
죽기만을 원하고 있어. 하지만 이 여자를 살해한 짐승은 그런 제
한이 없잖은가. 남자인지 여자인지는 모르겠지만 이 사악한 살
인범이 또 다른 사람을 살해하기 전에 우린 온 힘을 쏟아 부어
체포해야 한단 말일세."

11장

유령 여인

일은 그렇게 진행돼서 자정이 가까워오는 이 시각에 셜록 홈 즈와 난 실리어 리드게이트의 시신이 발견됐던 곳과 가까운, 햄 스테드 히스의 슈터스 힐 쪽의 작은 잡목림 속에 몸을 숨기고 있 었다.

진저리가 처지도록 추운 밤이었고, 서리가 히스 전체를 하얗 게 뒤덮기 시작했다. 넓게 펼쳐진 초원을 응시하고 있는 홈즈는 침묵을 지키며 긴장을 풀지 않았다. 별 하나 보이지 않는 하늘에 덩그러니 매달린 보름달이 홈즈의 조각 같은 얼굴을 밝게 비췄 다. 생각에 잠긴 그의 눈썹은 잔뜩 찌푸려져 있었고, 얇은 입술 은 흥분을 억누르며 꾹 다물어져 있었다.

"이번 사건은 뭔가 음침한 구석이 많아." 홈즈는 우리가 베이커 가를 떠나기 직전에 말했다.

"섬뜩한 살인사건 배후에 거대한 악이, 어쩌면 우리가 이제껏 마주쳤던 것보다 훨씬 큰 악이 도사리고 있다는 느낌이 드네. 왓슨, 오늘 밤에 자네를 데려가는 게 꺼림칙한 게 사실일세."

난 손을 흔들어 이어지는 홈즈의 말을 막았다.

"어젯밤에 그런 일을 당하고서도 나와 동행하지 않겠다는 말인가?"

내 친구는 쓸쓸한 미소를 지었다.

"자넨 정말 좋은 친구일세, 왓슨."

난 잃어버린 잠을 보충하면서 그날 오후를 느긋하게 보냈다. 내가 그런 반면에 홈즈는 지칠 줄 모르는 체력을 과시하며 뭔가를 처리하러 여러 번 들락거렸다. 하지만 어떤 일이 벌어지더라도 당장 대처할 수 있도록 잔뜩 준비를 한 채 밤을 새워가며 경계를 하고 있는 홈즈는 이틀 동안이나 한 잠도 자지 않았음에도 불구하고 피로의 기색을 전혀 내보이지 않았다.

"우리가 이렇게 한 곳에 꼼짝도 하지 않고 있는 게 잘하는 일인가, 홈즈?" 난 차가운 공기에 허연 입김을 뿜어내며 물었다. "우리 두 사람이 갈라서서 더 넓은 지역을 순찰하는 게 낫지 않겠나?"

홈즈는 답답하다는 듯 날 힐끗 쳐다봤다.

"오늘 밤엔 무슨 일이 있어도 우리 두 사람이 꼭 붙어 있어야 하네. 분명히 말해두지만, 살인범이 또 다른 희생자를 찾아 저곳을 돌아다니고 있단 말일세. 우리 둘 다 어떤 일이 벌어질지, 이 악마가 어떤 힘을 가지고 있는지 모르는 상황에서는, 이 지역을 잘 알고 있는 살인범을 어둠 속에서 홀로 만나게 됐을 때 얼마나 힘을 쓸 수 있을 것 같은가?"

"하지만 살인범이 히스의 이 특정한 곳으로 되돌아올 거라는 걸 자넨 어떻게 확신할 수 있나?"

"그건 어쩔 수 없이 감수해야 할 부담이라는 건 인정하지만, 자네가 오늘 오후에 잃어버린 잠을 보충하는 동안에 난 나름대로 관련 자료를 조사했다네. 지난 3주일 동안 어린애들에게 가해진 공격 모두가 지금 우리가 있는 곳을 중심으로 반지름 400미터의 원 내에서 이뤄졌다는 걸 확인했지. 난 그 여자의 시신이 발견된 땅을 조사했는데, 예상했던 대로 경찰관들의 발자국 때문에 더 많은 자료를 제공해줄 수 있는 모든 흔적과 자국을 다 훼손시켰더군. 하지만, 약 30미터쯤 떨어진 곳에서 서리로 인해 잘 보존되고 단단하게 굳어진 매우 흥미로운 발자국을 발견했다네."

"어떤 점이 그리 흥미롭던가?"

"여자의 맨발 자국이었거든."

"맙소사, 그럼 유령 여인의 것이겠군!"

"이제 곧 확인할 수 있겠지." 홈즈는 차분한 어조로 말했다.

갑자기 거센 바람이 불어와 나도 모르게 몸을 부르르 떨었다.

"휴대용 술병을 가져왔으면 좋았을 텐데……." 난 낮은 소리로 중얼거렸다.

"지금 브랜디를 한 모금 마실 수 있다면 얼마나 좋을까?"

"쉬잇, 왓슨." 홈즈가 입술에 손가락을 대며 주의를 줬다.

"잘 들어보게."

난 숨을 죽이고 귀를 쫑긋 세웠다. 처음에는 별다른 소리가 들리지 않았지만, 곧 바스락거리는 나뭇잎들의 소음을 뚫고 홈즈의 주의를 끌었던 소리가 부드럽게 들려왔다. 여자가 부르는 노랫소리였는데, 희미하게 들리는 것으로 시작했지만, 바람을 타고 점점 크게, 그리고 지속적으로 들려왔다. 노랫소리가 주변의 공기를 둘러싸기 시작하자 난 몸이 빳빳하게 굳어지고 신경이 곤두섰다. 가사는 없고 멜로디만 있는, 마치 최면을 거는 듯한 콧노래였다. 뭐라고 설명할 수 없는 방식으로 노랫소리가 더 귓속을 파고드는 듯했다.

갑자기 홈즈가 내 팔을 거머쥐었다.

"저길 보게." 홈즈는 꽉 다문 이 사이로 쏟아져 나오는 거친 소리로 속삭였다. 난 꼼짝도 하지 않고 한 곳을 응시하고 있는 홈즈의 눈길이 향하는 곳을 바라봤다. 우리가 있는 곳에서 조금 떨어진 곳에 모습을 드러낸 여인의 형체가 눈에 들어오는 순간, 몸속의 피가 얼어붙는 듯했다.

"유령 여인이군." 난 숨을 헐떡거리며 말했다. 누군가의 끔찍한 악몽에서 튀어나와 이 황량한 곳을 배회하는 기이한 유령 같은 이 괴물에게 딱 어울리는 이름이었다. 이 여자가 우리를 향해 미끄러지듯 다가오자 흰색의 하늘거리는 기다란 가운이 몸에 착 달라붙었다.

유령 같은 존재가 가까이 다가오자 밝은 달빛을 받아 얼굴이 또렷하게 보였다. 창백한 상아색 얼굴에는 잔인해 보이는 큰 입과 깊숙이 들어앉은 채 전혀 깜빡이지 않고 멍하니 앞만 바라보는 생기 없는 두 개의 눈동자가 자리를 잡고 있었다.

우리 두 사람이 몸을 잘 숨기고 있었음에도 불구하고 이 괴물은 우리의 존재를 감지했는지 달빛을 받아 검은 진주처럼 번들거리는 눈을 우리 쪽으로 고정시킨 채 섬뜩한 태엽인형 같은 뻣뻣한 움직임을 보이며 다가왔다. 괴물의 눈동자는 유혹적이고, 매력적이며, 성적 매력이 물씬 풍기는 터라 난 찌르는 듯한 눈길에 사로잡히고 말았다. 나는 의대생 시절, 시체를 해부하는 모습을 처음으로 봤었을 때 완전히 공포에 질려 몸이 마비되고 말았다. 그러면서도 눈앞의 광경에 마음을 몽땅 다 뺏기기도 했었다. 그런데 바로 이 순간, 냉랭하고 영혼이 빠져나간 듯한 눈동자를 보면서 똑같은 경험을 하고 있었다.

이 여인의 부드러운 콧노래와 최면을 거는 듯한 눈동자는 즉시 날 사로잡기 시작했고, 편안하고 느긋한 기분이 온몸을 훑고 지나갔다. 더 이상 밤공기가 살을 에듯 춥다고 느껴지지 않았다. 모든 긴장과 두려움이 눈 녹듯 사라졌다. 콧노래는 날 보호하는 껍질처럼 온몸을 둘러쌌고, 눈동자는 날 앞으로 끌어당겼다. 난 내가 무슨 짓을 하는지 채 깨닫기도 전에 우거진 숲속에서 걸어

나와 기묘한 유령 같은 존재를 향해 걷기 시작했다. 내 마음을 어루만져줄 깊게 가라앉은 그 눈동자를 향해. 난 그곳에서 안전과 편안함, 그리고 세상의 잔혹한 공격으로부터 몸을 지켜줄 피신처를 찾아내리라고 믿었다. 그 눈동자 속에서 영원한 구원을 봤다.

"왓슨, 자네 왜 이러나! 맙소사!"

귀에 거슬리는 홈즈의 목소리가 단잠을 깨우는 듯 내 감각들을 둘러싸고 있는 따스한 안개를 꿰뚫고 들려왔다. 난 즉시 얼마나 무방비 상태인가를 깨달았다. 유령 여인이 내 쪽으로 다가오는 걸 보고 두려움에 질려 황급히 뒤로 물러섰다. 그녀의 얼굴은 괴이할 정도로 평온했지만, 무표정하게 죽어있는 눈동자로부터 최면을 거는 듯한 베일이 걷혀져 사악함과 잔인함이 번득였다. 난 본능적으로 리볼버를 꺼내 들었다.

"꼼짝하지 마!" 바짝 마른 목구멍을 통해 어렵사리 빠져나온 내 말이 내 귓전을 울렸다.

그 고함 소리를 듣고 그녀의 얼굴이 분노로 인해 시뻘게졌고, 내 손에 들린 권총을 보자마자 요염한 빨간 입술이 양 귀 쪽으로 당겨져 이를 드러내며 으르렁거렸다. 그렇게 하자 달빛을 받아 이가 반짝거렸고, 악취가 진동하는 후끈한 입김이 훅 덮쳐왔다. 난 구역질이 나려는 걸 간신히 참고 비척비척 뒤로 물러섰고, 무슨 일이 벌어지는 지 채 알아차리기도 전에 이 하피(고대 그리스. 로마 신화에 나오는, 여자의 머리와 몸에 새의 날개와 발을 가진 괴물)가 득달같이 앞으로 달려들어 내 팔을 움켜잡았다. 그녀는 분노에 찬 비명을 내지르며 날 잡고 휘둘러 땅바닥에 내팽개쳤다. 난 그와 같은 사나운 공격뿐만 아니라 그에 동반된 엄청난 신체적인 힘도 전혀 예상하지 못했다. 너무나도 막대한 힘에 휘둘린 탓에 그녀가 내 손을 놓자마자 1.5미터쯤 떨어진 곳에 아이들이 가지고 놀다 버린 인형처럼 나동그라졌다. 어찌나 세게 나가 떨어졌던지 리볼버는 손아귀를 벗어나 어둠 속으로 날아가 버렸다. 숨이 곧 넘어갈 것 같고 정신이 멍했다. 잠시 후, 간신히 몸을 움직일 수 있게 되자, 난 허우적거리며 무릎을 꿇고 앉아 손을 뻗어 리볼버를 찾으려고 서리가 내린 땅바닥을 미친 듯이 훑었다.

숲속에서 들려오는 소음을 따라 눈을 들어보니 홈즈가 숲에서 걸어 나와 그 괴물에게로 다가서고 있었다. 그녀는 마치 홈즈를 껴안고 싶다는 듯 두 팔을 쭉 뻗으며 약간 탁하지만 부드러운 목소리로 깔깔거렸다. 그 웃음소리를 듣자마자 목덜미의 털이 바짝 곤두섰다.

"어서 와요." 그녀는 도저히 거역할 수 없는 감미로운 목소리로 홈즈를 불렀다. 홈즈가 그녀의 지시에 복종하는 모습을 보고 눈이 튀어나올 것만 같았다.

"저 여자의 눈을 보지 마!" 난 폐가 터지도록 소릴 질렀지만, 내 충고가 아무 소용이 없다는 증거가 눈앞에 펼쳐지고 있었다. 홈즈는 안간힘을 쓰며 눈길을 돌리려고 했지만, 그녀의 악마 같은 눈동자에서 벗어나지 못했다. 홈즈가 기계처럼 뻣뻣하게 움직이는 걸로 봐서 이미 그녀의 조종을 받고 있는 게 분명했다.

"홈즈!" 난 그녀가 불어넣은 최면상태를 깨뜨리려고 고함을 질렀다. "홈즈!"

또 한 번 고함을 지르자, 이번에는 내 목소리를 희미하게라도 알아들었는지 눈동자가 약간 움직였다. 홈즈의 이름을 세 번째로 외쳐 부르자 그는 자신의 정신을 꽉 움켜쥐고 있는 괴물의 손길을 필사적으로 떨쳐버리려는 듯 고개를 힘껏 가로저었다. 홈즈는 얼굴을 찌푸렸는데, 그의 번들거리는 멍한 눈길로 미뤄볼 때 그녀의 영향력을 벗어나려는 시도가 실패로 돌아간 게 분명했다. 홈즈의 의지는 이미 그의 것이 아니었다.

팔을 뻗치면 바로 닿을 수 있는 거리까지 홈즈가 접근하자, 그녀는 뭔가 즐거운 일을 기대하는 것처럼 살짝 눈을 감았다. 그녀가 다시 눈을 떴을 때는 눈동자가 핏빛처럼 시뻘겠다.

"이리 와요." 그녀는 다시 기묘한 음악 같은 목소리로 말하며, 독수리 발톱 같은 새하얀 손가락으로 홈즈의 코트 소매를 거머쥐었다. 홈즈는 그녀의 영향력에 완전히 사로잡혀 순순히 시키는 대로 따랐다. 난 그녀가 발휘하는 믿기 힘든 최면술에 깜짝 놀랐다. 강력하기 그지없고 제멋대로인 홈즈의 마음을 이렇게 간단히 사로잡을 수 있을 정도로 강력하다니!

난 권총을 되찾기 위해 주변의 어둠 속을 필사적으로 두리번거렸지만, 아무런 흔적도 발견하지 못했다. 내 친구를 위협하고 있는 위험의 본질이 정확히 어떤 것인지는 잘 몰랐지만, 홈즈의 생명이 위기에 처해 있다는 건 본능적으로 알고 있었다. 서리가 내린 땅바닥을 그저 손으로 더듬고 있자니 몰려드는 절망감을 뿌리칠 방도가 없었다. 힐끗 위를 쳐다보니 괴물의 두 팔이 홈즈를 막 끌어안으려고 하고 있었다. 홈즈의 몸은 축 늘어져서 껴안기는데도 전혀 반항을 하지 못했다. 괴물은 홈즈를 품 안으로 바짝 끌어당겨 그의 목을 꽉 움켜쥐고 입을 쩍 벌려 바늘 같은 두 개의 송곳니가 돋보이는 하얀 이빨들이 드러나도록 한 채 머리를 홈즈의 목 쪽으로 숙였다. 순간적으로 실리어 리드게이트의 상처가 머릿속을 스치고 지나갔다. 이 괴물이 홈즈에게도 똑같은 상처를 입히려 한다는 걸 깨닫는 순간, 겁에 질려 꼼짝도 할 수 없었다.

12장

불사(不死)의 이단종교

그 다음으로 벌어진 두어 가지의 상황들은 내 기억 속에 영원히 각인되어 있다. 지금도 그렇고 그때도 마찬가지였지만, 그건 마치 날 억지로 앉혀놓고 보여준 악몽 같은 연속극의 몇 장면 같았다.

목이 끓는 듯한 소리를 내면서 유령 여인은 홈즈의 목을 향해 머리를 숙였다. 난 좀 떨어진 곳에서 공포에 질린 채 꼼짝도 하지 못하고 누워 있었다. 바로 그 순간, 이미 혹사를 당할 대로 당한 심장이 또 다시 덜컥 내려앉을 정도로 갑작스럽게 다른 인물 하나가 이 소름끼치는 장면에 끼어들었다. 어둠 속에서 불쑥 튀어나온 건 어스름한 형체의 남자였다. 180센티미터가 넘을 정도로 훌쩍 키가 큰 그 사람은 두툼한 털 칼라가 달린 두 줄 버튼의 기다란 검은색 코트를 걸치고 있었다. 손에는 달빛을 받아 번쩍거리는, 은으로 된 물건을 들고 있었다. 그 사람이 그걸 앞쪽으로 들어 올렸을 때, 그게 십자가라는 걸 알게 됐다. 그리고 십자가가 어떤 효과를 내는지 괴물의 얼굴 쪽으로 들이댔다. 괴물의 표정이 즉시, 극적으로 바뀌었다. 찢어지는 듯한 비명을 내지르며 끌어안고 있던 홈즈를 팽개치고 뒤로 물러섰다. 그녀의 얼굴은 공포에 질려 부들부들 떨렸다.

고통에 찬 신음을 흘리며 비틀비틀 뒤로 물러서는 괴물을 자신에 찬 걸음으로 성큼성큼 따라간 낯선 사람은 괴물을 잡자마자 십자가를 앞으로 내밀어 그녀의 이마에 대고 꾹 눌렀다. 괴물은 단말마의 비명을 지르고 두 팔을 마구 허공에 휘저으며 땅바닥에 무릎을 꿇었다. 괴물은 자신을 공격한 사람으로부터 몸을 빼내려고 엉덩이를 꼼지락거리며 뒤로 조금씩 물러났다. 그녀의 하얗고 부드러운 이마에는 십자가가 닿았던 자국이 선명하게 새겨져 있었다.

괴물은 홀린 듯이 낯선 사람에게서 눈을 떼지 못한 채 몸을 웅크리며 바들바들 떨었다. 숨이 곧 넘어갈 듯 다급하게 헐떡거렸다. 그녀에게서 일어난 변화가 너무나 극적이었고, 그녀의 모습이 지금은 너무나 애처로워 살짝 동정이 갈 정도였다.

"주님의 이름으로 명하노니, 썩 사라지지 못할까!" 낯선 사람은 중세의 기사가 방패를 사용하듯 은 십자가를 자신의 몸 앞에 들고 낮고 차분한 목소리로 말했다. 유령 여인은 비틀거리며 뒤로 몇 걸음 물러서더니 황급히 밤의 어둠 속으로 사라졌다.

이 모든 일이 벌어지는 동안, 홈즈는 멍한 표정으로 꼼짝도 하지 않고 서 있었는데, 지금 갑자기 최면 상태에서 벗어났다. 깨어나자마자 그동안 있었던 모든 상황을 파악한 것처럼 보였고, 괴물이 도망치는 걸 보고는 쫓아가려고 했다. 하지만, 낯선 사람이 홈즈의 앞을 가로막았다.

"저 여자를 가도록 내버려두시오, 친구."

낯선 사람이 조용히 말했다.

"지금 저 여자를 사로잡을 방법이 없고, 저 여자도 오늘 밤에는 더 이상 남에게 해를 끼치지 못할 테니까요."

어리둥절해하는 표정이 홈즈의 얼굴을 뒤덮었다. 난 지금까지 그날 밤처럼 홈즈가 충격을 받은 모습을 단 한 번도 본 적이 없었다. 나도 악몽에서나 나올 법한 광경을 목격했기 때문에 홈즈와 다를 바가 없었다.

"선생이 셜록 홈즈 씨겠죠?"

낯선 사람이 약간의 외국인 억양이 들어간 차분한 목소리로 물었다. 그리고 내 쪽으로 돌아서서 덧붙였다.

"그리고 선생은 닥터 왓슨이고요."

"우릴 잘 알고 계시나 보군요."

난 몸을 일으켜 세우며 말했다.

홈즈는 어느덧 예전의 모습을 회복하고는 자신 있는 목소리로 대꾸했다.

"왓슨, 암스테르담 대학교의 아브라함 반 헬싱 교수께서 이 자리를 함께하시고 있네."

낯선 사람은 살짝 고개를 숙였다.

반 헬싱이라……. 별로 낯설지 않은 그 이름이 내 기억회로를 따라 울려퍼졌다. 아, 그 반 헬싱! 〈더 타임스〉에 실린 기사가 번뜩 떠올랐다.

난 차갑고 축축한 손이 심장을 움켜쥐는 듯한 느낌을 받으며 쉰 목소리로 속삭였다.

"흡혈귀였구나!"

＊ ＊ ＊

"홈즈 씨, 선생처럼 실용적이고 과학적인 정신을 가진 사람에게는 산 사람의 피를 빨기 위해 밤마다 자신의 무덤을 벗어나는, 이미 죽은 물체에 불과한 흡혈귀가 떠들기 좋아하는 이야기꾼들이 만들어낸 것이거나 아이들을 겁주려고 만든 으스스한 동화처럼 보일 거라는 걸 잘 알고 있소이다. 하지만 그건 모든 걸 다 설명하려고 들다가 설명이 불가능하면 설명할 게 없다고 시치미를 떼는 우리 과학의 문제점이오. 선생 얼굴 표정으로 보건대 오늘 밤 혹독한 경험을 했음에도 불구하고 여전히 믿기 어려운 것 같구려."

이 일은 한 시간 후, 우리 세 사람이 베이커 가의 우리 거실에 앉아 시작한 이야기였다. 홈즈와 난 불가에 앉아 있었고, 반 헬싱은 방 안을 왔다 갔다 하면서 부드러우면서도 열정적인 목소리로 설명하고 있었다.

반 헬싱은 겉모습에서 홈즈와 흡사한 면이 적지 않았다. 홈즈보다 나이를 더 먹고 키는 좀 작았지만, 넓은 이마에 갸름한 얼굴, 강인한 매부리코가 똑같았다. 은발이 간간히 섞인 긴 머리카락은 그가 말할 때마다 이마로 흘러내렸는데, 그때마다 연신 신경질적으로 쓸어올렸다. 한참을 생각한 후에 툭 던져놓기라도 하듯 제멋대로 자란 회색의 반다이크 수염이 뺨을 장식하고 있었다. 하지만 그의 얼굴에서 가장 놀라운 부분은 찌를 듯한 눈빛을 발하는 파란 눈이었는데, 지친 표정이 가득 한 얼굴에서도 젊음의 열망과 자신이 하는 일에 대한 진지한 열정으로 반짝거리고 있었다.

반 헬싱의 말을 귀담아 듣고 있던 홈즈는 그 네덜란드 인에게 씩 웃어보였다.

"평생 동안 유지해온 회의적인 태도를 하룻밤 새에 싹 없앨 수 있겠습니까, 교수님? 그건 그렇다 치고 오늘 밤에 큰 곤욕을 치르고 나니 2, 3일 전에 내가 생각했던 것과는 달리 교수님의 의견이 귀에 쏙쏙 들어오고 있다고 고백해야겠습니다. 그렇지 않은가, 왓슨?"

난 고개를 끄덕였다.

"교수님께서 '불사의 이단종교'라고 부르고 있는 것에 대해서 좀 더 자세히 설명해주시고, 오늘 밤 어떻게 해서 운 좋게 도움을 주시게 됐는지도 말씀해주시죠."

"당연히 말씀드려야지." 반 헬싱은 고리버들 의자에 앉아 기이한 설명을 하기 전에 생각을 정리하듯 잠시 동안 펄럭거리는 불길을 멍하니 쳐다봤다.

"일단 흡혈 행위를 일부는 신체적으로, 일부는 정신적으로 문제가 있는 일종의 질병으로 생각하는 게 도움이 될지도 모르겠소이다. 흡혈귀는 자신이 생존하기 위해 '키스'를 통해 살아 있는 사람들의 피를 뺏어갑니다. 피가 생명을 주는 거죠. 성경의 '피가 곧 생명이라'는 구절 그대롭니다. 피해자는 왕왕 만성빈혈로 진단되는 소모성 질병을 앓고 있는 것처럼 날로 허약해지죠. 결국에 가서는 죽게 되고, 2, 3일이 지나면 한밤중에 무덤에서 일어나 생명을 주는 고귀한 힘을 찾아 떠돌아다니게 됩니다. 이 이단종교는 이렇게 퍼지게 되는 거죠. 말할 수 없이 느리기는 하지만 그래도 숫자가 늘어나게 됩니다.

흡혈귀는 낮 동안에는 전혀 인간답지 않은 삶을 중단하고 푹쉬다가 오로지 밤에만 살아 있는 형태를 취합니다. 악이 선함과 이성의 광명 속에서는 생존할 수 없는 것과 마찬가지로 흡혈귀도 모든 것을 정화하는 대낮의 햇빛과 접촉하면 끝장이 나기 때문이죠.

흡혈귀의 휴식처는 관인데, 그 관은 원래 파묻었던 곳에 그대로 있어야 하거나 흡혈귀가 원래 살았던 고향으로부터 가져온 흙이 바닥에 깔려 있어야 합니다. 이 죽지 않는 존재들이 낮 동안에는 극히 취약하기 때문에 관은 극히 조심스럽게, 혹은 천재적이다 싶을 정도로 교묘하게 감춰져 있게 마련이죠. 그러다 보니 흡혈귀는 햇빛이 있는 동안에 그 관을 보호하기 위해 인간의 도움을 받는 경우도 종종 있어요. 이렇게 동원된 인간은 흡혈귀에게 물린 아들이나 딸을 감추고 있는 어머니이거나, 최면에 걸렸거나 자신의 행동이 죄악을 불러온다는 걸 전혀 인식하지 못하고 주인에게 충성을 다하는 하인이거나, 언젠가는 자신도 불경스러운 이단종교에 참석할 수도 있다는 희망을 품고 자신에게 맡겨진 임무를 죽어라고 수행하는 악마의 제자인 게 일반적입니다. 이런 동조자들의 도움이 없다면 훨씬 수월하게 흡혈귀의 소굴을 찾아내서 말살시킬 수 있었겠죠."

"오늘 밤에 우리가 만났던 그 괴물이 죽지 않는 존재들 중의 하나였다고 생각하시는 겁니까?" 내가 물었다.

"난 그렇게 생각하는 게 아니라 그렇다는 걸 알고 있는 겁니다, 의사 선생." 교수의 단호한 반응이 즉시 돌아왔다.

"그 여자의 겉모습만으로도 많은 걸 시사하고 있거든요. 그녀가 입었던 기다란 가운은 분명히 수의(壽衣)입니다. 그 여자는 죽지 않는 작자들의 특징을 다 가지고 있었죠. 몸매가 갸름한 데다가 피부가 죽은 사람처럼 창백하기도 했고요. 만지면 오싹할 정도로 차갑고, 숨결은 육식동물들의 것처럼 악취가 진동하죠. 흡혈귀는 예수님의 형상과 모든 성물(聖物)로 퇴치할 수 있습니다.

오늘 직접 눈으로 확인했듯이 그 유령 여인은 주님의 상징인 십자가와 맞닥뜨리자 황급히 도망쳤잖아요." 교수는 말을 멈추고 가죽으로 된 시가 케이스에서 시커먼 세룻을 꺼냈다.

"흡혈귀가 신체적 공격을 가할 때는 분명한 패턴이 있어요." 반 헬싱은 세룻에 불을 붙이고 설명을 계속 했다.

"흡혈귀의 최면에 걸린 피해자가 평화롭고 안전하다는 느낌이 들도록 유인되는 것으로 시작하죠. 이어 포옹이 뒤따르는데, 포옹하는 동안 흡혈귀는 길게 자란 송곳니를 피해자의 목에 있는 말랑말랑한 부분에 박아 넣어 피가 자신의 입으로 자연스럽게 흘러들어오도록 만듭니다. 목정맥이 주로 표적이 되죠. 날카로운 이빨이 눈 깜짝할 사이에 파고 들 수 있으니까요."

반 헬싱은 기다란 장지로 자신의 목 측면을 톡톡 두드리며 이러한 환상적인 설명이 우리에게 어떤 영향을 미치고 있는지를 살펴보려는 듯 눈썹을 살짝 치켜세우며 홈즈와 날 힐끗 쳐다봤다. 그러더니 아주 진지한 자세로 설명을 이어갔다.

"여러분, 흡혈귀의 활동은 전 세계의 모든 곳에서 이뤄지고 있다는 기록이 있습니다. 그리고 나도 신앙심이 깊은 자들과 무신론자들에게서, 모든 시대를 통틀어 모든 문화권에서 이 사악한 괴물들의 존재를 입증하는 엄청난 양의 진술을 기록으로 보관하고 있고요. 그렇지만 노스페라투(Nosferatu)라고 불리는 흡혈귀가 튼튼한 발판을 마련했던 곳은 동유럽이며, 그건 오로지 한 사람, 악마 그 자체인 드라큘라 백작 때문인 것입니다."

난 그 이름을 지금까지 한 번도 들어본 적이 없었지만, 그 이름을 듣는 것만으로도 내 안에 잠들어 있던, 말로 다 표현할 수 없는 공포가 서서히 잠을 깨는 것 같았다.

반 헬싱의 상세한 설명이 이어지는 동안 마스크를 씌워놓은 것처럼 매같이 생긴 얼굴에 아무런 표정도 짓지 않고 몸 한 번 꿈쩍하지 않던 홈즈가 상체를 앞으로 쑥 내밀며 조용히 물었다.

"이 드라큘라 백작이란 사람이 누굽니까?"

"드라큘라는 이 세상에 있는 모든 악을 대표하는 인물입니다. 내 말이 좀 멜로드라마 대사처럼 들릴 것 같아 미안하지만, 이 살아 있는 시체의 악마성이 말로 뭐라고 표현할 수 없을 정도이기 때문에 그런 겁니다."

"시체라고요?" 난 깜짝 놀라 소리쳤다.

"맞습니다. 백작은 불사의 존재입니다. 사실 그런 자들의 우두머리라고 할 수 있죠. 살아 있을 때의 백작은 트란실바니아의 귀족으로, 15세기에 왈라키아 공국의 비정하고 독재적인 지배자였던 블라드 테페슈의 직계혈족입니다. 블라드 테페슈는 전쟁에서 포로로 잡힌 자신의 적수들을 거대한 나무말뚝으로 찔러 죽이곤 했던 사악한 성향 때문에 '꼬챙이 블라드'라는 별명으로 불렸는데, 그런 별명을 자랑스럽게 내세운 잔인한 전사였죠. 유혈이 낭자한 걸 즐겼던 이 가문의 습성이 언제부터 피를 빨아먹는 걸 좋아하는 것으로 바뀌었는지는 분명하지 않아요. 드라큘라 백작이 몇 살인지는 정확한 기록이 남아 있지 않지만, 백작과 블라드 테페슈가 동일인일 가능성은 충분히 있습니다."

"그럴 리가요!" 난 나도 모르게 소릴 질렀다.

"그렇다면 400살이 넘는다는 뜻인데……."

반 헬싱은 씁쓰레한 미소를 지었다.

"그런데 그게 가능합니다, 닥터. 피는 효능이 극히 뛰어난 방부제니까요. 극히 최근까지 백작은 험준하기 짝이 없는 보르고 협곡 근처인 카르파티아 산맥의 높은 곳에 위치한 드라큘라 성의 미로 같은 요새 깊숙한 곳에 누워 있다가 생존에 꼭 필요한 생명수를 얻으려고 할 때만 안전한 소굴을 벗어나고 있단 말입니다."

"방금 '극히 최근까지'라고 하셨는데, 그럼 백작이 지금은 더 이상 그곳에 있지 않다는 뜻입니까?" 홈즈가 물었다.

"드라큘라 성을 찾으려고 여러 해 동안 노력했는데, 사실 그수색은 4개월 전에 끝이 났어요. 곧 허물어지기 직전의 건축물의 아래쪽에 자리 잡은 거대한 지하납골당에서 백작의 신부 세명의 시신을 찾아내 없애버릴 수 있었는데, 정작 백작 본인은 아무런 자취가 남아 있지 않더군요. 감쪽같이 사라져버린 겁니다. 성 안의 방들을 샅샅이 수색하다가 백작의 이름으로 된, 흙이 든 커다란 상자들에 대한 운송장을 우연히 발견하게 됐죠. 백작은 분명히 이런 방식으로 자신을 다른 곳으로 옮긴 겁니다. 상자들은 흑해에 위치한 항구인 바르나로 이송되어 마인스터라는 사람에게 인계되도록 되어 있었는데, 이 사람은 백작의 인간 동조자일 게 거의 확실합니다. 바르나에서 상자들은 데메테르라는 러시아 선적의 스쿠너(돛대가 두 개 이상인 범선)에 실리도록 되어 있더군요. 난 바르나로 쫓아가서 항만 관리인들에게 이 상자들의 운송에 대해 질문했습니다. 관리인들은 그 상자들뿐만 아니라 운송책임자에 대해서도 생생하게 기억하고 있더군요. 그들은 마인스터를 추악한 난장이이며 애꾸눈이라고 묘사했습니다."

"그럼 그 범선의 목적지는요?" 홈즈가 물었다.

"런던이요." 반 헬싱이 조용한 어조로 대꾸했다.

네덜란드 인이 던진 폭탄선언의 완전한 의미가 내 머릿속을 파고들 때까지는 약간의 시간이 필요했다. 난 나도 모르게 말소리를 높였다.

"그럼 드라큘라가 지금 이곳 런던에 있단 말입니까?"

"난 그렇게 확신하고 있습니다, 닥터."

반 헬싱이 딱 부러지게 대답했다.

"표면상으로 난 왕립협회에서 일련의 강연을 하려고 런던에 온 것으로 되어 있지만, 내가 이곳을 방문한 진정한 목적은 드라큘라 백작을 추적해서 없애는 것입니다." 그는 오랫동안 설명하면서 기운을 다 써버린 사람처럼 의자에 축 늘어졌다.

"브랜디가 한 잔 더 필요할 것 같군, 왓슨."

홈즈가 슬쩍 제안했다.

나도 활기를 불러일으킬 뭔가가 필요했던 터라 재빨리 앞에 놓인 술잔들을 채웠다. 오늘 밤에 겪었던 사건과 반 헬싱의 기괴한 설명이 내 몸 안의 에너지를 다 빨아먹은 것 같았다.

교수는 브랜디 잔을 반갑게 받아들고 단숨에 마셔버렸다. 홈즈는 정신을 다른 곳에 쏟는 듯한 멍한 표정으로 브랜디를 찔끔찔끔 마시더니 다시 교수를 똑바로 쳐다봤다.

"신문에 난 '유령 여인'에 관한 기사를 보고 죽지 않는 괴물들 중 하나가 햄스테드 히스에서 활동하고 있다고 믿었던 겁니까?"

"그 말이 맞아요, 홈즈 씨. 기사에 묘사된 상처를 보자마자 흡혈귀의, 드라큘라의 신부가 벌인 짓이라는 확신이 들었죠. 그 여자를 통하면 백작을 찾아낼 가능성이 있을 거라고 믿었고요.

난 지난주 내내 밤마다 히스로 가서 이 '유령 여인'을 잡으려고 잠복해 있었어요. 운명의 장난인지, 그 여자가 어젯밤에 젊은 여자를 습격해서 살해할 때 난 히스의 반대편에 있었죠."

바로 이 대목에서 난 그토록 골머리를 앓게 해준 문제의 해답을 얻으려고 질문을 던졌다.

"교수님, 유령 여인은 왜 리드게이트 양을, 그 젊은 여자를 그렇게 잔혹하고도 난폭한 방식으로 공격을 가했을까요? 이 경우에는 단순히 목정맥에 구멍을 내는 게 아니라서요. 살이 다 뜯겨져 나갈 정도였으니까요. 피를 흡취하는 건 느릿하게 진행되는 과정이라고 하셨는데……."

"보통은 그렇지만, 이 사건에서는 흡혈귀가 며칠 동안 충분한 피를 흡취하지 못했을 가능성이 높아요. 따라서 필사적으로 행동했겠죠. 죽도록 굶주린 사람이 필사적으로 음식물에 달려드는 것처럼이요. 생명력에 대한 열망이 극에 달할 정도가 돼서 엄청난 양의 피를 재빨리 확보해야 할 필요가 있었을 겁니다. 따라서 살아남을 수 있는 유일한 수단을 획득하려고 과격하게 공격을 한 겁니다."

"정말 끔찍하군요." 난 몸을 부르르 떨었다.

"이 가련한 여인은 옴치고 뛸 수도 없었을 겁니다. 흡혈귀는 힘이 엄청 세거든요. 흥분했을 때는 특히 더요."

"이 괴물이 종잇장 내던지듯 날 땅바닥에 내팽개친 것은 그걸로 설명이 되겠는데요."

"사실입니다." 반 헬싱은 날 보고 근엄하게 웃었다.

"닥터 왓슨, 선생이 터무니없는 내 이론을 믿기 시작한 것처럼 보이는군요."

난 으스스한 기분에 젖어 고개를 끄덕였다.

반 헬싱은 셜록 홈즈 쪽으로 고개를 돌려 나와 같은 심정이라는 걸 인정한다는 신호 비슷한 게 나오길 기다렸지만, 내 친구의 얼굴 표정에는 전혀 변화가 없었다.

"그렇다면," 홈즈가 입을 열었다.

"오늘 밤에 우리가 만났던 괴물은 드라큘라 백작에 의해 감염됐다는 말씀이군요."

"그 여자가 드라큘라의 신부라는 건 의심의 여지가 없어요. 백작이 이 근처에서 쉬고 있다는 걸 분명히 나타내는 사실이죠." 반 헬싱의 얼굴에 열정의 기색이 약간 돌아왔고, 두 눈은 날카롭게 반짝거리기 시작했다.

"홈즈 씨, 난 선생의 명성과 눈부신 능력을 잘 알고 있습니다. 온 세상을 통틀어서 지금 선생의 협조보다도 더 귀중한 것은 없을 겁니다. 말로 다 형언할 수 없는 악을 세상에 퍼뜨리는 놈을 찾아내서 박멸시키려는 날 지원하고 도와주지 않겠어요?"

홈즈는 평소에 눈앞에서 지껄이는 아부에 대해서 코웃음을 쳤지만, 입가에 어렴풋이 미소가 떠오르는 걸로 봐서 반 헬싱의 마음에서 우러나오는 찬사가 몹시 흡족한 듯했다.

"내가 교수님께 큰 신세를 지고 있는데요, 뭘."

홈즈가 얼른 대꾸했다.

"오늘 밤에 교수님께서 제때 개입하지 않았더라면 난 지금 이 자리에 있지 못했을 겁니다. 나 자신도 이 기괴한 사건의 밑바닥까지 파헤쳐보고 싶으니 교수님께서 드라큘라 백작을 수색하는 데 온 힘을 다해 돕도록 하겠습니다."

교수는 흡족한 미소를 지으며 홈즈의 손을 덥석 잡았다.

"고맙소이다." 교수는 지극히 온화한 목소리로 감사의 뜻을 전했다.

"흡혈귀가 실제로 존재하느냐의 여부에 대해서는," 홈즈가 말을 이었다.

"교수님께서 충분히 설득력이 있는 주장을 펼치셨지만, 우리가 한 명을 잡을 때까지 내 판단은 보류하도록 하겠습니다."

"선생이 도와주기만 하면 곧 그렇게 될 것으로 확신합니다."

교수는 진지한 어조로 자신감을 표현했다.

"나도 이 모험에 참여해도 될까?" 내가 말했다.

"물론이네, 친애하는 왓슨. 너무 당연하다고 생각하고 자네에게 부탁을 하지 않았구만."

"바늘 가는 데 실이 따라가야지 별 수 있나?"

난 즐거운 마음으로 대꾸했다.

"좋아요, 이제 필요한 건 다 정리가 됐군요." 반 헬싱이 활짝 웃으며 이마에 늘어진 머리카락을 쓸어넘겼다.

"이제 우리의 다음 행동노선을 결정해야겠어요."

홈즈가 애용하는 오래된 도기파이프에 불을 붙이자, 잠시 동안 그의 얼굴은 담배에서 뿜어져 나오는 시커멓고 독한 연기에 가려졌다. 그러다가 연기를 뚫고 불쑥 얼굴을 내밀고는 방문객에게 말했다.

"오늘 밤에 우리가 만났던 소위 '유령 여인'이라고 불리는 여자가 흡혈귀라면, 교수님의 이론에 따라 낮 동안에 쉴 곳이 필요하겠군요."

"묘지에서 쉬겠군." 내가 그럴 듯한 장소를 제시했다.

"바로 그걸세, 왓슨. 그래, 묘지야. 친구여, 자네의 팔을 쭉 뻗어 햄스테드 지역의 육지측량부 지도(영국 정부의 후원 하에 육지측량부라는 기관에서 제작하는 대단히 상세한 지도)를 좀 건네주게."

내가 요청받은 대로 해주자 홈즈는 지도를 자신의 무릎 위에 펼쳐놓고 2, 3분 동안 찬찬히 살폈다. 한참 후, 홈즈는 만족감이 잔뜩 묻어나는 소릴 질렀다.

"무슨 일이죠, 홈즈 씨?" 반 헬싱이 진지한 어조로 물었다.

"이곳에 뭔가가 있다고 믿습니다."

홈즈가 지도의 특정지점을 가리켰고, 반 헬싱과 난 홈즈의 앙상한 집게손가락이 가리키는 방향을 눈으로 쫓아갔다.

"우리가 습격받았던 곳과 불과 3킬로미터밖에 떨어져 있지 않은 여기 이 사설묘지를 보시죠. 굉장히 외딴 곳에 있지 않아요? 있는 거라고는 탁 트인 땅덩어리와 3면을 가린 숲뿐이니까요."

"이상적인 휴식처로군요." 반 헬싱도 동의했다.

"그렇다고 우리가 무엇을 할 수 있겠나, 홈즈?" 내가 물었다.

"무작정 돌아다니면서 이 괴물이 쉬고 있는 곳을 알아보려고 모든 무덤을 파헤칠 수는 없잖은가?"

"친애하는 왓슨," 홈즈는 살짝 미소를 지으며 말을 이어갔다. "난 그런 일을 시도할 생각이 전혀 없네. 지금부터 한 달 이내에 묻힌 젊은 여자가 있는지를 알아보기 위해 매장기록부만 확인하는 간단한 일이 될 걸세. 그렇게 하면 우리의 수고를 좀 줄일 수 있지 않을까?"

난 내 자신의 멍청함에 화가 나서 고개만 끄덕였다.

"자, 신사 여러분," 홈즈가 지도를 한쪽으로 치우며 말했다. "날이 새려면 아직 시간이 남았으니 최대한 잠을 잘 것을 제안합니다. 그리고 아침이 되면 내가 이 간단한 조사를 실시하겠습니다." 홈즈는 반 헬싱에게로 고개를 돌렸다.

"오늘 점심 때 만나서 내가 알아낸 것들을 보고드릴 테니 그 때 앞으로의 행동계획을 세우도록 하죠."

"아주 좋은 생각입니다, 홈즈 씨."

네덜란드 인도 얼른 동의했다.

"선생과 닥터 왓슨이 내가 묵는 호텔에서 식사를 함께하면 어 떨까요? 난 지금 노섬벌랜드에 묵고 있습니다만."

"좋습니다. 자넨 어떤가, 왓슨?"

"기꺼이 초대를 받아들이겠습니다."

13장

악의 세력

난 그날 밤에 잠을 푹 잤는데, 새벽이 가까워오자 기분이 좋지 않은 꿈의 영역으로 빠져들었다. 나 자신이 인간 같지 않은 것들이 내는 괴기한 비명으로 가득 찬 동굴에 갇혀 있었다. 그림자가 지는 곳에서 음흉한 미소를 지으며 날 쳐다보는 스태플턴의 얼굴이 눈앞을 스쳤다가 확 피어오르는 불길 속으로 사라졌다. 어둠 속에서 사악한 눈들이 내게 윙크를 보내고, 매 발톱처럼 생긴 끈적끈적한 손들이 날 움켜쥐었다. 거대한 박쥐 괴물이 날 향해 급강하하면서 악취가 나는 가죽 같은 날개로 내 얼굴을 긁어댔다. 공포에 질려 몸이 마비되는 바람에 박쥐 괴물 중의 한 마리가 내 목을 물어뜯기 시작하는데도 팔을 들어 막을 수가 없었다. 흉측스럽게 생긴 작은 주둥이가 목살을 찢고, 그 상처에서 뜨뜻

한 피가 흘러내리는 게 느껴졌다.

결국 이런 악몽을 더 이상 견딜 수 없는 상태로까지 내몰리게 됐다. 난 악 하는 비명을 내지르며 순식간에 잠에서 깨어났다. 온몸이 식은땀으로 뒤덮인 채 꼼짝도 하지 못하고 멍하니 침대에 누워 있다가 아무런 훼방도 받지 않는 평화로운 졸음의 세계로 다시 한 번 빠져들었다.

결국 아침 늦게야 일어나게 됐고, 홈즈는 자신이 해야 할 일을 수행하기 위해 이미 외출했다는 걸 알게 됐다. 난 홀로 아침식사를 하고 나서 홈즈가 돌아올 때를 기다리며 조간신문들을 하나도 빠지지 않고 다 읽었다.

어젯밤에 우리가 밤샘 경비를 했던 것에 관해 물어보려고 레스트레이드가 11시경에 들렀다. 우리가 유령 여인과 마주친 것과 반 헬싱의 흡혈귀 이론의 상세한 부분들은 적어도 당분간은 우리끼리만 알고 있어야 한다는 결정을 내렸었다. 레스트레이드는 상황이 가장 좋을 때에도 별로 상상력이 뛰어나지 못했던 터라 우리가 조사하고 있는 게 흡혈귀라는 말을 듣는 순간, 우리에게 협력의 손길을 내밀지 않고 정신상태에 의문을 제기할 인물이었다. 따라서 홈즈가 미리 지시해둔 대로 아무런 소득도 없이 밤을 꼴딱 새웠다고 말해줬다.

경위의 얼굴에는 이 소식을 기쁘게 받아들여야 할지, 아니면 유감스럽게 받아들여야 할지를 놓고 머릿속으로 갈등하는 모습이 그대로 드러났다. 결국에는 누르스름한 그의 안색에서 우쭐해하는 표정이 자리 잡았다.

"뭐, 홈즈 씨도 모든 걸 다 뜻대로 할 수 있는 건 아니군요."

그는 씩 웃으며 한 마디 던졌다.

"오늘 밤에는 부하들을 다시 그곳으로 보내는 게 낫겠는데요. 뭔가 변화가 있으면 홈즈 씨에게 알리도록 하겠습니다."

레스트레이드는 메마른 웃음을 날리며 떠났다.

홈즈가 폭풍처럼 방 안으로 들어온 건 정오가 되기 바로 직전이었다.

"날씨가 아주 좋군, 왓슨. 잠은 잘 잤나?" 그는 고리버들 의자 위로 코트를 벗어던지며 쾌활한 목소리로 말했다.

홈즈의 의기양양한 표정으로 미뤄보아 아침에 나가서 한 조사가 성공을 거둔 게 분명했다. 하지만 극적인 요소가 잘 갖춰진 적절한 때가 됐다고 자신이 판단할 때까지 그 정보를 밝히기 싫어하는 꽤나 짜증나는 습성을 가지고 있기도 했다. 그것의 일부는 자신의 주변에 있는 모든 것들을 지배하길 좋아하는 거만한 천성 때문이고, 일부는 때때로 지나치다 싶을 정도로 발동되는 극적인 감각 때문이기도 했다. 이번의 경우에는, 오늘 아침에 벌인 수사에 관해 꼬치꼬치 캐물었지만 홈즈는 손을 한 번 흔들고 기쁨이 넘치는 미소를 한 번 지어주는 것으로 대답을 대신했다.

"자, 자, 왓슨," 홈즈는 마침내 입을 열었다.

"모든 것이 점심식사 때 밝혀질 걸세." 홈즈는 자신의 회중시계를 힐끗 내려다봤다.

"이런! 서두르지 않으면 늦겠네."

✻ ✻ ✻

노섬벌랜드 호텔은 사람들이 바글거리는 트라팔가 광장과 스트랜드 대로 사이의 조용한 거리에 자리를 잡은, 거대하고 위풍당당한 건물이었다. 홈즈와 내가 약속시각보다 20분 정도 늦게 들어섰을 때 레스토랑은 꽉 차 있었다. 실내는 식사하는 사람들이 조용조용 대화하는 소리와 독한 냄새가 나는 담배연기의 파르스름한 베일로 가득 채워져 있었다. 레스토랑은 어두운 색상의 마호가니 판재로 벽들이 마감되어 있고, 일련의 크리스털 샹들리에들이 불을 밝히고 있었다. 천장에서 늘어진 붉은색의 벨벳 커튼들이 높다란 창문들을 가리고 있었다. 창문 옆의 테이블에 앉아 있던 반 헬싱이 우리가 들어서는 걸 보더니 의자에서 일어서서 냅킨으로 신호를 보냈다.

우린 인사를 나누고, 종종걸음을 치며 지나가는 웨이터에게 식사를 주문했다. 그런 다음, 반 헬싱과 난 홈즈 쪽으로 고개를 돌려 오전에 했던 일들을 말해주길 기다렸다.

"흠," 결국 홈즈가 입을 열었다.

"퍼즐의 조각들이 교수님의 이론에 맞게 자리를 잡아가는 것 같습니다. 난 오늘 아침 일찍, 벨마운트 사설묘지에 묻힌 매장자들의 기록을 조사했는데, 약 4주 전에 랄프 마컴 경의 스무 살된 딸이 그곳에 있는 가족 납골당에 묻혔다는 걸 알아냈습니다."

"랄프 마컴 경이라…… 그 이름을 들어본 적이 있네."

"당연히 들어봤을 걸세, 왓슨. 그 사람은 해군본부에 근무했던 저명한 해군전문가였으니까."

"아, 그래, 바로 그 사람이로군."

"유령 여인도 그만한 나이였던 것 같군요."

반 헬싱이 중얼거렸다.

"난 작지만 소중한 정보를 얻게 되자 이걸 가지고 직접 마컴 저택을 방문했죠. 벨마운트에서 채 5킬로미터도 떨어져 있지 않은 아주 멋진 집이더군요. 짐작했던 대로 랄프 경은 업무차 해군본부에 가 있어서 마컴 귀부인과 회견할 수 있었습니다. 마흔 살가량 되는 아주 우아한 여인이었는데, 딸자식을 먼저 보내고 겪었던 아픔과 슬픔이 고운 얼굴에 그대로 다 나타나 있었죠. 난 내 자신을 세인트 바르톨로뮤 병원에 근무하는 의학연구원인 도널드 프레이저라고 소개했습니다." 이 시점에서 홈즈는 자신이 가장한 사람의 역할을 제대로 해냈다는 걸 자랑하기라도 하듯 슬쩍 스코틀랜드의 애버딘 사람 억양을 사용했다.

"그리고 따님의 죽음에 대해서 몇 가지 질문을 해도 되겠냐고 물었죠. 레이디는 좋다고는 했지만, 딸을 입에 올리는 것만으로도 고통스러워하더군요. 이렇게까지 해야만 하나 하는 생각에 마음이 아팠지만, 이렇게 해서 얻은 정보가 우리의 수사에 극히 중요할 거라는 걸 잘 알고 있어서 어쩔 도리가 없었습니다.”

홈즈는 우리 쪽으로 상체를 쑥 내밀고 속삭이는 목소리로 설명을 계속했다.

“귀부인에게 들은 건 이랬습니다. 따님인 바이올렛은 쿰트레이시에 위치한 여학교에 다녔다고요. 그곳은 왓슨과 내가 잘 알고 있는 곳이죠.”

난 바스커빌 사건을 다루는 동안 홈즈와 함께 쿰트레이시에 잠깐 들렀던 기억을 떠올리며 고개를 끄덕였다.

“이 학교에 다니는 도중에 바이올렛 마컴이 ‘괴이한 병’에 걸렸답니다. 처음에는 그 지역의 의사인 콜린스라는 사람이 치료를 담당했고요. 하지만 콜린스가 깨끗이 완치시키지 못하자 랄프 경의 친구인 전문의가 바이올렛을 찾아갔답니다. 하지만 이전과 마찬가지로 전문의의 치료도 수포로 돌아갔습니다.”

“그 ‘괴이한’ 병의 증상이 어땠다고 하던가요?”

반 헬싱이 물었다.

그 질문에 대답하는 홈즈의 눈동자가 흥분을 감추지 못하고 반짝거렸다.

“빈혈이었답니다. 그래서 수혈을 많이 했는데도 점차 약해져 갔고요. 결국 바이올렛을 집으로 데려왔는데, 집에 도착한 지 여섯 시간이 채 지나지도 않아 사망했답니다. 의사들은 정확한 사인(死因) 뿐만이 아니라 바이올렛의 목에 난 두 개의 작은 상처가 뭔지를 알 수 없어 혼란을 겪었고요.”

"그거야말로 드라큘라의 표식이죠!" 반 헬싱은 흥분을 가라앉히지 못하고 쉰 목소리로 속삭였다.

"홈즈 씨, 알 수 없는 이유로 인한 실혈(失血), 시름시름 약해져 가는 환자, 그리고 무엇보다도 목에 난 구멍들이야말로 흡혈귀에 물린 전형적인 증상입니다."

"사실들이 눈앞에 있으니, 원……."

홈즈는 마지못해 그 말에 동의했다.

"교수님께선 바이올렛이 드라큘라 백작 본인에게 물렸다고 정말로 확신하십니까?" 내가 물었다.

반 헬싱은 크게 고개를 끄덕였다.

"그렇다면 바이올렛이 아픈 증상을 최초로 보였던 쿰트레이시로 가봐야겠군요."

"왓슨의 말이 옳습니다." 홈즈가 내 말에 동의했다.

"드라큘라가 더 이상 런던에 있지 않고 데본셔의 교외 지역에 보다 안전한 거처를 마련한 또렷한 증거가 있으므로, 바로 그곳에서 녀석의 자취를 추적해야 합니다."

반 헬싱이 홈즈의 옷소매를 톡톡 두들겼다.

"조사를 더 진행하기 전에 우린 섬뜩하지만 꼭 필요한 일을 해야 합니다. 해가 지면 바이올렛 마컴의 묘지를 찾아가서 이제 그 여자애의 몸을 차지한 괴물을 말살시켜야죠."

난 그 말에 몸을 부르르 떨었다.

"도대체 흡혈귀를 어떻게 말살시킬 건가요?"

난 내 자신도 믿기 힘든 존재의 퇴치법을 멍청하게 물었다.

"옛날부터 전해져오는 마법서에는 태우는 것으로부터 흐르는 물에 가라앉히는 것까지 불사의 존재를 파멸시키는 여러 가지 방법들이 기록되어 있어요. 그런 수단들은 내가 경험해보지 못한 영역의 것들이죠. 하지만 난 카르파티아 산맥에 존재하던 여러 개의 흡혈귀 집단을 소멸시킨 주인공입니다. 정말 효과가 높은 방법이 두 가지가 있죠. 괴물의 심장에 은총알을 박아 넣으면 이 괴물을 말살시킬 수 있고, 물푸레나무로 만든 말뚝을 심장에 박아도 악의 기운을 떨쳐낼 수 있어요. 이 두 가지 방법 모두 마지막으로 희생자의 목을 잘라내야 효과가 있습니다."

난 반 헬싱이 묘사한 섬뜩한 행위뿐만 아니라 그것들을 설명하는 그의 냉정하고도 차분한 방식에 충격을 받았다.

"이건 지저분하고 천벌을 받을 짓입니다, 닥터."

교수는 몹시 동요하는 내 안색을 힐끗 쳐다보며 말했다.

"하지만 매우 필요한 일이기도 하고요. 몹시 화급한 일이라 오늘 당장 해치워야 합니다. 바이올렛이 변한 흡혈귀가 다시 일어나 더 많은 해악을 끼치기 전에요."

"그 일을 왜 해가 질 때에 수행하는 겁니까?" 의혹의 기색이 가득 한 목소리로 홈즈가 물었다. 홈즈는 지금도 이 기상천외한 사건을 현실로 받아들이지 못하고 있는 게 분명했다. 모든 증거가 반 헬싱의 이론을 뒷받침하고 있음에도 불구하고 홈즈의 과학적이고 실용적인 본성과는 너무나 동떨어진 것이라서 그대로 받아들이기가 거의 불가능했던 것이었다.

"해가 뜰 때나 해가 질 때가 흡혈귀를 말살하기에 가장 좋은 시간입니다. 선한 세력과 악한 세력이 균형을 이루며 힘을 겨루고, 그 균형이 보다 쉽게 무너질 수 있는 때라서요."

"하지만 말입니다," 내가 반론을 제기하며 나섰다.

"논리적으로 보자면, 해가 있는 낮 동안이 더 좋은 시간대인 것 같은데요?"

"초자연적인 현상들을 다루는 분야에선 논리라는 게 제 한 몸 가누기도 힘들 정도의 미약한 발판만을 확보하고 있을 뿐입니다, 닥터."

반 헬싱은 날 향해 다 이해한다는 듯 관대한 미소를 보냈다.

"어쨌거나 이 상황에 어떤 논리를 적용해볼 수는 있어요. 햇빛이 있는 동안에 악의 세력이 무력하다는 건 절대로 믿지 마시오. 그것들이 단지 방어적인 자세를 취하고 있을 뿐이고, 따라서 가장 경계심을 높이고 있단 말입니다. 밝은 햇살이 있을 때 지하 묘지로 들어가는 것은 내가 제안한 때에 들어가는 것보다 훨씬 어려울 것이오. 날 믿어주시오, 닥터. 내가 알고 있는 지식은 모두 실제로 경험을 통해 얻은 것이니까요."

난 멍청하게 고개를 끄덕일 수밖에 없었다. 창문을 통해 사람들로 북적거리는 스트랜드 대로의 희미한 소음과, 오고가는 마차들의 바퀴 소리와, 노점상들이 손님들을 불러 모으는 고함 소리가 들려왔다. 인간들이 매일 매일을 살아가면서 내는 소리를 들으면서도 난 저 밖의 현실세계와 단절되어 있는 듯한 느낌을 받았다. 반 헬싱이 말한 것을 모두 다 받아들였음에도 불구하고, 그의 말은 현실과 완전히 동떨어진 것처럼 보였다. 난 우리 세 사람이 인지하고 있는 끔찍한 진실에 대해 전혀 알지 못한 채 행복한 표정으로 음식을 먹고 있는 주변의 사람들을 쓱 둘러봤다. 이건 분명히 으스스한 악몽일 뿐이고, 베이커 가의 거실 벽난로 곁에 놓여 있는 내 의자에서 곧 잠을 깨어 편안하고 예측이 가능한 세계로 들어설 것이라고 애써 마음을 달랬다.

하지만 점심식사를 가져온 웨이터 때문에 그런 생각에서 퍼뜩 깨어났다. 세 사람 다 별로 식욕이 당기지 않아 아무런 대화도 나누지 않은 채 앞에 놓인 음식을 깨작거렸다. 곧 해야 할 일에 대한 생각이 뇌리를 떠나지 않아 밥 달라고 조르는 배 속을 고려해줄 형편이 아니었다.

난 앞에 놓인 음식을 뒤적거리면서 지금까지 듣지도, 보지도 못한 끔찍한 일들을 얼마나 해치워야 이 사악한 일이 끝날 것인지를 곰곰이 생각했다. 불길한 예감이 온몸을 감싸는 듯했다.

✳ ✳ ✳

11월의 회색빛 하늘이 흐릿한 파란색으로 바뀌며 날이 곧 어두워지려는 찰나에 홈즈와 반 헬싱, 그리고 난 좁은 나무문을 통과해 벨마운트 묘지로 들어섰다. 문을 거의 사용하지 않았는지

경첩이 반항하듯 삐걱거리는 소리를 냈다.

묘지는 아주 으스스했다. 묘비들이 희미해져가는 햇빛을 받아 당장이라도 달려들 듯한 실루엣을 만들어내고 있었고, 길 양쪽을 따라 심어져 묘지를 굽어보고 있는 나무들의 앙상한 가지들을 헤치고 불어온 차가운 바람은 땅바닥에서 썩어가는 낙엽더미를 이리저리 희롱했다.

홈즈와 난 낮 동안 내내 우리가 곧 해야 할 상상하기도 싫은 일에 대해서 정신적인 대비를 하며 지냈다. 그러는 동안 반 헬싱은 보다 실질적인 준비를 하고 있었고, 그 결과가 지금 손에 쥐고 있는 커다란 왕진가방이었다.

가까운 곳에 있는 나무 어디에선가 부엉이의 울음소리가 들렸다.

"저 녀석은 밤이 다가오는 걸 느끼는 겁니다. 곧 완전히 어두워질 것이고, 악의 세력이 급속히 확장되겠죠."

네덜란드 인이 조용한 목소리로 말했다.

"낮의 선한 자들은 기력이 쇠하여 잠들기 시작하고;

그 대신 흑암의 대행자들은 희생자를 찾아 잠에서 깨어나니,"

홈즈가 《맥베스》의 한 대목을 읊조리고 말을 이었다.

"교수님도 아시다시피 난 미신을 믿는 사람이 아닙니다만 교수님께서 하신 말씀에 뭔가가 있다고 믿고 있습니다. 밤에 저질러지는 범죄의 수가 월등히 많은 걸 보면요. 어둠은 범죄자들에게 숨을 곳과 보호를 제공하는 가장 좋은 협력자인 셈이죠."

부엉이가 또 부엉부엉 울어댔다.

"저놈의 새는 밤이 얼른 오라고 안달을 하는 모양이군."

내가 중얼거렸다.

"얼른 사냥을 하고 싶어 하는 겁니다. 그리고 저 녀석만이 그러는 것도 아니고요." 반 헬싱이 말했다.

"자, 홈즈 씨, 얼른 앞장서서 마컴 가의 가족납골당으로 가시죠."

우린 희미한 랜턴을 손에 든 홈즈의 뒤를 따라 입을 꼭 다문 채 묘지를 가로질렀다. 수많은 묘비들이 술 취한 사람처럼 삐딱하게 서 있었고, 사람의 손길이 닿지 않은 무덤들은 잡초의 놀이터가 되어 있었다. 죽은 사람이 얼마나 빨리 잊히는가를 확실히 깨닫게 해주는 상징이었다.

"여깁니다." 홈즈가 랜턴을 높이 들어 올리며 말했다. 랜턴에서 흘러나온 희미한 불빛이 묘지의 한쪽 구석에 훌쩍 떨어져서 쪼그리고 앉은 듯한 작은 건물에 떨어져 내렸다.

납골당으로 다가가며 두 명의 동료를 힐끗 쳐다봤다. 두 사람 다 굳은 결심을 한 표정이었다. 우린 납골당의 입구로 연결된 짧은 계단을 내려갔다. 입구는 녹슨 철문으로 가로막혀 있었는데, 놀랍게도 삐걱거리는 소리 하나 내지 않고 조용히 열렸다. 반 헬싱과 홈즈는 역시 그렇구나 하는 표정을 지으며 눈길을 교환했다.

납골당 안으로 들어서자 죽음의 악취가 코를 자극했다. 의외의 침입에 놀란 쥐들이 우리의 다리 사이를 빠져나가 황급히 흩어졌다. 천장의 우묵하게 파인 곳에 위치한 스테인드글라스를 통해 들어온 희미한 햇살이 납골당 중앙에 있는 석판 위의 오크나무 관 위로 떨어졌다. 두 쪽의 벽에 툭 튀어나오게 설치된 석조 선반은 마컴 가의 조상들이 들어 있는, 거미줄투성이인 관들을 떠받치고 있었다. 홈즈가 들고 있는 랜턴에서 흘러나오는 희미한 불빛이 납골당 안을 음침하게 비추자 괴기스럽게 뒤틀린 그림자들이 벽을 따라 천장까지 올라갔다.

주변 상황이 어쨌든 간에 우리의 관심을 끄는 것은 눈앞에 놓인 관이었다. 이건 다른 관들처럼 오래된 것 같은 흔적이 전혀 보이지 않았고, 홈즈가 랜턴을 가까이 들이대자 우린 뚜껑에 박힌, 바이올렛 마컴의 이름이 적혀 있는 황동 이름판을 살폈다.

반 헬싱은 들고 온 가방을 바닥에 내려놓고 능숙한 솜씨로 재빠르게 관 뚜껑을 치워 안쪽이 드러나게 만들었다. 난 눈앞에서 벌어질 광경에 미리 대비하고 있었음에도 불구하고 실제로 드러난 모습에 몸이 덜덜 떨리는 걸 억제할 수 없었다. 핏자국이 선명한 수의에 싸여 그곳에 누워 있는 건 어젯밤에 우릴 습격했던 바로 그 젊은 여자였다. 눈은 감고 있었지만, 눈동자가 재빨리 움직임에 따라 눈꺼풀이 바르르 떨렸다. 처절할 정도로 새하얀 안색은 평온해 보였지만, 그래도 잔인한 면을 다 감추지는 못했다. 이마에 난 십자가 모양의 시커먼 상처를 제외한다면 시신의 피부는 흠 하나 없이 부드러웠고, 입술은 건강하다는 걸 그대로 드러내듯 빨간 색조에 탱탱했다. 한쪽 입 가장자리에는 말라붙은 핏줄기가 선명했다.

반 헬싱은 시신의 윗입술을 들어 올려 일반적인 사람들 것보다도 훨씬 크고 날카로운 송곳니가 드러나도록 만들었다. 사람의 치아가 아니라 육식동물의 이빨처럼 보였다.

"이 여자는 바로 이것으로 희생자들의 피를 빨아들일 수 있었던 겁니다." 반 헬싱이 중얼거렸다.

홈즈와 난 관 안에 누워 있는 괴물을 홀린 듯이 멍하니 바라보며 서 있었다. 그 동안 우리는 여러 가지 모험을 해왔지만, 이런 광경은 단 한 번도 본 적이 없었다.

갑자기 밖에서 바람이 불어 납골당의 문이 쾅 소리를 내며 닫혔다. 그 소리가 반 헬싱을 행동하도록 만든 신호 같았다.

"자, 일을 서둘러야겠어요." 그가 목소리에 힘을 실어 말했다.

"이 여자가 다시 일어나 걸을 시간이 다 됐어요."

교수가 가방에서 커다란 망치와, 길이가 30센티미터 정도되고 한쪽 끝을 뾰족하게 다듬은 나무 말뚝을 꺼내는 걸 난 입을 딱 벌리며 쳐다봤다.

"불을 비춰주시오, 홈즈 씨." 교수의 말에 따라 내 친구는 랜턴을 더 관 가까이에 갖다 댔다.

난 랜턴 불빛이 비추는 범위 안으로 들어섰다.

"다른 방법은 없습니까?"

"부디 이해해주시오, 닥터. 눈앞에 보고 있는 건 바이올렛 마컴이 아니라는 것을요. 겉모습만 사람이지, 실제는 드라큘라의 악에 사로 잡혀 타락해버린 괴물입니다. 이 여자의 영혼을 풀어주고 영원한 평화를 주기 위해서는 이 껍데기를 완전히 말살시켜야 합니다." 네덜란드 인은 고개를 가로 저었다.

"다른 방법이 없어요."

그렇게 말하면서 반 헬싱은 말뚝의 뾰족한 끝을 관 속에 누워있는 괴물의 심장에 대고 망치를 들어 올려 막 내려치려고 했다. 너무나도 놀랍게 괴물이 눈을 번쩍 뜨더니 발광한 듯한 시뻘건 눈으로 우릴 노려봤다. 잔뜩 뒤틀린 흉측한 입에서는 짐승의 울음소리 같은 고함이 터져 나왔다. 반 헬싱은 괴물의 이글거리는 눈길을 피하려고 했지만 허사였다. 괴물의 강력한 눈길에 사로잡히고 말았다. 망치를 내려치지 못하고, 비틀거리며 뒤로 물러섰다.

홈즈가 재빨리 행동했다. 엄청난 속도로 앞으로 뛰어나와 내손 안으로 랜턴을 쑤셔 넣고 반 헬싱의 축 늘어진 손에서 처형도구들을 낚아챘다. 홈즈는 관 위쪽으로 상체를 구부리고 괴물이 일어나기 시작하자 망치를 치켜들었다. 그러고는 말뚝을 괴물의 가슴에 대고 온 힘을 다해 망치를 내려쳤다. 괴물은 발작을 일으키는 것처럼 몸을 부르르 떨며 다시 관 안으로 드러누웠다. 홈즈가 망치를 다시 내려치자 말뚝이 괴물의 심장으로 파고들었고, 괴물의 시뻘건 입술에서 끔찍한 비명이 터져 나왔다. 겁에 질린 비명으로 인해 납골당 안의 공기가 마구 요동쳤고, 괴물의 몸뚱이가 부르르 떨리고, 퍼덕거리고, 괴이한 각도로 뒤틀렸고, 날카로운 이빨이 딱딱 마주 부딪쳤고, 입에서는 진홍빛 게거품이 흘러나왔다. 말뚝 주위로 피가 흘러나와 수의를 시커멓게 물들이며 퍼져나갔다.

홈즈는 망치로 말뚝을 세 번째 내려쳤다. 격렬했던 몸부림이 서서히 약해져갔고, 이빨이 부딪치는 소리가 더 이상 들려오지 않았다. 그러더니 잔인해 보이던 두 눈이 감겼다.

마침내 괴물의 몸이 더 이상 움직이지 않았다.

홈즈는 망치를 떨어뜨리고 비틀거리며 납골당의 문간으로 걸어가서 숨을 크게 들이쉬었다. 나도 후들거리는 발걸음을 옮겨 홈즈의 곁으로 다가가 신선하고 차가운 공기를 허겁지겁 들이마셨다.

잠시 후, 반 헬싱이 우리에게로 다가왔다.

"선생은 정말 용감하게 행동했소."

그는 조용히 말하며 한 손을 홈즈의 어깨에 올렸다.

"가서 살펴봅시다."

반 헬싱은 우릴 관 쪽으로 데려가서 랜턴을 집어 들고 괴물의 얼굴을 비췄다. 우린 사악하거나 잔혹한 기색이 단 한 점도 없는, 편안하게 잠든 말끔한 얼굴을 뚫어져라 쳐다봤다. 지금 입가에는 살며시 미소까지 감돌았다. 반 헬싱은 바이올렛의 부드러운 이마를 가리켰다. 시커멓게 타버린 십자가의 흔적이 사라지고 없었다.

"죄악의 흔적이 없어진 게 보이죠? 이제 이 여자는 더 이상 불사의 존재가 아닌 겁니다. 선생들이 영원한 평화를 준 거죠. 그렇지만 마지막으로 해야 할 일이 한 가지 더 남아 있습니다. 시신에서 머리를 잘라내는 것 말입니다."

반 헬싱은 랜턴을 내게 넘기더니 커다란 가방을 뒤적거려 의료용 톱을 꺼냈다. 그러고는 외과의사처럼 능숙하고 정확하게 끔찍한 수술을 해치웠다.

"주님께서 이제 이 여자의 영혼에 자비를 베푸시리라."

반 헬싱은 끝으로 관 뚜껑을 덮으면서 중얼거렸다.

"사과를 드려야겠네요, 교수님." 홈즈는 지치고 갈라진 목소리로 말했다.

"교수님의 말씀을 처음부터 의심했고, 드러난 사실들이 죽지 않는 작자들에 관한 교수님의 이론에 맞아 들어가기 시작했을 때는 제 자신의 이성과 싸우기까지 했거든요. 이제 제가 틀렸다는 걸 분명히 깨달았습니다. 더 이상 의문을 품지 않겠다고 맹세할 수 있습니다."

반 헬싱은 입을 꽉 다물고 피곤에 지친 미소를 지어 보였다.

"선생의 느낌이 어떤지 잘 알고 있어요. 내 자신이 선생과 똑같은 불신의 경로를 따라 왔으니까요. 처음에는 명백한 증거와 반대되는 낡은 근거에 목을 맸었죠. 이제 선생도 흡혈귀의 존재를 믿는 선택된 사람들로 이뤄진 집단의 일원이고, 그 사람들과 마찬가지로 이 일에 큰 흥미를 가지게 될 겁니다." 반 헬싱은 오버코트의 주머니에서 얇은 검은색 공책을 꺼내 홈즈에게 건넸다.

"이 안에 죽지 않는 자들과 관련된 자료와 메모가 모두 들어 있습니다."

"감사합니다." 홈즈는 그 공책을 받아 자신의 주머니에 넣으면서 감사의 말을 전했다.

"이제 이곳을 얼른 벗어나시죠. 죄악의 악취가 여전히 코를 자극하고 있어서요."

우린 납골당에서 어두운 밤으로 걸어 나왔다. 납골당이 등 뒤에서 멀어지고 있는데, 반 헬싱이 말했다.

"이제 우리가 해야 할 일의 한 조각이, 가장 오싹한 부분이 마무리됐어요. 하지만 이러한 슬픔을 초래한 장본인을 찾아내서 영원히 말살시켜야 하는 더 큰 임무가 남아 있어요."

"제가 약속드리죠, 교수님," 홈즈는 열정적으로 선언했다.

"교수님을 도와 이 드라큘라 백작이라는 작자를 추적하고, 제 자신에게 어떤 결과가 오더라도 꼭 파멸시키겠다는 것을요."

14장

재방문

납골당에서 있었던 일이 너무나 기운을 쏙 빼놨던 터라 홈즈와 내가 그날 밤 늦게 베이커 가로 돌아왔을 때는 완전히 늘어져 버렸다. 입고 있던 코트를 벗어던지고 의자에 털썩 주저앉아 잠시 동안 생각에 잠긴 채 허드슨 부인이 우릴 환영하며 피워놓은 벽난로의 불길을 멍하니 바라보며 입을 열지 않았다.

우린 반 헬싱이 묵는 호텔에서 조사의 다음 단계에 대한 계획을 세운 다음, 그와 헤어졌다. 두 사람은 쿰트레이시에 있는 여학교를 급히 조사해야 할 필요가 있다는 걸 잘 알고 있었다. 그곳이야말로 바이올렛 마컴이 '괴이한 병'에 감염된 곳이었고, 홈즈는 가능성이 희박하기는 하지만 드라큘라 백작과 관련이 있는 유일한 곳이라고 주장했다.

"더 이상 꾸물거리고 있을 시간이 없습니다. 조사할 만한 흔적은 이미 싸늘하게 식어가고 있을 겁니다. 드라큘라가 바이올렛 마컴으로부터 피를 빨아먹은 게 4주일이 넘었습니다. 지금쯤이면 천륜을 거스르는 삶을 유지하기 위해 새로운 희생자를 찾아냈을 것입니다."

반 헬싱은 앞으로 2, 3일 동안 피치 못할 강연 일정이 잡혀 있었기 때문에 홈즈와 내가 교수와 전보로 지속적으로 연락을 취하면서 수사를 계속하기로 결정했다. 우리 두 사람은 아침 일찍, 기차를 타고 쿰트레이시로 가기로 했다. 홈즈는 사건 수사에 착수하면 홀로 뛰는 게 습관이 돼서인지 일이 이런 식으로 진행되어 오히려 더 만족스러워했다.

반 헬싱은 다양한 '예방할 수 있고 소멸시킬 수 있는 도구들'이 들어 있는 자신의 가방을 홈즈에게 넘겼다.

"이게 도움이 될 것이오."

그는 이렇게 간단히 말하고, 헤어질 때 한 마디를 덧붙였다.

"주님이 당신들과 함께하시기를."

잠시 후, 허드슨 부인이 뜨거운 홍차와 버터를 듬뿍 바른 머핀을 들고 부산을 떨며 들어왔다.

"먹을 게 좀 필요할 거라고 생각했어요."

부인은 쟁반을 테이블 위에 놓으며 미소를 지었다.

"허드슨 부인, 이렇게 감사할 데가!" 깊은 사색에 잠겨 있던 난 얼른 정신을 차리며 환호성을 질렀다.

"하여간 자네는 감격을 잘하는 사람이군. 홍차와 머핀이 뭐가 색다르다고 그렇게 호들갑을 떠나? 이건 그냥 평범한 식사거리란 말일세."

"홍차와 머핀이 너무나 평범한 것이라서 이런 환영을 받는 겁니다, 허드슨 부인." 홈즈가 이번에는 부인을 바라보며 말했다.

"왓슨과 난 잠시, 평범한 것과는 동떨어진 경험을 했었거든요."

하숙집 여주인은 어리둥절한 표정을 지으며 어깨를 으쓱하더니 조촐한 식사를 놔두고 밖으로 나갔다.

홈즈는 홍차를 급히 마셨지만, 머핀은 손도 대지 않았다. 그러더니 체리나무로 만든 파이프에 브래들리 브랜드 중 가장 독한 담배를 채우고 의자에 편안하게 앉아 반 헬싱의 공책을 연구하기 시작했다. 오늘 밤에는 더 이상 홈즈와 대화할 수 없을 것 같다는 생각에 나 역시 파이프에 불을 붙이고 느긋하게 쉬어보려고 했다.

난 맛이 진한 아카디아 혼합 담배를 다 피우고 나면 긴장됐던 신경이 풀어질 줄 알았지만 거의 효과가 없었다. 결국 파이프를 내려놓고 의자에 길게 누워 눈을 감아봤지만, 어둠 속에서는 마컴 가의 납골당에서 목격했던 끔찍한 일들의 영상이 눈앞을 스치고 지나갔다. 의사 생활을 하는 동안 피를 한두 번 본 것도 아니지만, 상처에서 흘러나와 괴물의 수의에 퍼져나가던 선홍색의 기이한 핏자국이 떠올라 온몸에 소름이 돋았다.

어쨌거나 피로감이 결국 상상력을 이겨냈다. 두 시간이 채 지나기도 전에 피로와 난로불의 따스함이 날 '상처 난 마음의 치료제'인 수면의 세계로 유혹했다.

잠들어 있는 동안에 간간이 멀리서 시간을 알리는 괘종시계의 차임벨 소리를 듣기는 했지만, 내 친구가 갑작스럽게 내지르는 탄성에 깜짝 놀라 정신을 차릴 때까지는 모든 걸 다 잊어버리고 있었다.

"이런 멍청이가 있나! 내가 장님과 다를 게 뭐가 있어!"

홈즈는 의자에서 벌떡 일어서며 소리를 지르고는 파이프를 벽난로 선반 위로 던졌다.

"이게 대체 무슨 일인가?"

난 괘종시계를 힐끗 쳐다봤지만, 밤 11시가 막 지났다는 것 이외에는 별로 특이한 사항이 보이지 않았다.

"지금 설명할 시간이 없네, 왓슨. 얼른 코트를 입게. 어젯밤에 우리가 벌였던 일은 아직 끝나지 않았네."

난 지체 없이 친구의 지시에 따랐고, 잠시 후에는 마차를 잡으려고 베이커 가를 따라 허겁지겁 걷고 있었다. 홈즈는 이렇게 급히 집을 나서야 하는 이유를 전혀 언급하지 않는데, 손에는 반 헬싱의 커다란 왕진가방을 들고 있었다.

이륜마차가 보이자, 홈즈는 도로로 뛰어들어 마차 앞을 가로막다시피 했다.

"스코틀랜드 야드까지 최대한 빨리 가주시오. 요금을 두 배로

낼 테니."

우리가 올라타자마자 마차는 자갈이 깔린 도로를 쏜살같이 달려갔다.

"이게 다 무슨 일인가, 홈즈?"

난 간신히 호흡을 가다듬으며 물었다.

"스코틀랜드 야드에는 왜 가는 것이고?"

"생각을 하게, 왓슨, 생각을! 오늘 밤에 우린 흡혈귀가 다시 살아나는 실질적인 증거를 두 눈으로 똑똑히 목격했네. 하지만 그 지식을 제대로 써먹는 데는 실패했단 말일세."

난 머리를 가로저었다.

"자네가 무슨 말을 하는지 모르겠구만."

"그 여자, 실리어 리드게이트 말일세, 오늘 밤에 우리가 말살했던 그 괴물에게 물려 죽었잖나? 그렇다면 그 지긋지긋한 과정이 계속되겠지. 그 여자 역시 지금은 전염이 되어 죽지 않는 괴물이 됐을 것 아닌가? 그러니 우리가 막지 못한다면 죽음에서 깨어나 피를 빨아먹으려고 할 것이란 말일세."

"이런, 맙소사!" 난 홈즈가 말한 내용의 전체적인 의미를 깨닫고는 비명을 질렀다.

"우리가 너무 늦지 않았고, 그 괴물이 여전히 잠들어 있기만을 바랄 수밖에……."

마차는 그레이트 스코틀랜드 야드 안으로 달려 들어가 급정차를 했다. 홈즈가 마부에게 요금을 지불했고, 우린 영안실로 급히 뛰어갔다. 우리가 급작스럽게 들어가자 쇠 부지깽이로 난로 안의 석탄을 한가롭게 뒤적거리고 있던 나이 든 당직 경사가 깜짝 놀라 고개를 돌려 우릴 쳐다봤다. 한숨을 내쉬더니 경사는 부지깽이를 벌겋게 불이 올라오기 시작하는 난로 중심부에 그대로 꽂아놓고 서둘러 자신의 원래 자리로 돌아갔다.

"무슨 일이신가요, 신사 양반들?" 경사는 경찰복 단추를 목 아래까지 채우며 힘없는 목소리로 웅얼거렸다.

"어젯밤에 햄스테드 히스에서 살해된 여자의 시신이 여전히 이곳에 있습니까?" 홈즈가 다급한 목소리로 물었다.

"잠깐만 기다리십오. 장부를 확인해봐야 하니까요."

"서둘러주십시오."

홈즈는 손가락으로 책상 면을 두들기며 재촉했다.

경사는 홈즈가 안달하는 모습에 이마를 찌푸리며 뭐라고 한 소리 하려다가 이내 생각을 바꿔먹은 것처럼 보였다.

"어젯밤 히스에서라고요?" 경사는 우리에게가 아니라 혼잣말처럼 중얼거리며, 이래도 되나 싶을 정도로 느린 속도로 손가락을 아래로 내리며 들어온 순서대로 적힌 장부를 훑었다. 마침내 손가락이 멈췄다.

"그렇습니다. 그 시신은 지금도 이곳에 있군요. 아침에 매장하기 위해 내가도록 되어 있고요."

"지금 당장 그 시신을 봐야겠습니다."

"그걸 보시겠다고요? 인가증이 없이는 불가능한데요. 영장을 받아오시는 게……."

"그럴 시간이 없습니다." 홈즈가 경사의 말을 끊었다.

"내 이름은 셜록 홈즈이고, 아주 중대한 사건에서 레스트레이드 경위를 보좌하고 있습니다. 내 눈으로 즉시 그 시신을 확인해야 합니다."

내 친구의 이름을 듣자 당장 늙은 경사의 태도가 바뀌었다. "아이구, 미처 알아보지 못해 죄송합니다, 홈즈 씨. 전혀 예상하지 못한 터라서요. 물론 선생이 하시는 일을 잘 알고 있죠. 야드에 있는 사람이라면 다 귀가 있으니까요. 선생의 조사에 도움이 되는 일이라면……." 경사는 다정하게 말하고는 벽에서 큼지막한 열쇠고리를 떼어냈다. 그는 더 이상 지체하지 않고 우리가 어제 방문했던 방으로 안내했다.

"그런데……. 열쇠가 어느 것이지?"

늙은 경사는 열쇠를 이것저것 뒤적거리며 중얼거렸다.

"이 큰 놈이나, 녹이 슨 이 놈 같은데……."

홈즈는 짜증이 나서 긴 한숨을 내쉬었다. 터져 나오는 화를 간신히 참으며 온몸을 팽팽하게 긴장시키고 있었다.

" 아, 이 놈이로군." 경사는 마침내 득의양양한 목소리로 말하며 자물쇠에 열쇠를 넣고 돌렸다.

우리 세 사람 중 어느 누구도 다음에 벌어질 일에 대해서 대비를 하지 못했다. 너무나 순간적이고, 폭력적이었던 터라 지금 그 순간을 떠올려봐도 띄엄띄엄 흐릿하게만 눈앞을 스쳐 지나갈 뿐이었다. 자물쇠가 풀리자마자 문짝은 안쪽으로 확 당겨져 안쪽 벽에 쾅 소리를 내며 부딪쳤다. 미쳐버린 뇌가 상상력을 최대한 동원한다고 하더라도 문간에 서서 지금 우리와 얼굴을 마주하고 있는, 뒤틀린 몸매에 악몽 같은 얼굴을 한 괴물보다 더 가슴이 섬뜩하고, 등골이 오싹하며, 끔찍한 것을 생각해낼 가능성은 전혀 없었다. 분필처럼 새하얀 살이 해골 같은 얼굴에 붙어 있고, 두 눈이 이글이글 타오르는 불길 같았고, 딱 벌어진 시뻘건 입에서는 짐승 같은 소리가 쏟아져 나왔고, 날카로운 두 개의 송곳니가 아랫입술을 덮을 정도로 툭 튀어나와 있었다. 몸에는 우리가 지난번에 봤던 빛바랜 녹색 천이 휘감겨 있었다.

그것은 죽음에서 되살아난 실리어 리드게이트였다.

잠시 동안 그녀는 지쳐버린 마리오네트처럼 어색한 동작으로 몸을 흔들거리고 있다가 갑자기 두 팔을 앞으로 내밀어 맹수의 발톱 같은 손톱으로 당직 경사의 얼굴을 찢어발겼다. 경사는 목이 졸린 듯한 비명을 내지르며 바닥에 쓰러졌다. 깊게 파인 얼굴의 상처에서 피가 줄줄 흘러내렸다.

꿈에 볼까 두려운 괴물의 급작스럽고도 폭력적인 행동에 깜짝 놀라 몸을 움츠린 사이에 괴물은 우리의 곁을 스쳐 밖으로 나가 복도를 따라 달렸다. 우린 넋을 잃고 그 모습을 멍하니 보고 서 있다가 얼른 정신을 차렸다. 홈즈가 먼저 움직이며 추격에 나섰고, 내가 그의 뒤를 바짝 따랐다. 갇힌 곳에서 풀려난 흡혈귀가 꽤나 빠른 속도로 내달렸지만, 괴물이 당직 경사의 근무처에 가까이 다가갔을 때 홈즈가 기어코 따라잡았다. 홈즈는 사냥감을 향해 몸을 날렸고, 둘 다 바닥에 나뒹굴었다. 하지만 광분한 괴물의 힘이 얼마나 셌던지 홈즈를 옆으로 내동댕이치고 비칠거리더니 다시 일어섰다.

다친 데가 거의 없는 홈즈가 다시 추격을 벌여 당직 경사의 근무처에서 자유를 찾아 정문 쪽으로 달려가는 괴물을 따라잡았다. 난 바짝 숙이고 괴물 곁을 지나서 바깥세상으로의 탈출구를 봉쇄하는 커다란 빗장을 채웠다.

분노에 찬 고함을 내지르며 당직 경사의 책상 뒤로 물러선 괴물의 얼굴에 어쩔 줄 몰라 당황해 하는 기색이 역력했다. 홈즈는 순식간에 책상을 뛰어넘어 괴물의 바로 앞에 내려섰다.

"도망칠 길은 없어."

홈즈가 숨을 헐떡거리며 소리쳤다.

괴물은 내 친구의 말에 반박이라도 하듯 괴성을 지르며 앞으로 나섰지만, 홈즈는 한 발자국도 물러서지 않았다.

"도망치지 못한다니까!"

홈즈는 괴물이 얼른 달려들기를 바라는 사람처럼 큰 소리로 약을 올렸다.

괴물은 낮게 으르렁거리며 홈즈 앞으로 다가섰다. 송곳니는 침이 묻어 번들거렸고, 당장에라도 물어뜯을 듯이 길게 삐져나와 있었다. 하지만 홈즈는 침착성을 유지하며 꼼짝도 하지 않았다. 그러다가 괴물이 덮쳐드는 순간, 홈즈는 번개 같은 속도로 옆으로 펄쩍 뛰며 활활 타오르는 불길 속에 꽂혀 있는 부지깽이를 잡으려고 했다. 흡혈귀는 홈즈의 행동을 저지하려고 안간힘을 다해 덤벼들었다. 하지만 이번에는 충분히 빠르지 못했다. 홈즈가 기회를 잡았다. 그는 시뻘겋게 단 부지깽이를 휘두르다가 앞으로 내밀어 있는 힘을 다해 괴물의 가슴 속으로 쑤셔박았다. 그 즉시 살을 태우는 역겨운 냄새가 내 코를 습격해서 속을 메슥거리게 만들었다. 당장에라도 비명이 터져 나올 것처럼 흡혈귀의 입이 쫙 벌어졌지만, 아무 소리도 흘러나오지 않았다. 괴물은 술에 잔뜩 취한 벙어리처럼 입을 벙긋벙긋하며 비틀비틀 앞으로 걸어 나왔다. 겁을 집어먹은 눈동자가 초점을 맞추지 못했고, 가슴에 박힌 부지깽이를 뽑아내려고 버둥거렸다. 하지만 괴물의 노력은 허사였다. 몸이 괴이하게 뒤틀리더니 결국 돌로 포장된 바닥에 쓰러졌다. 부상당한 곤충처럼 잠시 동안 격렬하게 몸부림을 치더니 점점 그 정도가 약해지다가 밀려오는 죽음의 고통에 항복하고 말았다. 잔잔한 경련이 이어지다가 마침내 모든 움직임이 사라졌다.

우린 훼손된 시신을 공포에 질린 눈으로 멍하니 내려다보고 있었는데, 괴물의 모습이 변하기 시작했다. 이제 잠이 든 듯 편안해 보이는 얼굴은 원래의 미모를 회복했고, 두 눈에서는 미친 듯한 열기가 빠져나갔다. 심지어 리드게이트 양이 베이커 가를 찾아왔을 때 얼굴에 새겨져 있던 고통의 주름들도 싹 사라져버렸다. 실리어 리드게이트가 마침내 평화를 찾은 것이었다.

* * *

셜록 홈즈는 껄껄 웃었다.

"어젯밤에 영안실에서 벌어졌던 일을 알게 됐을 때 레스트레이드의 표정이 정말 볼만할 걸세."

나도 씩 웃으며 고개를 끄덕였다.

"부하들 중 한 명에게서 이미 죽은 여자에게 습격을 받았다는 보고를 받는 것으로 하루를 시작하는 게 별로 즐거운 기분은 아니겠지." 홈즈는 또 다시 껄껄 웃었다.

"그런 증거에 꿰맞추려고 어떤 이론들을 마구잡이로 들이댈지 상상도 가지 않는구먼."

"그건 나도 마찬가지일세." 내가 맞장구를 쳤다.

"시체의 심장에 박혀 있는 부지깽이와 잘려나간 머리에 대해서는 또 뭐라고 설명을 할까?"

"괴기스럽기 짝이 없는 그런 세세한 부분들이 그 친구를 여러 날 동안 혼란스럽게 만들고, 스코틀랜드 야드에 묶어놓을 것이라고 생각하네. 잠시 런던을 벗어나 있게 되어, 그 사람들의 문제를 설명하고 해결하기 위해 불려다니지 않아도 되니 기분이 좋구먼. 우리가 이 사건의 진실을 밝힌다면, 아마도 정신 상태가 이상하다는 의심을 받을 게 분명하네. 스코틀랜드 야드가 흡혈귀를 수배명단에 포함할 날이 아직 도래하지 않았다고 보고 있네. 따라서 이렇게 때맞춰 시골 마을로 여행할 수 있어 정말 다행이지 뭔가."

매우 이른 아침식사를 마치고 난 다음, 홈즈는 소년단원 중 한 명에게 영안실에서 있었던 일들을 적은 편지를 들려 반 헬싱이 묵고 있는 호텔로 심부름을 보냈다. 그리고 우린 오전 7시 패딩턴 발 데본 행 특급열차를 탔고, 쿰트레이시로 가는 일등칸에 앉아 이런 대화를 나누고 있는 중이었다.

어젯밤에 끔찍한 일들을 겪었으면서도 귀마개가 달린 여행 모자를 쓴 홈즈의 얼굴은 활기가 넘쳤다. 지난 경험으로 미뤄보아 홈즈가 이처럼 기분이 좋은 것은 선천적으로 타고난 사냥개 본능 때문임이 분명했다. 그는 또 위험한 사냥감을 추적하고 있었고, 게임이 다시 시작되고 있었던 것이었다.

겨울의 희미한 햇살이 새벽의 회색 기운을 몰아내기 시작했을 때, 우린 런던의 음습한 교외를 등지고 떠났다. 여행은 순조롭게 이어졌고, 체크무늬 퀼트 같은 들판과 구불구불 이어지는 숲을 지나니 저 멀리 삐쭉삐쭉한 봉우리를 이고 있는 외로운 언덕이 모습을 드러냈다. 꿈속에서 보는 것처럼 희미하고 어렴풋했다.

"이 놈의 늪지를 이렇게 빨리 다시 보리라고는 생각도 해본 적이 없었는데……." 홈즈가 중얼거렸다.

"이걸 보기만 해도 기분이 언짢아지는 것 같네."

내가 말했다.

"사람들과 마찬가지로 장소들도 나름의 특성을 가지고 있네, 왓슨. 늪지라고 예외는 없다고 봐야 해. 거칠고, 야생적이고, 험악하지. 인간에게 친절하지도 않고, 길들여지지도 않네. 얼마나 많은 사람들이 그 끈적거리며 들러붙는 진창 속에서 목숨을 잃었을지 궁금하기까지 하더라고." 홈즈는 잠시 동안 상체를 쑥 내밀어 객실 창밖의 황무지를 멍 하니 내다보며 생각에 잠겼다. 그러고는 다시 의자에 몸을 파묻고 조용히 말했다.

"악이라는 게 어떤 장소에 자리를 잡을 수 있다면, 이곳이야 말로 바로 그런 곳이라고 자신 있게 말할 수 있네."

기차는 곧 쿰트레이시의 작은 역으로 접어들었고, 우린 혹독하게 추운 공기 속으로 걸음을 내딛었다.

"친애하는 친구, 자네가 해야 할 첫 번째 임무는 마을에서 우리가 묵을 방을 잡는 것일세. 광장에 있는 '더 그레이 구스'라는 곳이 꽤 괜찮았던 것 같은데? 자넨 적절한 준비를 하고 그곳에서 날 기다려주게."

홈즈는 그 말을 남기고 성큼성큼 개찰구로 걸어갔다.

"그럼 그러는 동안 자넨 무엇을 할 생각인가?"

홈즈는 속셈을 탁 털어놓지 않고 날 짜증나게 하는 느물거리는 웃음을 지으며 활기찬 목소리로 대꾸했다.

"지형이 어떤지 좀 살펴보려고 하네."

* * *

'더 그레이 구스'는 마을의 작은 광장을 지배하듯 우뚝 서 있는, 튜더 양식의 세련된 여관으로 밝혀졌다. 안색이 창백한 여관 주인은 홈즈와 내게 기쁜 마음으로 객실을 제공했다. 그는 거실의 난로에 불을 피우고 시골에서 여관을 운영하는 데 따른 시련과 고난을 시시콜콜 늘어놓은 다음, 활활 타오르는 통나무 앞에서 몸을 녹이도록 날 내버려뒀다. 홈즈는 한 시간 후에 도착했는데 그의 표정이 잔뜩 굳어 있었다.

"어떻든가?"

난 친구가 뭘 했는지를 얼른 알고 싶어 조급하게 물었다.

"우리가 녀석을 바짝 뒤쫓고 있다는 걸 확신하고 있네, 왓슨."

홈즈는 내 맞은편에 앉아 난롯불 쪽으로 두 손을 뻗으며 말했다.

"자네가 말하는 게……."

홈즈는 고개를 끄덕이며 내가 미처 말하지 못한 말을 대신해줬다.

"그래, 드라큘라 백작." 마치 저주라도 되듯 그 이름은 방 전체에, 우리의 삶 전체에 시커먼 그림자를 드리우는 것 같았다.

"무엇이 자네로 하여금 이런 결론을 이끌어내도록 했는가? 자네가 뭘 찾아낸 건가?"

"난 '더 가드너 여학교'에 대해서 몇 가지 조사를 했네."

"학교 안으로 들어갔던 건가?"

홈즈는 고개를 가로저었다.

"학교의 뒤쪽에서 잠시 관찰한 다음, 마을의 몇몇 배달원들에게 교묘하게 질문을 던짐으로써 내가 알고 싶었던 것을 다 알아낼 수 있었지. 자네도 알고 있겠지만, 난 앞으로 시간이 나면 범죄를 감지하는 데 있어서 배달원과 상점 주인의 유용성에 관한 논문을 한 편 써보려고 하네. 그 사람들이야말로 진정한 정보의 보고(寶庫)이고, 공식적인 경찰력보다 더 관찰력이 뛰어나고 문제가 있음을 잘 감지하는 경우가 자주 있단 말이지. 레스트레이드 정도의 감각을 갖고 있는 경찰관이 묵살해버리기 쉬운 사건과 상세한 부분들을 그 지역의 구두수선공과 생선장수는 혹시 앞으로 쓸모가 있을까 해서 머릿속에 잘 기억해놓고 꼼꼼히 정리를 한다네. 조금 전에 다양한 상인들과 대화를 나눔으로써 실라스 가드너와 그 사람이 운영하는 학교에 대해서 온종일 조사를 하는 것보다 훨씬 더 많은 걸 알아낼 수 있었지. 왓슨, 가십이야말로 정보를 획득하는 가장 좋은 수단이라고 할 수 있네."

"그런데 자넨 정확히 어떤 걸 알아냈다는 건가?"

홈즈는 조급해하는 날 처다보며 미소를 지었다.

"그럼, 오늘 아침에 노력해서 거둬들인 성과를 좀 소개해야겠군. 이 학교는 돈깨나 있는 부모들이 결혼 시장에서 주가를 좀 더 높일 수 있는 재능을 쌓게 하려고 딸아이들을 보내는 예비신부학교의 일종일세."

"대륙에 그런 시설들이 많은 편이지." 내가 한 마디 했다.

"그건 사실이고, 국내에는 거의 드물다고 봐야겠지. 하지만

이 학교는 부유층에서 꽤나 높은 명성을 누리고 있는 것 같더군. 실라스 가드너와 그의 아내가 10년 전에 이 학교를 설립했는데, 아내는 몸이 약했는지 3년 전쯤엔가 세상을 떠났다고 하더군. 가드너는 노처녀인 누나 메리의 도움을 받아 학교를 꾸려가고 있다네. 이 두 사람 이외에 세 명의 교사들이 열 명의 학생을 가르치고 있고."

"학생들 숫자가 그리 많지는 않군."

"학생 숫자를 적게 하는 것이 학교의 이름을 높이는 방법이라고 할 수 있지. 하지만 바이올렛 마컴이 학교에 머무는 동안 치료가 불가능한 병에 걸렸다는 게 알려지자 몇몇 부모들은 혹시라도 자신의 딸들이 똑같은 병에 걸릴까 봐 데려갔다고 했네."

홈즈는 잠시 생각에 잠겼다. 난 설명이 더 나올 것으로 기대하고 기다렸지만, 홈즈는 설명을 그만 두고 의자에서 일어나 두 손을 마주 비볐다.

"왓슨, 식사나 하자구. 데본셔의 청량한 공기가 식욕을 부쩍 당기게 하는 것 같네. 점심식사를 끝내고 실라스 가드너를 방문하려고 하네. 하지만 지금은 음울한 사건에 대한 생각들을 한쪽으로 치워버리고 우리의 배 속을 달래주세나."

15장

여학교

홈즈가 식사를 마칠 때까지 사건에 대해서 더 이상 논의하는 걸 거부해서 우린 좀 더 가벼운 주제로 대화의 방향을 돌렸다. 차가운 햄, 크림을 바른 감자, 커스터드 파이와 사과주를 곁들인, 소박하지만 만족스러운 점심식사를 마친 후, 우린 '가드너 예비신부학교'를 향해 출발했다.

"이곳 여관에서 걸어서 10분 정도밖에 걸리지 않네."

조금 빠른 속도로 걸으며 홈즈가 장담했다. 홈즈의 장담은 틀리지 않았고, 그가 예상한 시간 내에 목적지에 도착했다. 마을 끝까지 걸어가자 도로가 울퉁불퉁한 흙길로 변했다. 흙길은 늪에 삼켜진 것처럼 완만한 곡선을 그리며 그 끝이 보이지 않았다. 황무지와 경계를 이루는 곳에 마을에 딸린 위풍당당한 부속물처럼 조지 왕조 풍의 거대한 건물 하나가 나지막하지만 수북한 덤불로 이뤄진 정원을 기준으로 도로와 분리되어 앉아 있었다. 그 건물은 조지 왕조 건축물의 완벽한 정밀성과 대칭성을 뽐내고 있었지만, 닳아빠지고 생채기가 생긴 돌로 된 부분은 혹독한 날씨와 바람 잘 날 없고 폭풍우가 연신 몰아치는 황무지의 파괴적인 환경을 어떻게 견뎌왔는지를 똑똑히 보여주고 있었다.

사각형의 커다란 문기둥의 하나에 황동판이 부착되어 있었다.

가드너 예비신부학교
교장: 문학석사 실라스 가드너(케임브리지 대학교)

홈즈와 난 낙엽이 흩어져 있는 짧은 길을 걸어들어가 초인종을 울렸다. 종소리가 집 안에 울려 퍼지는 소리가 들렸지만, 한참 후에야 작고 숫기 없는 하녀가 문을 열었다. 홈즈는 자신의 명함에 단어 하나를 끄적거려 하녀에게 건넸다.

"이걸 주인에게 가져다드리고, 셜록 홈즈와 닥터 왓슨이 뵙기를 청한다고 말씀드려라."

하녀는 묵묵히 고개를 끄덕이고는 우릴 홀로 안내하더니 기다리라고 말했다. 보일락 말락 하게 살짝 허리를 굽히고 나서 홈즈의 말을 전하려고 허겁지겁 계단을 올라갔다.

"시골 아이라서 하녀인 자신이 뭘 해야 하는지를 잘 모르고 있는 것 같군." 홈즈가 한 마디 했다.

난 고개를 끄덕였다. 소녀의 불그레한 얼굴과 데본 주의 억양으로 미뤄보아 이 지역 출신인 게 분명했다.

"하지만 여자애는 이 집에 문제가 있다는 걸 말해주고 있네." 홈즈의 말이 이어졌다.

"어딜 봐서 그렇다는 건가?" 내가 물었다.

"눈가에 난 울었던 흔적과 머뭇거리는 태도가 말해주고 있지. 내 명함이 거의 구겨질 정도로 꽉 움켜쥐었는데, 그건 자신이 낯선 사람을 두 명이나 집 안으로 들어오도록 한 것에 대해서 주인이 어떻게 반응할지를 모른다는 표시일세. 아무리 경험이 없는 하녀라도 뭔가 잘못된 일이 없다면 그처럼 서둘러서 계단을 올라가지 않는 법이지. 하녀는 두려움을 내보였어, 왓슨. 불확실한 것 때문에 생긴 두려움인데, 그 불확실한 것은 주인이 갈피를 잡지 못하고 행한 행동의 결과라고 감히 말할 수 있네. 그리고 그런 유형의 행동은 걱정할 게 많을 때 나오는 법이고."

난 살며시 미소를 지었다.

"자네의 추리는 자네 자신이 절대로 신뢰할 수 없다고 묘사해온 여자의 행동에 지나치게 많이 의존하고 있는 것 같군."

홈즈는 멋쩍은지 껄껄 웃었다.

"자네 말이 맞을 수도 있네, 왓슨. 잠시 두고 보세나."

그는 깊은 생각에 잠긴 채 잠시 서 있었다.

"집 안이 이렇게 조용할 수가 있나?"

홈즈는 혼잣말처럼 중얼거렸다.

하녀가 돌아오기를 기다리는 동안, 홈즈는 홀을 서성거리며 벽과 바닥과 가구들을 샅샅이 살폈다.

마침내 하녀가 다시 모습을 드러냈다.

"주인님께서 두 분을 만나시겠답니다. 절 따라오시죠."

하녀는 한 번 더 허리를 굽히고 앞장서서 널찍한 계단통을 올라가 층계참을 지나 집 뒤편과 평행선을 이루고 있다고 짐작되는, 어두침침하게 불이 밝혀진 긴 복도를 따라 걸었다. 복도를 절반쯤 걸어갔을 때, 홈즈가 순간 걸음을 멈추고 사냥에 이력이 난 블러드하운드처럼 코를 킁킁거리며 냄새를 맡기 시작했다.

내 친구의 괴상한 행동에 어떻게 해야 할지 몰라 당황하던 하녀는 기침을 가볍게 하고는 걸음을 재촉했다.

"이쪽으로 오시죠."

"그래, 알았어."

홈즈는 다른 것에 정신이 팔린 듯 건성으로 대꾸했다. 복도 끝까지 걸어가자 하녀는 앞에 있는 문을 조심스럽게 노크했다.

"주인님을 찾아오신 신사분들이십니다."

하녀는 머뭇거리며 긴장한 목소리로 우릴 소개했다.

몸집이 크고 매무새가 단정치 못한 사내가 문을 열었다. 사내는 수면 부족으로 핏발이 선 게슴츠레한 눈으로 우릴 노려봤다.

"됐으니까 이제 네 일을 보도록 해라."

사내는 쉰 목소리로 지시했다. 하녀는 터져 나오는 울음을 간신히 참아내며 빠른 걸음으로 복도를 휭하니 걸어갔다. 가드너는 부자연스럽게 팔을 흔들어 우릴 방 안으로 불러들였다.

우리가 안으로 들어서자 가드너는 쾅 소리가 나도록 문을 닫고 문짝이 마치 지지대라도 되는 것처럼 등을 기대고 섰다. 그의 겉모습은 몸가짐에 전혀 신경을 쓰지 않는 사람의 행색이었다. 뺨을 둘러싸고 까칠하게 자라있는 옅은 회색의 수염은 2, 3일 동안 면도를 하지 못했다는 걸 나타내고, 입고 있는 옷은 잔뜩 주름이 지고 지저분했다.

실라스 가드너의 얼굴 전체가 과장되어 있었다. 귀는 얼굴과 직각을 이루며 툭 튀어나와 있고, 두툼하고 널찍한 입을 덮을 듯이 주먹코가 자리 잡고 있었다. 사실 가드너의 얼굴에 고뇌가 가득한 실망의 표정이 드러나 있지 않았더라면, 웃기게 생긴 얼굴이라고 생각했을지도 모르겠다.

가드너는 입을 열기 전에 잠시 동안 우릴 빤히 쳐다봤다.

"원하는 게 뭡니까?" 그는 쉰 목소리로 물었다.

"그리고 이게 무슨 뜻입니까?" 가드너가 홈즈의 명함을 들어 보였는데, 명함에는 홈즈가 손으로 갈겨쓴 '피'라는 단어가 똑똑히 보였다.

"내가 당신이라면 의자에 앉겠습니다, 가드너 씨."

홈즈가 차분한 목소리로 대꾸했다.

"피를 뽑은 후에 지나치게 흥분하면 몸에 좋지 않으니까요."

그렇지 않아도 핼쑥하고 창백한 얼굴이 백짓장처럼 변해했다.

"그걸 도대체…… 누가 말해주던가요?"

"아무도 말해주지 않았습니다. 이 두 눈으로 관찰한 결과, 남에게 수혈해줬다는 걸 알아낸 거죠."

"그걸 당신이 어떻게 아는 거냐고요?" 가드너는 얼떨떨한 표정을 짓고 의자에 털썩 주저앉으면서 재차 물었다.

"그림펜의 닥터 콜린스가 이곳을 계속 방문하고 있죠? 아, 그리 애써 부정할 필요는 없습니다. 학교 뒤쪽에 있는, 사람들이 거의 사용하지 않는 우마차 길을 따라 돌아오도록 신중하게 배려해서 그 의사 선생의 방문을 비밀에 붙였겠지만, 참견하기 좋아하는 마을 사람들의 매 같은 눈을 피할 수는 없었죠. 그 사람들이 떠드는 말을 듣고 내 자신이 직접 오늘 아침 정각 11시에 의사 선생이 이곳에 도착하는 것을 목격했고요. 가드너 씨, 어디 말을 해보시죠. 왜 그걸 비밀로 한 겁니까? 학교에서 또 한 명이 괴이하기 짝이 없고 치료가 불가능해 보이는 병에 걸렸다는 사실을 알리고 싶지 않아서 그런 겁니까?"

"당신이 무슨 말을 하는지 모르겠소."

"아니, 잘 알고 있으면서 무슨 시치미를? 또 한 명의 여학생이 바이올렛 마컴처럼 앓고 있잖습니까!"

바이올렛 마컴의 이름을 언급하자 가드너는 목이 졸리는 것 같은 신음 소리를 냈다.

"바이올렛도 이곳에서 아프기 시작했죠."

홈즈의 말이 이어졌다.

"난 그 여학생의 죽음에 관한 모든 사실들을 잘 알고 있단 말입니다."

"그런 일은 딱 한 번뿐이었소."

"학생 중에 또 한 명이 똑같은 증상을 보일 때까진 그랬겠죠.
의사는 그 여학생을 만성빈혈로 진단하고 치료하고 있겠지만,
매일 수혈을 해줌에도 불구하고 증세는 날로 악화되고 있겠죠?
선생 자신도 나서서 그 학생에게 피를 나눠주고 있을 겁니다.
아, 그 점은 쉽게 추리할 수 있는 부분이거든요. 건강 상태가 아
주 좋지 못한데다가 오른쪽 팔이 뻣뻣하고, 소맷자락에 확연히
드러나는 핏자국까지 있으니까요."

"그건 사실이 아니오."

가드너가 소릴 빽 질렀지만, 목소리에 자신감이 결여되어 있
어 거짓이라는 게 금방 드러났다.

"어물쩍 넘어가려는 수작은 그만 부리시오, 선생!"

홈즈가 화를 내며 소리쳤다.

"당신은 이곳에서 아픈 여자애를 치료하고 있소. 바깥의 복도
에서는 소독약 냄새가 코를 찌르는데, 그건 정체를 알 수 없는
이 병이 퍼지는 걸 막으려고 무지막지하게 뿌려댔기 때문이죠.
그리고 이 병에 걸리지 않도록 하면서 새롭게 발생한 환자가 있
다는 소식이 퍼져나가지 않도록 하기 위해 나머지 학생들과 선
생들을 크리스마스 휴가라는 핑계로 일찌감치 내보냈지 않습니
까? 마을 사람들의 의심을 불러일으킬까봐 감히 하녀는 해고하
지 못했고, 따라서 하녀가 스스로 그만둘 생각을 먹도록 험하게

대하고 있고요."

가드너는 절망적인 비명을 지르며 얼굴을 두 손에 파묻었다.

"예, 예, 선생 말이 다 맞습니다."

그는 비통하게 훌쩍거렸다. 가드너는 괴로움으로 잔뜩 일그러진 얼굴을 들고 우리 쪽을 쳐다봤다.

"내가 뭘 어떻게 해야 했겠습니까? 바이올렛 마컴이 죽은 후에 네 명의 여자애들이 자퇴했습니다. 부모들이 이런저런 그럴듯한 이유를 대긴 했지만, 그 이유야 불을 보듯 뻔했죠. 자신의 딸들이 마컴 가의 여식과 같은 운명에 처할까 두려워한 것이었단 말입니다. 홈즈 씨, 이 학교를 세우고 높은 명성을 얻기까지 여러 해가 걸렸습니다. 귀족 가문의 아가씨들이 이제껏 받은 교육을 마무리하기 위해 이곳으로 찾아왔습니다. 병에 걸린 아가씨 한 명을 위해 내가 모든 걸 포기해야 했을까요? 난 그 아가씨를 위해 할 수 있는 일들을 다 했습니다. 심지어 내 피까지 줬으니까요." 가드너는 꺽꺽거리며 다시 울음을 터뜨렸다.

"도대체 선생은 내게 뭘 원하는 겁니까?"

"아무것도요." 홈즈가 점잖게 대꾸했다.

"우린 선생을 돕기 위해 왔습니다."

가드너는 이해가 안 간다는 듯 잠시 동안 우릴 멍하니 쳐다보다가 눈가의 눈물을 닦고 물었다.

"선생은 이 모든 것들을 어떻게 알고 있는 겁니까?"

"오늘 아침에 마을에서 알게 된, 선생들과 학생들의 때 이른 방학과 닥터 콜린스의 비밀스러운 방문 같은 기본적인 사실들을 통해서죠. 가십도 뭔가 비빌 언덕이 있어야 합니다. 하지만 그러한 사실에 부여하는 해석은 기본적인 추리 과정에 근거를 둔, 순전히 내 자신의 것입니다. 그런 일을 하는 게 내 직업이고요."

홈즈는 가드너를 위로하려고 그의 어깨에 한 손을 올렸다.

"이 일에 관해서 모든 걸 자세히 설명해주시면 선생에게 실질적으로 도움이 되는 일을 시작할 수도 있을 것 같습니다만……."

홈즈의 말이 가드너를 많이 안심시킨 것처럼 보였다.

"좋습니다." 가드너는 어쩔 수 없다는 듯 한숨을 푹 내쉬고 손수건으로 눈가를 살살 두들겼다.

"선생이 추측한 대롭니다. 내 학생 중의 한 명인 캐서린 헌터가 병에 걸렸습니다. 쇠약해지고 기력이 다 빠져나가는 등, 가련한 바이올렛 마컴이 보였던 모든 증상을 다 가지고 있었습니다. 낮 동안에는 기운을 좀 회복하는 것 같았다가도 아침이 되면 더 쇠약해져 있었고요. 이건 마치 밤이 그 아가씨의 에너지를 빨아먹는 것처럼 보이더군요."

난 가드너의 그 말을 듣자마자 차디찬 손이 심장을 움켜쥐는 듯한 느낌을 받았다. 홈즈는 내게 감정을 드러내지 않도록 주의하라는 눈짓을 보냈다.

"홈즈 씨, 선생이 말한 대로 닥터 콜린스는 캐서린을 만성빈혈로 진단하고 치료를 하고 있습니다. 하지만 닥터는 그게 병의 진짜 원인이라고 확신하지 못하고 있습니다. 지금까지 전혀 알려져 있지 않은, 빈혈과 유사하긴 하지만 훨씬 더 치명적인 소모성 질병이라고 믿고 있더군요."

"바이올렛 마컴을 최초로 치료한 사람이 닥터 콜린스였습니까?" 홈즈가 물었다.

"맞습니다. 그 사람이 그림펜에서 닥터 모티머를 대신해서 진료하는 의사죠. 닥터 콜린스는 이 지역에 오자마자 자신도 소개하고 혹시 도움도 필요한지를 알아보려고 이 학교를 방문했었습니다. 마침 그때, 바이올렛이 몸이 좀 아픈 것 같다고 불평해서 콜린스에게 한번 살펴봐달라고 부탁했죠. 콜린스는 바이올렛의 상태가 심상치 않다고 판단하고 즉시 침대로 가라고 지시하더군요. 닥터 콜린스는 바이올렛의 생명을 구하기 위해 최선을 다했습니다. 나중에 부모가 초청한 소위 전문가라는 의사도 콜린스가 한 것보다 더 할 수 있는 게 없을 정도였으니까요. 사실, 바이올렛을 런던으로 옮기지 말라고 경고한 게 콜린스였습니다. 여행을 견딜 정도의 체력이 남아 있지 않다고 하면서요. 결국 결과도 그렇게 드러났고요."

"그래서 헌터 양이 병에 걸리자 그 병을 치료한 경험이 있는 콜린스를 다시 부른 겁니까?" 내가 물었다.

가드너는 고개를 끄덕였다.

"이 마을의 의사가 치료해야 이 병에 관한 소식이 새어나갈 가능성이 훨씬 낮아진다는 점도 고려했겠죠."

홈즈가 가드너의 아픈 곳을 찔렀다.

"헌터 양의 부모님은 어떻게 반응하던가요?" 내가 물었다.

"캐서린의 어머니는 세상을 떠났고, 아버지는 거대한 화학회사의 해외 지사장으로 현재 프라하에 근무하고 있죠. 혹시나 캐서린의 상태가 호전될지도 모른다는 생각에 그분과의 접촉을 망설이고 있는 중입니다."

"회복되는 기미가 조금이라도 있던가요?" 홈즈가 물었다.

"전혀요." 가드너가 비통한 목소리로 대꾸했다.

"이제 왓슨과 내가 그 여학생을 볼 시간이 된 것 같은데요."

"아, 그건 허락할 수 없습니다, 홈즈 씨. 닥터 콜린스가 내일 아침에 왕진 오기 전까지는 환자를 불편하게 해선 안 된다고 강력하게 주장했거든요."

홈즈는 안달이 나는지 한숨을 내쉬었다.

"가드너 씨, 우린 선생을 도울 수 있다고 확신합니다. 우리 힘으로 너끈히 이 질병의 근원을 제거할 수 있다고 봅니다. 이 아가씨의 생명도 구할 수 있다고 믿고 있고요. 하지만 그렇게 하기 위해서는 선생이 아무런 질문도 하지 않고 전면적으로 협조해주는 게 필요합니다. 협조를 거부한다면, 또 한 명의 죽은 여학생을 떠맡아야 할 겁니다."

가드너의 얼굴에서 핏기가 사라졌다.

"우린 선생이나 여학생만을 위해서가 아니라 인류의 이익을 위해서 이러는 겁니다." 홈즈의 말이 이어졌다.

"이 지독한 질병이 퍼지도록 놔둔다면 이 나라에 큰 재앙을 초래할 수 있습니다. 우린 그러한 사태를 방지하려고 이곳에 온 겁니다. 선생은 우리의 능력을 아무런 의심 없이 믿어야 합니다."

가드너의 얼굴에는 이러지도 저러지도 못하고 망설이는 표정이 역력했다. 수면 부족과 혈액의 손실이 그의 이성적인 판단력을 무디게 하고 있었다. 결론을 내리지 못하고 망설이고 있음을 증명하듯 눈꺼풀이 연신 파르르 떨렸다. 가드너는 조금씩 머리를 숙이더니 천천히 가로저었다.

"홈즈 씨," 가드너는 속삭이듯 말했다.

"난 어떻게 해야 할지를 모르겠습니다. 캐서린이 다시 건강을 찾을 수만 있다면 무슨 짓이든 다 할 겁니다. 그런데 선생이 희망의 지푸라기를 내밀었으니……. 그걸 잡아야겠죠."

"지푸라기보다는 믿을만할 겁니다." 홈즈가 다시 대꾸했다.

"좋습니다, 선생 말씀대로 하죠."

"잘됐네요. 그런데 시작하기 전에 이 점은 분명히 하고 가겠습니다. 내 지시에 의문을 품지 말고 한 치도 틀림이 없이 그대로 실행해야 합니다. 알았습니까?"

가드너는 멍한 표정으로 고개를 끄덕였다.

"좋습니다. 이제 그 여학생을 보여주시죠. 아, 겁먹을 필요는 없습니다. 여기 이 왓슨은 경험이 많은 노련한 의사인지라 내게 딸이 있다면 딸아이의 건강과 안전을 전적으로 이 친구에게 맡졌을 겁니다."

병실로 우릴 안내하는 가드너의 얼굴에는 약간 의심하는 기색이 여전히 맴돌고 있었다. 우린 걸어왔던 복도를 되돌아서 홈즈가 냄새를 맡으며 킁킁거렸던 곳까지 갔다. 나도 그곳에서 떠도는 희미한 소독약 냄새를 맡을 수 있었다.

병실은 길고 좁은 직사각형 방이었는데, 맞은편에 작은 발코니 쪽으로 창문이 열려 있는 프랑스식 창(뜰이나 발코니로 통하는 두 짝으로 된 유리문)이 있었다. 발코니 너머로는 길게 펼쳐진 회색의 늪지가 언뜻 보였다. 난로 안에서는 따뜻한 불길이 타오르고 있었고, 대형 괘종시계가 한쪽 구석에서 꽤나 큰 소리로 똑딱거렸다. 방 한가운데에 놓인 4주식 침대(네 모서리에 기둥이 있고 덮개가 달린 큰 침대)에는 침대 커버 위로 창백하고 핼쑥한 얼굴만 내놓은 여학생이 꼼짝도 하지 않고 누워 있었다.

우리가 들어서자, 난로 가의 의자에 앉아 있던 회색 머리카락의 늙은 여자가 벌떡 일어섰다. 날카롭고 지적인 얼굴에 키가 크고 꽤나 강단이 있어 보이는 여자였다.

"여긴 제 누이인 메리입니다." 가드너는 서로를 소개했다.

"여기 이 신사 분들은 날 도와주려고 오셨어요."

여자는 의심이 가득 담긴 눈길로 우릴 흘겨봤다.

홈즈가 한 걸음으로 앞으로 나섰다.

"가드너 양, 전 셜록 홈즈이고, 이 사람은 제 친구이자 동료인 닥터 존 왓슨입니다. 이 병든 여학생을 낫게 하는 데 저희가 당신을 도울 수 있다고 믿고 있습니다."

홈즈는 잠들어 있는 캐서린 헌터를 가리키며 말했다.

"셜록 홈즈라니……. 바로 그 탐정 말인가요?"

홈즈는 점잖게 허리를 숙였다.

"그런데 어떻게 우릴 도울 수 있다는 거죠?"

홈즈가 뭐라고 대꾸하기 전에 실라스 가드너가 끼어들었다.

"너무 많은 질문을 하지 않는 게 좋아요, 메리. 홈즈 씨는 우리에게 도움을 주겠다고 약속했고, 지금까지 드높은 명성을 날리고 있는 걸로 봐서 이 분 말을 믿어야 해요."

"분명히 약속드리죠, 가드너 양," 홈즈가 다시 말했다.

"왓슨과 제가 당신네들의 삶에 드리운 어두운 그림자를 싹 치우기 위해 최선을 다하겠다는 것을요."

홈즈의 진심이 가득한 말은 자신의 남동생과 함께 고뇌하고 걱정했던 여자의 마음을 움직인 게 분명했다. 그녀는 어설픈 미소와 고갯짓으로만 대답을 대신했다.

"헌터 양은 이곳에서 항상 간호를 받고 있었나요?"

"남동생과 내가 번갈아가면서 간호를 했어요. 실라스는 오전에, 난 주로 오후와 초저녁에 이 방에 앉아 있었죠. 캐서린이 뭘 해달라고 요청한 적이 한 번도 없었지만요. 애는 거의 이틀 동안이나 깊은 잠에 빠져 있거든요."

"그럼 밤에는 아무도 시중을 들지 않는군요?"

메리 가드너는 고개를 끄덕였다.

"맞아요. 하지만 방에 램프 하나를 켜놓고, 이 애가 잠에서 깨어나 도움을 필요로 할 경우에 대비해서 침대 옆에 초인종을 매달아놨어요. 밤새 지켜볼 필요까지는 없다고 느꼈거든요. 게다가 닥터 콜린스도 그렇게 말했고요."

"이 여학생을 항상, 특히나 어두워졌을 때는 더더욱 면밀히 지켜보는 게 중요합니다." 홈즈가 열을 올리며 말했다.

가드너 양이 이마를 찌푸렸다.

"난 통 이해할 수가……."

"가드너 양, 제발 질문은 하지 말아주십시오. 제 말을 그대로 따라주시길 바랍니다. 위험이 코앞까지 다가왔다고 믿기 때문에 오늘 밤에는 왓슨과 제가 보초를 서겠습니다. 이제 저희가 환자를 조사하는 동안에 당신과 동생분은 자리를 비켜주셨으면 합니다만……."

가드너 남매는 걱정이 가득 한 눈길을 교환했고, 이내 가드너가 어쩔 수 없다는 듯 누나를 이끌고 문 쪽으로 걸어갔다. 메리는 문간에서 돌아서더니 내 친구에게 말했다.

"난 주님께 도와주시기를 기도드렸어요, 홈즈 씨. 당신도 아시겠지만, 우리 남매를 위해서뿐만이 아니라 인생의 달콤한 열매를 맛볼 정도로 나이도 먹지 않은 그 가련한 소녀를 위해서도요. 당신이 간절한 기도에 대한 대답이기를 기원하겠어요."

"그건 저도 마찬가지입니다, 가드너 양. 네, 저도 그렇게 간절히 기원하고 있습니다." 홈즈가 진지하게 대꾸했다.

남매가 방을 나서자 홈즈와 난 침대로 다가갔다. 캐서린 헌터는 깊은 잠에 빠져 있는 것처럼 보였지만, 그녀의 상태는 그것보다 훨씬 더 나쁘다는 걸 즉시 알아차렸다. 혼수상태에 빠져 있었던 것이었다. 헝클어진 새카만 머리카락으로 둘러싸인 얼굴은 죽은 사람의 그것처럼 창백했다. 입술과 잇몸에는 핏기가 전혀 없었고, 광대뼈가 두드러지게 튀어나와 있었다. 호흡은 알아차리기 힘들 정도로 가늘었고, 맥박은 극도로 희미했다.

"이 애는 거의 죽은 것이나 마찬가지일세."

내가 간단한 검진을 마치고 말했다.

"우리가 너무 늦은 것 같네."

홈즈는 절망적인 한숨을 내쉬었다.

"정말 불쌍한 아이로군. 소생 가능성이 전혀 없는 건가?"

"조금은 있네. 약간은 이 애의 불굴의 정신, 살아남기 위해 얼마나 강하게 싸워주느냐에 달려 있다고 할 수 있지. 그러려면 더 이상 피를 잃지 않는 게 무엇보다 중요하네."

홈즈는 여학생의 머리를 한쪽으로 돌려 논란의 여지없이 흡혈귀의 희생자라는 증거를 드러냈다. 바깥목정맥 바로 위쪽의 피부에 멍이 들어 약간은 까매지고 작은 핏자국이 엉겨 있는 두 개의 조그만 구멍이 나 있었다.

"이놈의 괴물이 여길 통해 포식했군." 홈즈가 쉰 목소리로 중얼거렸다. 그는 주머니에서 은으로 된 자그마한 십자가를 꺼내 소녀의 목에 걸어줬다.

"이게 앞으로 조금은 보호를 해주겠지."

그런 다음 홈즈는 확대경을 꺼내 방 안을 샅샅이 살피기 시작했다. 그는 아무 소리도 내지 않고 움직이다가 때때로 멈춰 섰고, 두어 번 무릎을 꿇고, 한 번은 바닥에 바짝 엎드려 작은 먼지 덩어리를 집어 봉투에 넣었다. 프랑스식 창문과 그것에 연결된 작은 발코니를 한 치의 빈틈도 없이 검사하면서 희망적이고 분위기를 전환할만한 뭔가를 발견했는지 쉬지 않고 탄성을 터뜨리고, 끙 하는 소리를 내고, 휘파람을 불고, 소릴 질렀다. 홈즈의 정신은 눈앞의 일에 완전히 쏠려 있어서 나라는 사람의 존재를 깡그리 잊고 있는 것 같았다.

난 홈즈가 내 옆으로 되돌아올 때까지 참을성 있게 기다렸다. 단 한 순간도 쉬지 않고 조사한 덕분에 그의 얼굴이 붉어지고 곳곳에 먼지가 묻었지만, 만족할만한 소득이 있었는지 안색은 밝아 보였다.

"뭐 쓸 만한 게 있나?" 내가 물었다.

"우리의 의심을 확인해주는 게 대부분일세. 이 소녀는 밤마다 찾아오는 방문객이 있었는데, 프랑스식 창문을 통해 들어왔더군. 강제로 침입한 흔적이 없는 걸로 봐서 이 소녀가 들어오도록 허락한 게 분명한데, 일종의 최면에 걸려 그렇게 했다고 봐야겠지. 방문객은 키가 180센티미터를 훌쩍 넘는 장신의 사내인데, 유럽 출신이네."

"그걸 어떻게 그리 확신하는가?"

"바깥의 관목 숲에서 묻은 진흙이 발코니에 약간 남아 있더군. 방문객의 신발 자국이 방 안으로 이어져 있는데, 뒤꿈치가 희미하게 찍혀 있었네. 양발 뒤꿈치의 간격으로 키를 계산할 수 있지. 발코니의 진흙은 그 사람이 어디 출신인지도 보여주고 있어. 한 쌍의 아주 또렷한 신발자국이 남아 있는데, 창문이 열릴 때까지 기다리면서 남긴 게 분명하네. 신발 뒤축에 찍혀 있는 제조자의 상표가 진흙에 박혀 새겨졌는데, 그게 서리 때문에 단단히 굳어있더란 말일세. 상표 자체는 좀 알아보기 어려웠지만, 확대경으로 B-U-K-O-V라는 글자는 확인할 수 있었네."

"뷰코브?"

"부코비나일 걸세. 보르고 협곡의 위쪽에 위치한 카르파티아 산맥 중심에 있는 마을이지."

난 흥분과 두려움이 복합된 감정에 사로잡혔다.

"드라큘라일세!" 난 소릴 질렀다.

"그 녀석일 게 틀림없네."

"맞네, 왓슨."

득의만만한 기색을 전혀 감추지 않고 홈즈가 맞장구쳤다.

"그런데, 가장 놀라운 발견물은 바로 이것일세." 그는 주머니에서 봉투를 꺼내 그 내용물을 자신의 손바닥 위에 쏟았다. 말라붙은 작은 진흙 덩어리였다.

"그게 뭐가 그리 특별한 건가?"

"이 작은 진흙 덩어리도 역시 침입자의 신발에 묻어온 것이긴 하지만 발코니에서 확보한 건 아닐세. 훨씬 더 시커먼 것으로 봐서는 산화(酸化)가 거의 안 된 지역에서 온 것이지." 홈즈는 진흙 덩어리를 문질러 고운 가루로 만들었다.

"이건 황무지의 진흙일세. 음, 좀 더 콕 집어 말하자면 '블랙 토르' 지역의 것이네. 바스커빌 사건을 수사하는 동안 캠핑을 해서 아주 익숙한 그 지역 말일세. 그곳 흙 속에는 특이하게도 엄청나게 많은 양의 장석과 마이카 수정이 포함되어 있었는데, 이 진흙 덩어리는 그곳에서 묻었다는 걸 보여주고 있네."

그는 진흙 가루를 꽉 움켜쥐고 주먹을 호기롭게 들어올렸다.

"자넨 이게 무슨 뜻인지 알고 있나?"

"드라큘라가 황무지의 어딘가에 숨어 있다는 뜻이지."

내가 얼른 대꾸했다.

"더 정확하게 말하자면 블랙 토르 어딘가이겠지. 그래, 신석기 시대의 돌로 된 움막 중의 하나라면 아주 그럴 듯한 휴식처가 될 수 있을 걸세."

"그렇다면 우린 녀석을 쉽게 잡을 수 있겠군!"

난 신이 나서 소리쳤다.

홈즈는 껄껄 웃었다.

"왓슨, 자넨 언제 봐도 낙관적이군. 아니, 우린 아직 녀석을 잡으려고 해서는 안 되네. 그물이 녀석을 에워싸고 있는 건 맞지만, 그걸 서서히 당겨야지 자신감이 지나쳐 마구 밀어붙여서는 안 된단 말일세. 너무 위험하거든."

"그렇다면 우린 이제 무엇을 해야 하는 건가?"

홈즈는 자신의 회중시계를 들여다봤다.

"아직 해가 넉넉하게 남아 있으니 블랙 토르를 방문해도 되겠군. 괴물이 그 버려진 구역에 숨어 있어서 이 음울한 일을 바로 끝낼 수 있게 해줄 지도 모르니까."

⚜
16장

황무지에서

한 시간이 채 지나기도 전에 홈즈와 난 황무지를 가로질러 제멋대로 구불거리는 험한 길을 달리는 덜컹거리는 낡은 유람마차 안에 앉아 있었다. 전세 내어 달라고 요청한 마차를 타고 급박하게 출발하려는 우릴 보고 가드너는 한층 더 혼란스러워 했다. 백짓장처럼 창백한 얼굴의 가드너가 멍하니 홈즈를 바라보자, 홈즈는 이 모든 행동들이 다 헌터 양의 목숨을 구하려는 노력의 일환이라며 다시 한 번 그를 안심시켰다.

"걱정 말고 기다리세요."

홈즈는 마부석에 올라앉으며 말했다.

"왓슨과 내가 해가 지기 전에 돌아와서 밤 동안 헌터 양을 지켜볼 테니까요."

가드너는 멍하니 고개를 끄덕였다. 우린 초조하게 두 손을 꽉 움켜쥐고 구부정하게 서 있는 장신의 사내를 학교 정문 옆에 놔 두고 출발했다.

"이번 사건으로 인해 저 사람이 완전히 망가질까 봐 걱정이네." 학교의 모습이 더 이상 보이지 않자 홈즈가 말했다.

"이 일과 관련된 모든 사실을 다 말해줄 수 있으면 좋을 텐데……." 내가 말했다.

"그럼 그렇지 않아도 이미 지치고 당황해하는 그 사람의 정신을 더 혼란스럽게 만들 뿐만 아니라 광기(狂氣)의 문턱 너머로 밀어버리는 꼴이 될 걸세. 우리가 불사의 존재를 믿게 될 때까지 엄청난 고통을 겪었다는 걸 잊지 말게. 그런데 가드너가 이런 걸 이해하거나 믿게 되리라고는 눈곱만큼도 기대할 수 없는 상황 아닌가? 따라서 이 여학생이 극히 희귀한 질병에 시달리고 있다는 환상을 그대로 유지해야만 하네. 진실은 우리만의 지긋지긋한 비밀로 남아 있어야 한단 말일세."

난 동의한다는 뜻을 웅얼거리고 침묵의 세계로 빠져들었다. 홈즈는 굳세게 고삐를 움켜쥐고 말들을 거칠고 돌이 많은 길 위로 나아가게 만들었다. 얕은 오르막이 이어지는 가운데 좁은 다리를 건넜고, 바위들 사이를 거품을 물고 소리 지르며 내달리는 시냇물을 빙 둘러갔다. 형형색색의 가을 물감으로 물들었던 나뭇잎들이 거의 다 떨어지고 겨울의 손아귀에 사로잡힌 황무지는 둔중한 회색으로 물들어 있었다.

살갗을 바늘로 콕콕 찌르듯 추운 날씨인 데다가 삭막한 바람은 두툼한 코트를 뚫고 들어왔다. 하지만 홈즈는 춥다는 사실 자체를 알아차리지 못한 것 같았다. 점점 더 험해지는 길을 따라 마차를 몰면서 깊은 생각에 잠겨 있었다. 눈썹이 일자를 그리고 있었다.

어느덧 블랙 토르의 낯익은 풍경이 눈에 들어왔다. 음울한 모습으로 넓게 펼쳐진 황무지에서는 으스스하게 신음하는 바람 소리 이외에는 어떠한 움직임도, 소리도 없었다. 그 순간, 마도요 새 한 마리가 우리의 접근에 놀랐는지 고사리 군락지에서 튀어나와 회색빛 하늘로 날아올랐다. 새는 순식간에 지평선 위의 한 점이 되었다. 훌쩍 떠난 한 마리의 이 외로운 생물이 황무지의 고독함과 적대감을 한 번 더 확인시켜주는 것 같았다.

블랙 토르의 장대한 실루엣을 배경삼아 우리 두 사람은 마차에서 내려야 했고, 나머지 여정을 걸어서 가야 했다. 홈즈는 성장이 멈춘 나무에 말들을 묶어놓고, 마차 뒤에서 반 헬싱의 가방을 꺼내들었다.

"여기가 그나마 나은 통로인 것 같아."

홈즈는 고사리 떼 사이로 난 토르로 올라가는 희미한 흔적을 가리키며 말했다. 홈즈는 앞장서서 긴 다리로 바위투성이의 경사로를 수월하게, 성큼성큼 올라가기 시작했다.

중간쯤 올라가자 홈즈는 걸음을 멈추고 내가 따라오기를 기다렸다. 우린 잠시 멈춰 서서 주위를 둘러봤다. 홈즈는 아무 말도 하지 않은 채 서쪽을 가리켰다. 그의 손가락이 가리키는 방향으로 고개를 돌리니 황무지의 얼룩덜룩한 회색 물결에 휩쓸려 들어간 듯한 바스커빌 가의 대지와 별채와 본관이 보였다. 문설주가 있는 본관의 창문들이 눈알 빠진 시커먼 눈구멍처럼 우릴 노려보고 있었다.

멀리 동쪽으로는 '그림펜 늪지'라고 불리는, 언듯 보면 녹색 식물이 잘 자라는 비옥한 땅으로 속기 쉬운 곳이 펼쳐졌다. 이 거대한 늪지에서는 단 한발자국만 걸음을 잘못 내딛어도 죽음을 의미했다. 그건 사람이나 동물을 가리지 않았다. 난 황무지에서 풀을 뜯고 있던 조랑말 한 마리가 그 주변을 어슬렁거리다가 늪지에 빠져 머리를 걸쭉한 진흙탕 위로 내밀려고 처절하게 버둥거리면서 황무지에 울려퍼지는 구슬픈 비명을 질러대는 모습을 기억하고 있었다. 도저히 비껴갈 수 없는 운명처럼 서서히 녹색의 끈적끈적한 진흙이 조랑말의 머리 위로 몰려들고, 이내 거대한 늪지의 깊숙한 곳으로 빨아들였다. 그 기억을 떠올리는 것만으로도 온몸이 부들부들 떨렸다.

잠시 동안의 휴식에 힘을 얻고 우린 다시 올라가기 시작했다. 회색의 짙은 안개가 이곳저곳의 도랑에서 피어오르며 사악한 괴물들처럼 모습을 드러낸 날카로운 암석에 들러붙기 시작했다.

정상에 도달한 우린 아래쪽을 내려다봤다. 거대한 분지에 자리 잡은 돌로 된 신석기시대의 오두막들이 원을 그리고 서 있었다. 홈즈가 바스커빌 사건을 수사하는 동안 황무지에 머물렀을 때 이것들 중의 하나에 몸을 숨기고 있었다.

홈즈는 오래된 거주지의 잔해가 남아있는 컵 모양의 움푹 파인 곳으로 달려 내려갔다. 나도 바로 그의 뒤를 따라갔다. 홈즈는 무릎을 꿇자마자 한 줌의 흙을 손으로 퍼 올렸다. 시커먼 흙을 확대경으로 검사하더니 환호성을 지르며 흙을 허공으로 던져버렸다.

"우리의 방문객이 남긴 진흙과 완전히 똑같은 것이네!" 환희에 찬 홈즈의 목소리는 음산하고 우울한 지역을 둘러싸고 있는 적막을 깨트리며 기괴하게 울려퍼졌다.

"그렇다면 그 자가 이곳, 이 근처의 어딘가에 있겠군."

"드라큘라가 이곳에 있었다고 확신할 수 있네."

홈즈가 말했다.

"지금도 이곳에 있는지의 여부는 우리가 알아내야겠지."

홈즈는 그렇게 말하면서 움푹 파인 곳의 바닥에 흩어져 있는 화강암들 사이로 길을 찾아 험악한 날씨에 대비하여 방어막으로 작용하기에 충분한 지붕이 여전히 남아 있는 석조 오두막으로 향했다. 난 홈즈를 따라 문으로 사용되는 구멍 옆으로 가서 섰다.

"여기라면 아주 이상적인 은신처가 될 수 있겠군."

홈즈는 입구 주변의 땅바닥을 조사하면서 중얼거렸다.

"그리고 최근에 사용된 흔적도 남아 있고. 누군가가 드나들었어." 그러더니 바닥에 떨어져 있는 작고, 빛이 나며, 동그란 검은 물체를 확인하고는 눈을 반짝거렸다. 얼른 집어 들어 슬쩍 살펴보더니 아무런 설명도 하지 않고 주머니에 집어넣었다.

우린 조심스럽게 오래 된 석조 오두막 안으로 들어갔다.

텅 비어 있었다.

홈즈는 반 헬싱의 가방을 열고 양초 하나를 꺼내 불을 붙였다. 펄럭거리는 노란 불빛이 오두막의 어두운 후미진 곳까지를 밝혔고, 다듬어지지 않은 돌 위의 축축한 부분을 서리처럼 번들거리게 만들었다. 약간 튀어나온 바위에 양초를 고정시킨 홈즈는 옛날에 거주지로 사용됐던 곳의 내부를 조사하기 시작했다. 맨 안쪽으로 들어가서 무릎을 꿇고 앉더니 환희에 찬 날카로운 함성을 터뜨렸다.

"이걸 보게, 왓슨. 오래된 흙이 아니야. 여기 이곳의 땅이 최근에 헤집어진 적이 있어."

"그게 무슨 뜻인가?"

"이곳을 오두막 내의 다른 곳과 비교해보게."

홈즈는 조바심이 나는 듯 쏘아붙였다.

"저곳의 흙은 단단하게 굳어 있는 반면에 이곳은 삽으로 헤집은 적이 있는 것처럼 흙이 부드럽단 말일세."

내 친구의 말은 내 마음 속을 공포심으로 가득 채웠다.

"삽을 가지고 왔어야 했어." 홈즈의 말이 이어졌다.

"하지만 지금은 그걸 가지러 되돌아갈 시간이 없네. 이리 오게, 왓슨, 손을 이용해서라도 파봐야겠어."

홈즈는 그 말이 끝나기가 무섭게 쭈그리고 앉아 이미 한 번 파헤쳐진 적이 있는 흙을 긁어내기 시작했다. 난 홈즈의 작업에 동참하기 전에 그의 특이한 요청에 깜짝 놀라 잠시 멍하니 서 있었다. 그와 함께 수사를 벌이면서 겪었던 지독히도 섬뜩했던 수많은 상황 중에서 이것이야말로 가장 괴기스러운 것으로 순위를 매겨야 할 판이었다. 어둠을 가르는 촛불의 힘에 기대어 우리 두 사람은 땅바닥에 무릎을 꿇고 두 손으로 흙을 치웠다.

"지금 이렇게 하고 있는 우리의 모습을 레스트레이드가 보지 못해 정말 다행이라는 생각이 드는군." 내가 조용히 말했다.

"그 사람이라면 우리가 미쳤다고 확신하고서는 정신병원 같은 곳에 처넣었을 테니까 말일세."

홈즈는 메마른 웃음을 날렸다.

흙을 20센티미터쯤 치웠을 때, 홈즈가 뭔가 딱딱한 것과 마주쳤다. 그는 촛불을 가까이 들이대고 다듬어지지 않은 시커먼 나무가 드러날 때까지 흙을 더 치웠다.

"이건 관이야." 홈즈가 감탄의 말을 쏟아냈다.

"이리 오게, 뚜껑을 열어야 하니까."

난 숨을 죽이고 친구와 함께 시신을 묻는 데 사용하는, 눈에 익숙한 관 형태가 완전히 드러날 때까지 부드러운 흙을 긁어냈다. 드디어 이번 모험의 결말에 얼마나 가까워졌는지를 깨닫고 난 몸을 부르르 떨었다. 홈즈는 드라큘라 백작이 바로 이 관 안에서 휴식을 취하고 있다고 믿고 있는 게 분명했다.

우리가 작업하고 있는 동안, 오두막 바깥쪽의 바람이 점점 더 거세지면서 살을 에일 듯한 돌풍을 오두막 안으로 불어넣었다. 촛불이 제멋대로 일렁이면서 짙은 색의 화강암 벽을 따라 우리 두 사람의 거대한 그림자가 미친 듯이 회전하도록 만들었다. 신음하는 듯한 바람 소리와 제멋대로 여기저기를 비추는 촛불의 불빛은 지금 우리가 하고 있는 끔찍한 작업과 결합되어 현실과 동떨어져 있다는 느낌을 한층 더 불어넣었다. 바람의 고함 소리와 춤추는 그림자들이 이런 환상으로 날 끌어당겼는데, 그런 상태를 눈치 챈 홈즈가 강한 힘으로 내 팔을 잡고 흔들어댔다. 그건 내 머릿속에서 그런 인상을 쫓아내기에 충분했고, 난 더욱 더 열심히 땅을 파기 시작했다.

10분쯤이 지나자 관 뚜껑이 완전히 모습을 드러냈다. 온 힘을 쏟아부었던 우린 벌떡 일어서서 숨을 거칠게 몰아쉬면서 불길한 관을 내려다봤다. 온몸의 신경이 곤두섰고, 그때야 내가 무척이나 겁을 먹고 있다는 걸 깨달았다. 난 홈즈를 힐끗 쳐다봤다. 얼굴에는 불편한 기색이 역력했지만, 그래도 굳은 결심을 한 듯 턱을 쭉 내밀고 있었다.

"준비됐나, 왓슨?" 홈즈가 조용한 목소리로 물었다.

난 입을 악물고 고개를 끄덕여 준비가 됐다는 신호를 보냈다.

홈즈는 가방에서 큰 망치와 나무말뚝을 꺼내 부드럽게 파헤쳐진 흙 위에 놓았다.

"이제 뚜껑을 열어보세." 홈즈가 말했다.

관 뚜껑은 어떤 식으로든 봉인이 되지 않은 채 그냥 본체 위에 놓여 있는 것처럼 보였다. 따라서 우린 뚜껑을 아주 쉽사리 들어 올려 한쪽으로 치울 수 있었다.

난 쿵쾅거리는 심장을 간신히 추스르면서 기대 반, 두려움 반의 심정으로 관을 내려다봤다.

관 안은 텅 비어 있었다.

난 안도의 한숨이 절로 나오고, 곧 터질 듯이 팽팽하게 당겨졌던 신경이 느슨해지는 걸 느꼈음을 솔직히 고백해야겠다. 그런데 홈즈는 불만이 가득 한 신음을 쏟아냈다.

"이게 도대체 어떻게 된 건가?" 내가 물었다.

"내가 드라큘라 백작의 교활함을 엄청나게 과소평가했다는 뜻일세." 홈즈가 성난 목소리로 대꾸했다.

"그렇다면 그 작자가 이곳에 있지 않았다는 건가?"

"아, 사실 이곳에 있긴 했네."

홈즈는 빈 관의 바로 위로 촛불을 돌렸다. 관 바닥에 옅은 색깔의 마른 흙이 얇게 깔려 있는 것을 볼 수 있었다.

"고향의 흙일세." 홈즈가 설명했다.

"흡혈귀의 휴식처에 필수불가결한 요소이지."

"하지만 이게 드라큘라의 관이라면, 녀석은 지금 어디에 있단 말인가? 아직은 일어날 수 없잖나? 햇살이 지금도 남아 있는데……."

"우리가 녀석의 행방을 알았더라면……."

홈즈는 날카로운 어조로 말을 시작했다가 잠시 말을 끊더니 좀 더 차분한 어조로 말을 이었다.

"왓슨, 이 점을 명심하게. 흡혈귀의 관이 발견되어 파괴되면 흡혈귀 자신도 소멸된다는 것을. 그건 닭이 홰를 칠 무렵부터 해가 질 때까지는 자신의 고향 땅 흙에 누워 있어야 하니까 말일세. 드라큘라는 워낙 교활해서 피난처가 발각되어 훼손되면 다른 곳으로 피신할 수 있도록 그러한 피난처를 여러 개 마련해놓은 것 같구만."

"그럼 드라큘라가 이 지역 여러 곳에 이와 비슷한 휴식처를 마련해놓았단 뜻인가?"

"그렇네. 안전을 확보하려는 악마적인 지혜가 발동한 결과이겠지. 우린 불운하게도 현재는 사용되고 있지 않은 녀석의 불경스러운 피난처 중의 하나를 파헤친 셈이네. 왓슨, 드라큘라가 이 나라로 상자 여러 개를 탁송하려고 했다고 반 헬싱이 한 말 기억나나?"

난 친구의 말을 귀담아 들으며 우울한 기분에 사로잡혔다. 만약 홈즈의 말대로 드라큘라가 햇빛이 있는 시간 동안 쉴 수 있는 관들을 여러 개 숨겨놓았다면 그것들을 찾아내어 이 악마를 파멸시키는 게 거의 불가능할 것 같았다.

내가 하고 있는 생각이 그대로 얼굴에 드러났는지 홈즈가 강한 어조로 말했다.

"용기를 내게, 친구, 드라큘라 백작은 캐서린 헌터가 살아 있는 한 이 지역을 떠나지 않을 걸세. 녀석은 그 여학생을 신부로 맞이할 작정이니 완전히 정복될 때까지는 떠날 리가 없네. 따라서 헌터 양이 우리의 수중에 있는 한 이 게임의 으뜸패를 우리가 가지고 있다고 할 수 있지. 녀석이 원하는 것을 우리가 가지고 있으니 결국 우릴 찾아오지 않겠나? 그동안 이 괴물이 가장 취약할 때, 즉 불경스러운 휴식을 취하고 있을 때 파멸시킬 수 있기를 바랐지만, 이젠 맞대결하는 게 불가피하다는 생각이 드는군."

난 부르르 몸을 떨었다.

"우린 대결에 대비해서 신체적으로, 그리고 정신적으로 준비를 갖춰야 하네. 우리가 지금까지 살아오면서 한 일 중에서 가장 위험한 일이 될 테니까 말일세."

"우리가 다음에 해야 할 일은 뭔가?"

"우리가 보살펴야 할 사람에게로 돌아가야 하네. 오늘 밤을 새워가며 간호해야지. 드라큘라가 오늘 밤에 그 여학생을 마지막으로 소유하려고 들지 않을 거라고 예상한다면 그런 바보짓도 없지 않을까? 우린 녀석을 저지하기 위해 그곳에 있어야 하네. 그건 그렇고, 여학교로 돌아가기 전에 이 휴식처를 말끔히 살균해야겠네."

홈즈는 가방에서 은 십자가를 꺼내 관 안으로 떨어뜨렸다. 십자가는 음침한 촛불의 빛을 받아 반짝거리는 트란실바니아의 흙 위에 놓였다.

"이제 녀석의 피난처가 적어도 한 개는 줄어든 셈이군. 다시는 여기에 눕지 못할 것 아닌가?"

　우리가 오래된 석조 오두막에서 나왔을 때는 오후 3~4시 정도밖에 되지 않았지만, 낮의 기운은 벌써 다가오는 땅거미에 굴복하고 있는 중이었다. 햇살은 희미해지고, 황혼의 불그스름한 기운이 황무지의 어두워져 가는 윤곽을 둘러싸고 있었다. 이번에도 홈즈가 앞장서서 성큼성큼 걸어가다가 토르의 끝부분에서 내가 따라올 수 있도록 잠시 멈춰 섰다. 딱 맞게 쓴 여행모자가 둘러싼 날카로운 얼굴 밑으로 자리 잡은 장신의 야윈 몸매가 드넓게 펼쳐진 황무지 쪽으로 방향을 돌리고 잠시 조용히 서 있었다. 자신의 탐정 경력상 가장 위대한 도전이라고 판단한 이번 사건에 대해서 마음을 단단히 먹고 있는 것이리라.

　음울한 기운이 몰려오는 듯한 분위기 속에서 마차가 있는 곳으로 되돌아가면서 이미 힘이 다한 낮의 기운이 어둠의 세력에 사로잡히는 것 같은 느낌을 받았다. 내가 확신하고 있는 한 가지는 오늘 밤에 이러한 악의 세력과 한 번 더 격전을 치를 거라는 점이었다.

✤

17장

드라큘라의 등장

가드너 여학교로 되돌아오기 전에 우린 쿰트레이시에 있는 작은 우체국을 방문했다. 그곳에서 홈즈는 반 헬싱에게 우리의 수사가 결실을 맺긴 했지만, 아직 위기가 닥친 것은 아니라는 내용의 전보를 보냈다. 홈즈는 더 이상 자세한 사항들을 밝히지 않았다.

"현재로서는 반 헬싱을 데본셔까지 불러들이지 않고서도 충분히 만족스럽게 대처해나갈 수 있다는 느낌이 들어서 말이야." 홈즈는 그렇게 변명했다.

난 아무 말도 하지 않았다. 홈즈가 교수를 부르고 싶지 않은 진정한 이유는 사건을 자신의 뜻대로 다루고 싶기 때문이라는 걸 잘 알고 있어서였다. 함께 사건을 수사해온 오랜 기간 동안

내 친구가 자신이 당연히 받아야 할 명성이나 영광을 탐하는 걸 한 번도 본 적이 없었다. 설록 홈즈에게는 게임 그 자체가 전부였다. 그런데 수사만큼은 언제나 다른 사람들의 도움이나 방해를 받지 않고 자신의 방식대로 수행해나가는 특권을 줄기차게 주장했었다. 이번 사건에서도 그 점은 마찬가지였다. 반 헬싱과 그가 소유하고 있는 신비로운 지식은 존경했지만, 홈즈는 가장 위험하다고 판단되는 이 사건을 자신의 생각대로 처리하기를 여전히 바라고 있었다.

우리가 여학교에 도착했을 때는 햇살이 거의 사라진 때였다. 가드너는 우리가 돌아온 것을 보고 안도의 한숨을 내쉬며 함께 티타임을 즐기자는 호의를 베풀었다. 그런데 무척이나 유감스럽게도 홈즈는 그 호의를 거절하고 우리가 즉시 병실에 가서 자리를 잡아야 한다고 말했다. 그런데 가드너의 누이는 티타임에 먹을 것들을 갈망하는 표정으로 힐끗 쳐다본 날 애처롭게 여겼던지 쟁반에 몇 가지 음식을 담아 가져다줬다.

"홈즈 씨, 당신이 외출한 동안 이것이 배달되어 왔어요."

메리는 내 친구에게 기다란 흰 봉투를 내밀었다.

"이게 어떻게 배달된 거죠?"

"당신네들이 떠난 직후에 하녀가 이것이 도어 매트 위에 놓여 있는 걸 발견했어요."

홈즈는 봉투를 받아들어 주머니에 넣었다. 가드너 양이 병실을 나가자 내가 말했다.

"그 편지를 개봉하지 않고 그대로 놔둘 셈인가?"

"난 누가 이걸 보냈고, 내용이 무엇인지를 이미 알고 있네. 그렇지만 자네의 호기심을 충족시키고 싶다면 자네가 직접 열어봐도 좋아."

홈즈에게서 봉투를 건네받아 즉시 개봉했다. 구겨진 흰 종이 사이에 죽은 파리 한 마리가 놓여 있었다.

"맙소사! 스태플턴이군!" 난 깜짝 놀라 소릴 질렀다.

"여전히 자신의 게임을 즐기고 있군."

"그렇다면 녀석이 우릴 따라 이곳으로 온 게 분명하구만."

"아니면 우리가 녀석을 따라왔든가."

"그게 무슨 뜻인가, 홈즈?"

"별다른 뜻이 있는 건 아니네."

"봉투 안에 또 다른 경고가 들어 있다는 걸 어떻게 알고 있었던 건가?"

"뭐, 추리를 하고 자시고 할 필요도 없었네, 왓슨. 글씨체를 바꾸려고 애를 쓰긴 했지만, 'L'자를 고리 모양으로 쓴 뻔한 특징이 눈에 들어오더군. 스태플턴이 이런 식으로 끄적거렸거든."

"자넨 어떻게 할 건가?"

"난 달리 선택할 여지가 없네. 자네의 말처럼 스태플턴이 이곳에 있다는 게 골칫거리이긴 하지만, 지금 눈앞의 이 사건에서 단 한 순간도 시선을 뗄 수가 없으니까. 스태플턴의 위협이 좀 더 구체적인 형태를 갖출 때까지는 묵살할 수밖에 없네."

난 홈즈의 말이 충분히 이해됐다. 포착하기 어려운 두 개의 서로 다른 의문을 해결하려고 노력하다가는 둘 다 실패할 가능성이 높은 법이었다. 그러면서도 그와 동시에 홈즈가 반복되는 위협에 관심을 보이지 않는 것 같아 크게 불안했다. 하지만 이 문제를 놓고 더 이상 왈가왈부해봐야 아무 소용이 없다는 걸 잘 알고 있었기 때문에 조촐하게 차려진 식사를 즐기려고 자리에 앉았다.

식사를 마치고 남아 있는 찌꺼기를 깨끗이 치운 다음, 홈즈는 병실의 문을 잠갔다. 이제 밖은 완전히 어두워졌다. 수많은 별들이 반짝거리는 하늘에 걸린 창백하게 희미한 달에서 뿜어져 나온 달빛은 프랑스식 창문을 뚫고 들어와 방 안을 으스스하게 밝혔다. 홈즈는 헌터 양이 누워 있는 침대 곁 램프에 불을 붙였다.

"이 램프 하나만 켜놓을 걸세, 왓슨. 방 안을 너무 밝게 해서 곧 찾아올 손님이 겁먹고 도망치게 하고 싶진 않으니까."

홈즈는 반 헬싱의 가방에 손을 넣어 짧고 둥그스름한 은제 플라스크를 꺼냈다.

"이걸 들고 있게." 홈즈는 그 플라스크를 내게 쥐어주었다.

"이게 뭔가?" 내가 물었다.

"그 안에 성수(聖水)가 들어 있어. 반 헬싱의 기록에 의하면, 악과 싸우는 데 있어서 성수가 특히 효험이 있다고 하네. 성당에서 축복을 받은 물은 영적인 선함의 진수라고 믿어지고 있고, 흡혈귀의 타락한 몸과 접촉하게 되면 살갗을 태움으로써 사악한 것을 씻어낸다는군."

성수의 경이로운 효능에 깜짝 놀라 내 양쪽 눈썹이 바짝 치켜 세워졌다.

"믿기 어렵다는 건 충분히 이해하지만, 우리가 경험했던 바로는 이 문제에 관한 한 반 헬싱을 신뢰할 수 있단 말일세. 우리가 지금까지와는 전혀 다른 차원에서 싸우는 것이니 그 차원의 무기를 사용해야 하지 않겠나?" 난 진지하게 고개를 끄덕이고 플라스크를 주머니에 집어넣었다.

우린 의자를 바짝 벽난로 앞으로 끌어당겨 앉고는 곧 각자 자신들의 생각에 빠져들었다. 셜록 홈즈는 머리를 앞으로 숙이고 앉아 눈으로는 벌겋게 타오르는 난로 속의 불길을 뚫어져라 쳐다봤다. 잠시 후에는 자신의 파이프에 불을 붙이고 목을 뒤로 기대고는 파이프를 빠끔거릴 때마다 피어오르는 파란 연기가 꼬리를 물고 천장으로 올라가는 모습을 멍하니 쳐다봤다.

난 머릿속으로 지난 며칠 동안 발생했던 일련의 괴이한 사건들을, 우릴 이 불쾌한 밤샘 간호의 길로 이끈 엉킨 실타래의 다양한 실마리들을 되짚어보려고 시도했다.

내가 언제 잠에 곯아 떨어졌는지는 기억할 수 없었지만, 난로의 불길이 얼마나 사그라졌는지, 괘종시계의 재깍거리는 소리가 얼마나 크고 집요했는지, 그리고 홈즈가 날 깨우기 위해 내 팔을 잡고 흔들던 그 순간은 똑똑히 기억하고 있다.

"무슨 일인가?" 난 꿈나라에서 난폭하게 끌려나오는 바람에 깜짝 놀라 숨을 헐떡거리며 물었다. 홈즈는 자신의 입술에 손가락을 갖다 대어 조용히 하라는 시늉을 하며 캐서린 헌터가 잠을 이루지 못하고 이리저리 뒤척거리는 침대 쪽을 향해 고갯짓을 했다. 헌터 양은 눈을 꼭 감고 있었지만, 눈꺼풀은 제멋대로 바르르 떨렸다. 침대 커버로 덮인 몸을 심하게 꿈틀거리며 쥐어짜는 듯한 섬뜩한 울음을 연신 터뜨렸다.

"헌터 양이 언제부터 이러고 있었나?"

"약 20분 전부터 서서히 시작됐고, 자정이 지나면서부터는 점점 더 정도가 심해졌네."

"자정이라고!" 난 깜짝 놀라 소리쳤다.

"그럼 내가 꽤 오랫동안 잠이 들었던 거로군." 내 친구의 엄격한 얼굴 위로 웃음기가 살짝 비쳤다가 사라졌다.

"네 시간 가량일세. 하지만 그동안 별다른 일이 있었던 건 아니니 신경 쓰지 말게."

여학생이 갑자기 숨을 날카롭게 내쉬더니 침대 커버를 움켜쥐고 벌떡 일어나 앉았다. 최면술에 걸린 것 같은 두 눈을 몽롱하게 뜨고, 거칠게 숨을 몰아쉬고 있었다.

내가 헌터 양에게 다가가려고 몸을 움직이는 순간, 홈즈가 제지했다.

"그대로 놔두게, 왓슨." 그가 중얼거렸다.

"지금은 우리가 개입해선 안 되네. 녀석이 부근에 와 있을 걸세."

어둠에 잠긴 먼 곳으로부터 황무지를 돌아다니는 외로운 짐승의 울음소리가 들려왔다. 창문을 통해 밖을 내다보니 달이 두터운 구름에 감싸여 있고, 별들은 하늘을 저버리고 떠났는지 전혀 보이지 않았다. 프랑스식 창 너머의 세상은 사악하고 시커먼 빈 공간이 됐고, 우릴 곧 덮칠 것처럼 보였다. 강하게 불어오는 바람이 창문을 흔들어댔고, 램프의 불꽃이 당장에라도 꺼질 듯이 일렁거리다가 마지막 순간에 기운을 차리고 다시 불빛을 쏟아내곤 했다.

어둠 쪽에만 눈길을 고정하고 있던 여학생은 고양이 발톱처럼 손가락을 오므리고 목에 걸린 십자가를 떼어내려고 했지만, 손이 십자가에 닿자마자 고통스러운 비명을 내지르며 손을 잡아뺐다. 그 순간, 난 여학생의 손가락 끝에 까맣게 그을린 흔적을 볼 수 있었다. 사악한 힘이 여학생의 몸을 지배하고 있고, 우리가 할 수 있는 일이 전혀 없는 것처럼 보였다.

불안해서 목의 근육이 단단하게 굳어 있는 홈즈는 내 앞쪽에서서 여학생의 행동을 주의 깊게 지켜봤다. 손에는 은 십자가를 꽉 움켜쥐고 있었다.

또 다시 바람이 강제로 들어오려는 듯 프랑스 식 창을 밀어붙였고, 그 힘에 밀려 창이 뒤로 꺾이는 것처럼 보였다. 강렬한 바람 때문에 병실 전체가 몸부림치는 듯했다. 이번에는 바람과의 투쟁에서 램프가 졌고, 마지막으로 희미하게 깜빡이더니 결국 꺼져버렸다. 이제 실내를 밝히고 있는 것이라고는 벽난로의 불빛뿐이었다.

활활 타오르는 난로에서 쏟아져 나온 붉은 빛으로 물든 여학생의 얼굴은 정말 악마 같은 모습이었다. 침대 모서리까지 몸을 밀고 나온 여학생은 머리를 심하게 좌우로 비틀고 입에서는 침이 뚝뚝 떨어졌다. 그러는 동안 종잡을 수 없는 말들을 끊임없이 쏟아냈다. 그건 마치 우리의 귀에는 들리지 않는 어떤 명령에 대답하는 것처럼 보였다.

"안 돼요! 할 수가 없어요!" 여학생은 목에 걸린 십자가를 한 번 더 잡아떼려다가 실패하고는 비통한 목소리로 외쳤다. 그러더니 절망감이 분노로 돌변했는지 자신의 두 주먹으로 침대를 내리쳤다.

"안 돼요! 안 된다고요!" 여학생은 화가 잔뜩 실린 말들을 연신 쏟아냈다.

바람이 여학생의 비명에 대꾸라도 하듯 귀신처럼 절규했다. 내 몸 안에서는 두려움이 점점 부풀어 오르고 있었다. 하지만 그건 홈즈와 함께 수많은 모험을 하면서 경험했던 정상적인 두려움이나 위기감이 아니었다. 만질 수 없는 것에 대한, 알지 못하는 것에 대한 두려움이라 훨씬 극심했다. 홈즈의 얼굴에도 극도로 불안해하는 표정이 그대로 드러났다.

순식간에 우리의 기다림은 끝이 났다.

눈에 보이지 않는 쇠뭉치처럼 몰아닥친 바람이 프랑스식 창을 후려치자 창이 박살나며 왈칵 열렸다. 차가운 공기가 실내로 밀려들자 온몸이 부르르 떨렸다. 종이와 쿠션들이 이리저리 흩날리고, 벽난로 선반 위의 장식품들이 제멋대로 춤을 추고, 책장의 책들이 빠져나와 바닥에 내동댕이쳐졌다. 여학생은 검은색 머리카락을 휘날리며 침대에 벌렁 드러누웠다. 이건 마치 모든 걸 파괴하려고 마음먹은 보이지 않는 거대한 손이 실내를 싹 쓸어버린 것 같았다. 우리가 앉아 있던 의자들이 나뒹굴고, 불이 꺼진 램프는 바닥에 떨어져 박살났다. 우리 두 사람만이 습격에 대항하며 간신히 버티고 서 있었다.

여학생은 안간힘을 쓰며 침대 끝까지 기어갔다. 얼굴이 바람에 일그러졌지만, 두 눈은 활활 타오르고 있었다.

시작할 때와 마찬가지로 순식간에 바람이 사라지며 실내의 공기가 잔잔해졌다. 홈즈와 난 잔뜩 불안한 마음으로 난장판과 혼란의 중심에 서 있었다. 바로 그 순간, 바깥의 어둠 속으로부터 모습을 드러내어 프랑스식 창 옆의 문간에 서 있는 형체를 알아본 난 숨이 멎을 것 같은 충격을 받았다. 이 유령 같은 존재를 보자마자 여학생은 목이 졸린 듯한 날카로운 비명을 지르고 시체처럼 창백해지며 침대에 코를 박았다.

형체는 머리끝에서부터 발끝까지 검은색으로 휘감은, 키가 몹시 큰 사내였다. 한 번 힐끗 본 정도로는 그곳에 있다는 걸 전혀 알아차리지 못할 정도로 검은색 일색이었다. 희미한 불빛으로는 얼굴을 분간하기 힘들었지만, 그래도 무엇이든지 꿰뚫어볼 듯한 무척이나 까만 눈동자와 몹시 잔인해 보이는 입은 간신히 알아볼 수 있었다.

그 사내는 걷는다기보다는 미끄러지듯이 벽난로 불빛이 밝히는 어두침침한 구역으로 들어섰다. 기다란 망토가 등 뒤에서 펄럭거렸다. 이제 사내의 얼굴이 좀 더 분명히 보였다. 몹시도 창백한 각진 얼굴에, 가늘고 높은 코는 특이하게 휘어져 있었다. 숱이 많은 시커먼 머리카락을 뒤로 쓸어넘겨 오만하다 싶을 정도로 튀어나온 이마를 드러내고 있었다. 창백한 두 귀는 끝이 뾰족했고, 너부죽한 턱에, 두 뺨은 쑥 들어가 해골처럼 보였다. 검붉은 입술이 벌어져서 두 개의 날카롭고 하얀 송곳니가 아랫입술 위로 툭 튀어나와 있었다.

바로 드라큘라 백작이었다.

드라큘라는 당장이라도 뭔가를 꿰뚫을 듯한 눈길을 홈즈에게로 돌렸다. 입술이 바짝 당겨진 채 그르렁거리는 소리가 새어나왔고, 바늘처럼 날카로운 송곳니들이 불빛을 받아 번쩍거렸다. 바로 이 순간까지 무덤에서 튀어나온 불경한 유령 앞에서 홈즈도 나처럼 꼼짝도 하지 않고 서 있었지만, 지금은 은 십자가를 앞으로 내밀고 드라큘라에게로 걸어나갔다.

"예상대로 납시었군, 드라큘라 백작."

홈즈가 권위적이고 단호한 목소리로 말했다.

"더 다가오지는 말게나. 이곳은 죽은 자를 환영하지 않으니까."

처음에는 드라큘라의 입술에 조롱하는 비웃음이 비쳤지만, 십자가를 보자마자 두려움으로 얼굴이 굳어졌고, 분노와 짜증으로 인해 콧구멍이 벌렁거렸다.

"드라큘라 백작이 하는 일에 감히 훼방을 놓는 자가 누구인고?" 심장에 찬물을 끼얹은 듯한 나지막한 목소리가 방 안에 울려 퍼졌다.

"네 녀석을 파멸시키려는 분이시다. 난 셜록 홈즈라고 한다."

잔인한 입술이 쭉 찢어지며 미소로 변했다.

"가련한 멍청이 녀석." 드라큘라는 능글맞게 조롱했다.

"네 녀석이 정말로 날 파멸시킬 힘을 가지고 있다고 믿는 게냐? 셜록 홈즈, 수많은 사람들이 날 파멸시키려고 했지만 어느 누구도 성공하지 못했다. 너의 하찮은 지혜를 가지고 나와 싸워 보겠다고 나서지 마라."

"그대에게도 나름 약점이 있으니까 해보는 것이지." 홈즈는 그렇게 대꾸하고 십자가를 드라큘라 쪽으로 내밀었다.

흡혈귀의 얼굴이 분노로 인해 시뻘개졌다.

"그따위 미신적인 장난감은 네 녀석을 보호해주지 못할 것이다." 드라큘라는 그렇게 소리치며 시선을 다른 곳으로 돌린 채 내 친구의 팔을 후려쳤다. 십자가가 바닥에 떨어졌다. 홈즈가 십자가를 향해 몸을 날렸지만, 그걸 채 집어 올리기도 전에 드라큘라가 홈즈를 덮쳤다. 녀석의 길고 힘센 손가락이 내 친구의 목을 움켜쥐었다. 그러고는 단번에 홈즈를 바닥에 넘어뜨렸다. 아무리 발버둥을 쳐도 목이 졸린 상태를 벗어날 수 없는 홈즈를 내려다보는 괴물의 얼굴에는 사악한 미소가 퍼져나갔다.

"왓슨, 성수를!" 생명력이 급격히 빠져나가면서 얼굴이 창백해진 홈즈가 꺽꺽거리며 소리쳤다.

난 주머니에 허둥지둥 손을 넣어 작은 은제 플라스크를 꺼내 마개를 열었다.

성수라는 말이 떨어지자 드라큘라의 주의가 내게로 돌려졌다. 드라큘라는 정신을 잃고 발아래에 쓰러져 있는 홈즈의 목을 놓고 내 쪽으로 한 걸음 내딛었다. 뭐라고 형언할 수 없는 사악한 눈동자와 번들거리는 송곳니를 보는 것만으로도 온몸이 덜덜 떨렸다. 하지만 단단히 마음을 다잡고 플라스크를 들어 올려 내용물이 드라큘라를 향하도록 겨냥했다. 드라큘라는 자신을 보호하려고 본능적으로 두 팔을 들었다. 성수가 드라큘라의 손바닥에 뿌려지고 살이 타는 냄새가 났다.

고통에 찬 비명을 내지르며 드라큘라는 성수를 털어내려고 두 팔을 세차게 흔들어댔지만, 때는 너무 늦고 말았다. 주님의 축복을 받은 물방울들이 손바닥에 이미 깊게 골이 패인 시커먼 상처를 남겼다. 비틀거리며 물러서는 드라큘라의 두 눈은 분노와 고통으로 번들거렸다.

지금은 정신을 차리고 간신히 몸을 일으켜 세운 홈즈는 기회를 노리다가 바닥에 떨어진 십자가를 얼른 집어 들어 두 손으로 꽉 움켜쥐었다. 홈즈는 흡혈귀 쪽으로 다가가며 열려 있는 프랑스식 창으로 몰아붙였다. 시커먼 형체가 바깥의 어둠과 다시 뒤섞이기 시작하자 드라큘라는 물러서던 걸음을 멈추고 홈즈를 손가락으로 가리키며 분노를 토해냈다.

"이 일로 인해 넌 고통을 받게 될 것이다, 셜록 홈즈. 꼭 복수를 할 테니까." 드라큘라는 거만한 태도로 소리쳤다. 그러더니 망토로 온몸을 두르고 어둠 속으로 녹아들었다.

한편으로는 갑작스럽게 시작되고 끝난 행동들에 충격을 먹어서, 또 한 편으로는 시련이 끝났다는 안도감으로 인해 난 잠시 동안 멍하니 서 있었다. 홈즈는 프랑스식 창을 닫고 거기에 등을 기대고 섰다. 얼굴이 퀭하고 지쳐보였다.

잠시 후, 방문을 쾅쾅 두들기는 소리와 함께 실라스 가드너의 목소리가 들렸다.

"홈즈 씨! 닥터 왓슨! 무슨 일이 벌어진 겁니까? 두 분 다 무사하신가요?" 그는 미친 듯이 소릴 질렀다.

"네, 모든 게 잘되고 있습니다."

홈즈는 침착한 목소리로 대꾸했다.

"걱정할 게 없으니 침대로 돌아가세요."

잠시 침묵이 흐르더니 가드너가 다시 소리쳐 물었다.

"확실한 겁니까?"

"그렇습니다. 마음 푹 놓고 주무시라니까요."

홈즈가 매정하게 쏘아붙였다.

"좋습니다." 별로 내켜하지 않는 대답이 돌아왔다.

가드너가 돌아가자, 난 침대에 정신을 잃고 쓰러져 있는 여학생을 진찰했다. 열이 약간 있는 상태이긴 하지만 맥박은 이전보다 훨씬 더 강하게 뛰었고, 다시 침대 커버를 덮고 누웠을 때는 한층 더 편안하고 평온한 잠 속으로 빠져드는 것처럼 보였다.

"자, 왓슨," 두 사람이 힘을 합해 조용히 실내를 정리하고 의자를 다시 불가로 끌어다놓고 앉으며 홈즈가 말했다.

"마침내 드라큘라 백작과 대면한 셈이로군. 반 헬싱이 묘사한 것 이상이더구만."

"사실일세. 지옥에서 뛰쳐나온 악마였네."

나도 그의 말에 동의했다.

"우린 이 괴물처럼 강력할 뿐만 아니라 사악한 적수는 한 번도 마주친 적이 없었어."

홈즈는 여학생을 힐끗 쳐다봤다.

"오늘 밤 안간힘을 써서 저 학생의 피를 더 빨아먹으려고 드는 드라큘라의 시도를 좌절시켰고, 그 결과, 저 학생은 생존할 가능성을 갖게 됐네. 하지만 녀석은 쉽사리 포기하지 않을 걸세. 녀석에게는 피가 곧 생명이기 때문이지. 녀석은 이 여학생을 자신의 영생하는 신부로 점찍었고, 따라서 그러한 사악한 결합을 완수하기 위해 최선을 다할 게 분명하단 말일세."

"흠, 적어도 우린 1라운드에서 이겼지 않은가."

"그런데 아직 1라운드밖에 치르지 않았다는 게 문제일세. 이 같은 싸움이 또 벌어질 게 틀림없어. 이 작은 승리에 도취해서 경계심을 늦춰서는 안 되네. 왜냐하면 이제 저 여학생의 목숨만 위험에 처한 게 아니기 때문이지."

"그게 무슨 뜻인가?"

"우리가 드라큘라 백작과 엉킨 순간, 우린 녀석의 표적이 됐기 때문일세. 녀석이 물러나면서 소리친 걸 떠올려보게. '꼭 복수를 할 테니까.' 이 말은 단 한 가지 뜻밖에 없네. 우릴 파멸시키겠다는 걸세, 왓슨."

18장

확대되는 악의 세력

우린 밤새 헌터 양을 지켜봤다. 홈즈는 내게 의자에서라도 두어 시간 쉬라고 권했지만, 신경이 워낙 곤두서 있는 터라 잠이올 것 같지도 않았다. 오늘 밤 다시 곤란을 겪지 않을 것이라고믿고는 있었지만, 내 눈은 줄곧 프랑스식 창을 향했고 그 너머의어둠을 꿰뚫어 보려고 애썼다.

새벽 4시경쯤, 바람이 한 번 더 몰아치며 눈보라를 일으켰다.커다란 눈송이들이 유리창에 부드럽게 달라붙었고, 난 한 시간이 넘도록 눈송이가 커튼을 둘러치는 모습을 지켜보았다. 마침내 눈보라가 그치자 유리창은 부드럽고 하얀 창틀로 새롭게 단장했다.

새벽의 첫 햇살을 보니 안도의 한숨이 절로 나왔다. 오렌지색 광선이 방 안으로 쏟아져 들어오자 밤새 신경을 바짝 세우고 있던 온몸의 긴장이 싹 풀어졌다. 적어도 지금 당장은 위험이 없다는 걸 햇살이 확인해줬다.

난 창문으로 다가가 하품을 하고 기지개를 켜면서 새로 맞이한 날을 반갑게 내다봤다. 눈보라가 온 세상에서 모든 색상을 지워버렸고, 눈에 보이는 풍경은 햇살에 반짝이는 껍질로 뒤덮여 있었다.

멀리 어디선가 부지런한 수탉 한 마리가 또 다시 새벽이 다가왔다는 걸 알리는 울음을 터뜨렸고, 그 소리를 듣자마자 캐서린 헌터가 몸을 뒤척거리며 잠에서 깨어나 낮은 소리로 한숨을 토했다. 어젯밤에 완전히 정신을 잃은 이후에 처음으로 내보이는 살아 있다는 표시였다. 난 얼른 헌터 양의 맥박을 쟀다. 놀랍고도 기쁘게 거의 정상이었다. 얼굴에도 편안한 기색이 감돌았고, 두 뺨이 약간 불그스름하기까지 했다.

헌터 양은 눈을 뜨더니 우릴 의아하다는 듯 빤히 쳐다봤다.

"누구세요?" 헌터 양은 들릴락 말락 한 목소리로 물었다.

"두려워하지 말아요, 헌터 양, 우린 아가씨를 도우러 왔으니까요. 난 셜록 홈즈이고, 여기 이 사람은 닥터 왓슨이에요."

"아가씨는 무척 아팠는데, 지금은 회복 중이에요."

내가 덧붙였다.

"꿈을 꿨어요." 여학생은 멍한 표정으로 조용히 입을 열었다. 꿈을 생각하는 것만으로도 두려운지 창백한 얼굴이 흐려졌다.

"꿈속에서 바람이 불었어요. 엄청 강한 바람이 날 에워쌌어요. 그리고 남자 한 명이 있었는데……. 매우 잔혹한 얼굴의 남자였어요." 그러다가 잔뜩 겁을 집어먹었는지 눈이 크게 떠졌다.

"그 사람은 날 잡으려고 왔어요. 날…… 잡으려고요. 그 사람은 날……." 괴로워하는 여학생의 목소리가 높아지기 시작했고, 어젯밤의 끔찍한 일들을 털어내면서 눈썹 위로 땀방울이 송골송골 맺혔다. 흥분한 가운데 용기를 내어 침대에 앉아보려고 했지만, 너무나 허약한 상태라서 베개 위로 쓰러졌다.

"그 사람은 날 잡으러 왔어요. 날 잡으러 왔다고요."

여학생은 머릿속에서 이 끔찍한 기억을 몰아내려는지 두 눈을 꼭 감고 같은 말을 되풀이했다. 가느다란 손가락으로 자신의 목에 난 두 개의 구멍을 다정하게 어루만졌다.

난 여학생의 눈썹에 난 땀을 수건으로 닦아주며 말했다.

"잠시 가만히 누워 있어요. 아직 몸을 마음대로 움직일 만큼 회복되지 않았으니까요."

여학생은 두려움이 가득 찬 얼굴을 내 쪽으로 돌렸다.

"그 사람이……. 그 사람……."

여학생은 더 이상 참아내지 못하고 조용히 훌쩍거리기 시작했다.

홈즈는 여학생의 손을 조심스럽게 잡았다.

"그건 그냥 나쁜 꿈일 뿐이었어요, 헌터 양. 나쁜 꿈을 더 이상 꾸지 않을 테니 신경 쓰지 말아요. 우리가 책임지고 그렇게 해줄 것이오. 그러니 헌터 양은 악몽에 대해선 다 잊어버리고 얼른 회복되는 것에만 신경을 쓰도록 해요."

홈즈 자신이 여성혐오증이 있다고 주장하고는 있지만, 여자를 다루는 나름의 방법이 있는 게 분명했다. 동정심이 가득한 태도와 부드러운 말로 베이커 가의 응접실을 찾아온 정신이 완전히 나간 듯한 여성 의뢰인들을 진정시키는 모습을 여러 번 본 적이 있었다. 내가 이런 말을 할 때마다 홈즈는 코웃음을 치며 자신이 의뢰인들에게 취한 어떠한 행동도 감정이 개입된 게 아니라 순전히 실용적인 것이라고 강변했다.

"왓슨, 남자이건 여자이건 간에 히스테리를 일으키기 직전의 상황에 처하면 자신이 처한 문제에 대해서 자세히 설명할 수 없게 된다네."

말은 그럴싸하게 했지만 홈즈의 매력은 항상 먹혀들었다. 홈즈가 헌터 양을 달래자마자 여학생의 얼굴에서 근심 걱정의 표정이 사라지고 입가에 미소가 맺혔다.

"감사합니다." 여학생이 속삭였다.

"음, 식욕은 좀 돌아왔어요?" 홈즈가 이번에는 평소에 하던 것처럼 좀 사무적인 어조로 물었다.

"배가 좀 고픈 것 같아요." 헌터 양이 순순히 인정했다.

"좋아요. 왓슨, 우리 환자 분에게 뭔가 먹을 것을 좀 갖다달라고 가드너 양을 설득시킬 수 있을 것 같은가?"

"당연히 그럴 수 있다고 보네." 난 씩 웃으며 대꾸했다.

스크램블드에그와 뜨겁고 달콤한 홍차로 구성된 조촐한 아침식사가 메리 가드너에 의해 마련됐다. 가드너 양은 헌터 양이 정신을 차린 걸 보고 무척이나 기뻐했다.

"홈즈 씨, 당신이 어떤 마술을 부렸는지 모르겠군요. 그리고 그게 어떤 것이든 신경 쓰지 않아요."

가드너 양은 평소에 보이던 비꼬는 표정을 풀고 단정한 얼굴로 말했다.

"하지만 감사하다는 말을 드려야겠어요. 두 분 모두에게요."

그녀는 내 쪽으로 돌아서며 감사의 표시로 내 팔을 꽉 잡았다. 홈즈도 그런 반응을 보였지만, 나도 감사의 말이라는 게 너무 약소하다고 느껴졌다. 그래서 우리 두 사람은 그저 간단히 고개를 끄덕이는 걸로 대답을 대신했다.

헌터 양은 사흘 만에 처음 먹어보는 음식에 용감하게 달려들었다. 먹을 수 있을 만큼 먹고 났을 때, 난 헌터 양이 편안하게 잠들 수 있도록 진정제를 투여했다.

30분 후, 우린 면도를 하고 옷을 갈아입은 다음 서재에서 가드너와 함께 아침식사를 했다. 가드너도 자신의 누이와 마찬가지로 헌터 양의 훨씬 나아진 몸 상태를 기뻐했지만, 그와 동시에 강력한 어조로 간밤의 소동에 대한 상세한 설명을 요구했다.

홈즈는 설명할 생각이 전혀 없는지 차분하게 다른 말을 했다.

"지금은 어젯밤에 무슨 일이 벌어졌는지 상세히 설명하지 못하겠다는 내 말을 그대로 믿어주시오, 가드너 씨. 우린 아직 위험에서 벗어나지 못했고, 선생은 우릴 믿고 더 이상 질문을 하지 말아줬으면 합니다."

가드너는 통통하게 살찐 주먹으로 식탁을 내려쳤다.

"도대체 왜 이렇게 비밀, 비밀 하는 겁니까?"

분통이 터지는 듯 꽥 소릴 질렀다.

"그렇게 하는 게 헌터 양에게 가장 유리하기 때문이죠."

홈즈는 조용하지만 단호한 어조로 대꾸했다.

"선생이 우리의 지시를 아무런 의문 없이 받아들이기 어렵다는 건 잘 알고 있습니다만, 헌터 양의 건강 상태가 이미 상당히 호전된 걸 보지 않았습니까? 선생의 가장 주된 관심사가 바로 그것이었고요."

"맞아요, 그건 맞습니다." 가드너는 고개를 부지런히 끄덕여 동의했다. 그러고는 입을 다물었지만, 심통스러운 얼굴 표정으로 미뤄보아 자신이 어떤 상황에 있는지 전혀 알지 못해 여전히 기분이 좋지 않은 것 같았다.

"자, 신사 여러분, 이렇게 말씀드려 죄송하지만," 홈즈는 식탁에서 의자를 뒤로 밀고 일어서서 냅킨을 내려놓았다.

"잠시 두 분과 작별해야겠습니다. 마을에서 꼭 참석해야 할 일이 있어서요. 내가 돌아올 때까지 헌터 양을 지켜봐주겠나, 왓슨?"

"음……. 당연히 그렇게 하겠네, 홈즈." 난 홈즈의 갑작스러운 선언에 속으로 약간 놀라며 대답했다. 또 다시 친구의 신뢰를 받지 못한 것 같아 실망스러웠다. 난 런던 가든스의 일을 상기시켜주고 싶었지만, 말을 꺼내지 않는 게 낫겠다고 판단했다.

"두 시간 내로 돌아오겠네, 친구." 홈즈는 얼스터 외투(허리띠가 달린 두껍고 헐렁한 더블 오버코트)를 걸치며 약속했다.

홈즈가 떠나자, 홈즈보다 내가 더 물러 터졌을 거라고 판단했는지 가드너는 홈즈가 털어놓기를 거부한 정보를 내게서 끌어내려고 시도했다.

"닥터 왓슨, 캐서린 헌터의 무엇이 잘못 됐는지를 말해줄 수 있겠죠?"

"홈즈가 이야기 한것 이외에 더 말씀드릴 게 없습니다." 난 이 문제에 대해서 더 이상 왈가왈부하지 않겠다는 뜻을 단호한 어조로 분명히 선언했다. 우리 두 사람은 약속이나 한 듯이 침묵의 늪 속으로 빠져들었고, 가드너는 내게서 정보를 얻으려는 더 이상의 시도를 포기했다.

바로 이 순간, 가드너의 누이가 수선을 떨며 서재로 들어와 식탁을 치웠다. 하녀가 오늘 아침에 출근하지 않아서라고 했다. 이를 기회 삼아 실례의 말을 남기고 내가 맡은 일로 되돌아갔다.

헌터 양을 들여다보니 편안한 모습으로 깊은 잠에 빠져 있었다. 기분이 좋긴 하지만 피곤해진 몸을 불가에 놓인 의자에 파묻었다. 잠이 들지 않도록 하려고 책장에서 얇은 책 한 권을 꺼내 읽기 시작했다. 클라크 러셀의 멋진 바다 이야기를 선별해놓은 책이었는데, 곧 높이 돛대를 세운 스쿠너(돛대가 두 개 이상인 범선)와 무시무시한 허리케인과 난파선의 세계로 빠져들었다.

시간이 얼마나 흘렀을까? 항해에 몰두하고 있던 난 노크 소리에 정신을 차렸다. 자물쇠를 열었더니 가드너가 먼저 들어오고 그 뒤를 따라 널찍하지만 약간 구부정한 어깨에, 반점이 돋은 둥근 얼굴에, 제멋대로 헝클어진 금발의 키가 큰 사내가 들어왔다. 가드너가 닥터 콜린스라고 소개했다.

"만나 뵙게 돼서 정말 기쁩니다, 닥터 왓슨." 콜린스는 가녀린 고음의 목소리로 인사했다. 난 재빨리 홈즈가 이 자리에 있었더라면 했을 게 분명한, 콜린스에 대한 추리를 해봤다. 보고 들었던 내 친구의 방법을 최대한 따랐다. 몇 가지 사실은 분명해 보였다. 콜린스가 극히 최근에 전업 의사로 나섰고, 이곳에서 처음으로 개업한 건 확실했다. 검은색의 왕진가방이 반짝반짝 빛이 났고, 거의 사용된 적이 없어서였다. 구두가 깨끗한 걸로 봐서는 왕진을 나갈 때 대부분 마차를 이용하는 것 같았다. 아직 총각인데, 그건 셔츠 소맷부리가 해어지고 프록코트의 단추 한 개가 떨어진 상태였기 때문이었다. 젊은 아내가 있다면 도저히 그대로 놔두지 않았을 터였다.

연한 푸른색의 눈동자가 날 멍하니 쳐다보고 있는, 약간 누렇고 반점이 돋은 얼굴에서는 성격상의 특성을 단 한 가지도 읽어낼 수가 없었다. 얇은 입술에는 뭐라고 판단하기 애매한 미소가 머물러 있었다.

가드너가 다시 입을 열었다.

"닥터 콜린스에게는 선생과 홈즈 씨가……." 그는 적절한 표현 문구를 찾아내려는지 잠시 머뭇거렸다.

"음, 이 사건을 맡기로 했다고 설명했는데, 이 분이 떠나기 전에 환자를 살펴볼 수 있도록 해달라고 요청했어요."

"닥터 왓슨께서 허락하신다면요." 콜린스가 덧붙였다.

홈즈라면 이런 요청에 어떻게 반응할지 확신할 수 없어 좀 껄끄럽긴 했지만, 동료 의사가 자신의 환자를 살펴본다는 것을 막을 수 없어서 승낙했다.

"오늘 아침에 헌터 양의 상태가 무척이나 호전됐다는 소식을 듣고 굉장히 놀랐습니다."

콜린스가 진지한 어조로 말했다.

"어제는 생명이 끊어지지 않을까 걱정했거든요. 헌터 양이 어떤 질병을 앓고 있는지 짐작조차 할 수 없었다는 걸 솔직히 인정합니다."

"처음 개업한 건가요?"

"전업으로 일하는 건 처음입니다. 작년에 의대를 졸업했고, 블룸즈베리의 어떤 진료소에서 보조 의사로 얼마동안 일을 했고요." 내가 한 추리의 일부분이 들어맞은 걸 알게 돼서 기분이 좋았다.

"그리고 지금 이 일은 닥터 모티머가 돌아오실 때까지 제가 전적으로 맡은 것이고요. 전 그분의 대진 의사일 뿐입니다."

난 고개를 끄덕였다.

"지금 헌터 양을 좀 볼 수 있을까요?" 콜린스는 침대에 있는 여학생을 내 어깨 너머로 힐끗거리며 물었다.

"아, 물론이죠. 하지만 지금 진정제를 투여한 상태라 건드려서는 안 됩니다."

우린 침대 쪽으로 이동했고, 콜린스는 환자의 상태가 급변한 것에 대해 놀라며 탄성을 토해냈다.

"이거 놀랍군요! 수혈을 또 한 겁니까?"

난 고개를 가로저었다.

콜린스는 여학생의 손을 잡았다.

"어떻게……. 맥박이 거의 정상적으로 뛰는군요. 어떤 치료법을 사용하셨는지 여쭤 봐도 될까요?"

이 질문에 막 대응하려는 순간, 갑자기 셜록 홈즈가 대답을 하고 나섰다. 난 홈즈가 방 안으로 들어오는 걸 보지도 듣지도 못했고, 콜린스와 가드너의 얼굴에 놀라는 표정이 가득한 걸로 봐서 그들도 전혀 몰랐던 것 같았다.

"닥터 콜린스, 현재의 상황에서 헌터 양이 겪고 있는 질병의 원인이나 치료법을 논의하기가 곤란하다고 봅니다." 그는 앞으로 걸어 나와 침대 곁에 서 있는 우리와 합류했다.

"난 셜록 홈즈입니다." 그는 손을 내밀고 자신을 소개했다.

"만나 뵙게 돼서 반갑습니다, 홈즈 씨. 실라스가 당신이 이 일에 관여하고 계시다고 말해줬습니다. 그런데 당신의 이름이 사람의 몸에 생긴 질병이 아니라 사회의 질병과 더 관련이 있는 것으로 알고 있어서 좀 당황스럽더군요."

"그 두 가지가 분리될 수 없을 때도 가끔 있는 법이죠. 어떻습니까? 선생이 돌보던 환자의 상태가 호전돼서 기쁜가요?"

"그렇다마다요. 정말 극적으로 회복됐군요. 지난번에 왕진 왔을 때는 하루나 더 살 수 있을까 걱정했거든요."

"아니면 밤이거나요."

내 친구가 툭 던진 아리송한 대꾸에 영문을 모르겠다는 듯 콜린스의 눈썹이 찌푸려졌지만, 홈즈는 그것을 싹 무시하고 계속 말했다.

"혹시 이전에도 이런 것을 본 적이 있나요?"

홈즈는 여학생의 머리를 조심스럽게 한쪽으로 돌려 목에 난 두 개의 작은 구멍을 드러냈다.

"아, 그것 말인가요?" 콜린스는 구멍을 좀 더 자세히 보려고 침대로 다가가며 중얼거렸다.

"네, 그것이 무엇인지를 몰라 좀 당황스러웠는데, 이제 거의 다 나은 것처럼 보이는군요." 그는 어깨를 으쓱했다.

"전 동물이 문 상처가 아닌가 생각했습니다. 애완용 고양이가 물었을 수도 있죠."

"그럴 가능성도 있겠네요." 홈즈는 건성으로 대꾸했다.

"바이올렛 마컴의 목에도 이런 상처가 있었다는 걸 알아봤나요?"

콜린스는 정말 깜짝 놀란 모양이었다.

"마컴 가의 아가씨를 알고 있습니까?"

내 친구는 고개를 끄덕였다.

"그것 참 이상하군요, 홈즈 씨. 하지만 방금 선생께서 언급하셔서 그런지 바이올렛 마컴의 목에도 이와 비슷한 상처가 있었던 것 같습니다." 콜린스는 고개를 갸웃하고 눈을 가늘게 뜬 채로 그걸 확인해줄 기억을 더듬었다.

"네, 분명히 기억이 납니다." 그는 마침내 확정적으로 말했다.

"맙소사, 어떤 연관이 있다는 걸 까맣게 모르고 있었다니! 그렇다면 이 상처가 어떤 애완동물이 우발적으로 긁은 게 아니라 이 질병의 실제적인 징후라는 겁니까?"

"아니면 원인이든가요." 홈즈가 중얼거렸다.

"그 상처들이 개나 고양이에 의해 만들어진 건 아닙니다. 그점은 내가 보장할 수 있어요." 가드너가 거들고 나섰다.

"학교 내에서 애완동물을 기르는 걸 허용하지 않으니까요."

콜린스는 과장된 행동으로 코웃음을 쳤다.

"바로 눈앞에 있는 그런 간단한 것을 놓치다니 이렇게 멍청할 수가 있나! 눈에 뭐가 씌웠어도 그렇지……."

자신의 무능함에 화가 나서 그렇지 않아도 가느다란 콜린스의 목소리가 끽끽거리는 소리를 냈다.

"이런 상처들이 연달아 나타났다는 걸 알아차렸어도 헌터 양을 치료하는 데 조금도 도움이 되지 않았을 것이오."

난 젊은 의사를 위로하려고 한 마디 해줬다.

"그건 사실입니다, 닥터 왓슨. 하지만 이 빌어먹을 질병을 이해하는 데는 한 걸음 더 다가갈 수도 있는 연구를 하는, 완전히 새로운 영역을 개척했을 것 아닙니까? 이렇게 해서 닥터 왓슨도 치료법을 생각해내셨을 거고요. 어떤 근원에서 이 질병이 퍼져나갔는지, 그리고 목에 난 괴이한 상처는 무엇 때문에 생겼는지를 말해주셔야 합니다."

"우리가 발견한 것들을 아직 논의할 때가 아니라는 걸 또 한 번 말해야겠군요."

홈즈가 쌀쌀맞게 말했다.

"이 질병의 원인과 치료법에 대해서 여전히 모르는 부분이 많기 때문이에요."

"그렇지만 이 여학생은 당신네들의 치료를 받고 회복되고 있습니다. 정확한 치료를 위한 핵심적인 요소를 발견하신 게 틀림없단 말입니다. 그걸 두 분만 알고 계서서는 안 되죠."

내 쪽으로 돌아서는 콜린스의 두 눈은 열정에 젖어 반짝거렸다.

"닥터 왓슨, 의료계에 종사하는 사람으로서 선생이 소유하고 있는 지식을 공유해야 할 의무가 있습니다. 알고 계신 부분이 적다고 해도 다른 사람들이 그것에 근거해서 더 많은 걸 알아내도록 말입니다."

"존경하는 동료여……."

난 콜린스의 열렬한 간청에도 불구하고 그 진실을 털어놓을 수가 없었던 터라 일단 입은 뗐지만 말을 잇지 못했다. 홈즈가 내가 처한 곤란한 입장을 알아차리고 대신 나섰다.

"왓슨과 난 이 괴이한 질병을 연구하던 중 획득한 사소한 지식을 독점할 의도는 전혀 없어요. 헌터 양의 건강이 완전히 회복되면 우리가 발견한 것들을 세상에 널리 알릴 거라는 걸 분명히 약속하겠소. 하지만 그때까지는 우리만이 알고 있는 특권을 누릴까 합니다."

내 친구가 쏟아낸 말이 젊은 의사에게 정말 괴이한 효과를 발휘하는 것처럼 보였다. 콜린스는 입을 딱 벌리고 눈알이 곧 빠질 것처럼 눈을 크게 뜬 채 자신의 손바닥으로 양쪽 뺨을 두들겼다. "오, 이런!" 그는 목이 졸린 듯이 꺽꺽 거리며 말했다.

내가 처음 한 생각은 콜린스가 일종의 발작을 일으키고 있다는 것이었다. 우리의 대화가 계속되는 동안 배경처럼 뒤쪽에 조용히 서 있던 실라스 가드너가 콜린스가 앉을 수 있도록 의자를 밀며 앞으로 나섰다. 하지만 콜린스는 손을 흔들어 그 친절을 거절했다.

"무슨 일이오, 젊은이?" 홈즈가 날카롭게 물었다.

"그 자국이요. 목에 난 자국 말입니다."

콜린스가 덜덜 떨리는 목소리로 대꾸했다.

"그게 어쨌다는 겁니까?" 내가 물었다.

콜린스는 손가락으로 흘러내린 금발을 쓸어 올리고, 해어진 손수건으로 눈썹을 두어 번 토닥거리고는 어느 정도 안정을 되찾았다.

"죄송합니다, 여러분."

그는 여전히 숨을 거칠게 몰아쉬며 사과했다.

"좀 충격을 받아서요. 우리 눈앞에 이 질병으로 고통 받는 또다른 환자가 있다는 걸 막 깨달았거든요."

뜻밖의 사실에 깜짝 놀라 우린 모두 잠시 동안 침묵의 늪으로 빠져들었다. 난 절망감의 파도에 온몸이 쓸려나가는 듯한 느낌을 받았다. 희생자가 또 있다니! 또 한 번 우리의 손이 미치는 범위를 넘어서 악의 세력이 확대되고 있었다.

"그게 무슨 말인지 얼른 설명하는 게 좋겠소."

안색이 잿빛으로 변한 홈즈가 퉁명스러운 어조로 재촉했다.

"좀 전에도 말씀드렸다시피 당신네들이 제 주의를 끌어주실 때까지 목에 난 작은 상처와 이 질병 사이의 연관성을 깨닫지 못했습니다."

콜린스는 말을 멈추고 슬픈 표정으로 고개를 가로저었다.

"홈즈 씨, 제가 돌보고 있는 여자 환자 중 다른 한 명의 목에도 이와 비슷한 상처가 있습니다."

"그 환자가 누굽니까?"

"밀리 화이트입니다. 빅센 하이츠에서 농사를 짓고 있는 가브리엘 화이트의 어린 딸이죠. 그 사람이 오늘 아침 허둥대며 제 진료소로 찾아왔더군요. 밀리가 간밤에 발작을 일으켰는지 정신을 잃었고, 아직 의식을 회복하지 못했다면서요. 전 가브리

엘과 함께 농장으로 가서 그 소녀를 진찰했습니다. 제가 도착했을 때는 여자애가 의식을 회복하긴 했지만 매우 나른해하는 것 같더군요. 진찰을 했지만, 걱정할 만한 증상은 발견하지 못했습니다. 여자애가 완전히 기진맥진해 보이긴 했지만, 이 황무지에서 농사를 짓는 사람들 사이에서는 흔히 볼 수 있는 증상이었습니다. 일꾼을 따로 고용할 형편이 되지 않아서 모든 가족들이 나서서 오랜 시간 동안 힘들게 일을 해야만 했습니다. 전 밀리가 단순한 과로일 뿐이지 별다른 건 아니라고 판단했습니다. 화이트 씨의 농장은 아주 넓고 마을에서 뚝 떨어져 있다 보니 어린 소녀가 농사일 하는 것 이외에는 달리 할 일도 거의 없었으니까요. 밀리의 몸 전체에 긁힌 상처들과 작은 멍들이 있었고, 목에 작은 상처가 나 있다는 것도 알아차렸지만 그때에는 아무것도 아니라고 생각했던 겁니다."

"하지만 지금은 겉으로 드러날 정도의 피로감과 목에 난 상처가 바이올렛 마컴이나 캐서린 헌터의 그것들과 완전히 동일한 징후라는 걸 깨달았다는 건가요?" 홈즈가 물었다.

콜린스는 고개를 연신 끄덕였다.

"맙소사!" 가드너가 의자에 털썩 주저앉으며 비명을 내질렀다.

"곤란한 문제가 해결됐는가 싶었는데, 이렇다면 지금 전염병이 퍼지고 있는 모양이네요."

"전염병이요? 아니, 또 한 건의 사례일 가능성이 있을 뿐이죠." 홈즈가 말했다. 그 말이 가드너에게는 좀 위안이 된 것 같은

데, 그 말을 하는 내 친구의 얼굴이 별로 밝지 못했다. 홈즈는 콜린스 쪽으로 얼굴을 돌렸다.

"왓슨과 내가 그 소녀를 직접 보는 게 좋을 것 같군요."

"그래 주시겠습니까, 홈즈 씨? 그렇게 해주시면 정말 감사하겠습니다." 젊은 의사는 내 친구의 손을 잡고 정성껏 흔들었다.

"당장 가시죠."

＊ ＊ ＊

30분이 채 지나기도 전에 홈즈와 난 콜린스를 따라 그의 마차에 올라타고 빅센 하이츠에 있는 화이트 농장으로 향했다. 우린 헌터 양을 돌보도록 무척이나 수척하고 슬픈 표정의 실라스 가드너를 학교에 남겨두고 출발했다.

난 또 다른 희생자가 있다는 것의 의미를 홈즈와 상세히 논의하고 싶었다. 이 지역에 또 한 명의 흡혈귀가 있는 것일까? 아니면, 어젯밤 학교에서 생명의 원천에 대한 접근을 거부당해 다른 곳에서 피를 빨아먹은 것일까? 만약 그렇다면, 우린 확대되는 악의 세력 속으로 아무 죄도 없는 여자애를 끌어들이는 데 간접적인 책임이 있는 게 분명했다. 하지만, 홈즈가 진정한 사실을 알리고 싶어 하지 않는 콜린스가 사이에 끼어 있어 우리의 대화는 상대적으로 사소한 것들에만 맴돌 수밖에 없었다.

콜린스가 말들을 점잖게 다루며 마차를 몰고 있었는데, 눈으로 뒤덮인 부드러운 길 위에 말발굽 자국을 깊게 새기며 하이츠로 올라갔다. 전원지대가 햇살을 받아 빛나는 거대하고 구겨진 하얀 식탁보처럼 넓게 펼쳐져 있어 황무지가 아름다운 모습으로 변했다. 심지어 삐쭉삐쭉 튀어나온 바위산의 꼭대기도 눈으로 뒤덮여 부드러워졌다.

길을 가는 동안 내내 별 말이 없던 홈즈가 흰색으로 넓게 펼쳐진 황무지를 내려다 볼 수 있을 정도로 높은 곳에 도달하자 마음이 동했는지 풍경에 관해 한마디 했다.

"흰색의 얇은 베일로 덮인 한 폭의 풍경화로군. 그렇지 않은가, 왓슨?" 홈즈는 생각에 잠긴 채 말했다.

"단단한 땅이 주변을 둘러싸고 있는 지금은 거대한 그림펜 늪지도 무해한 존재처럼 보이는군. 자연이 모든 면에서 인간의 방식을 그대로 반영한다는 점이 아주 놀랍단 말씀이야. 겉으로 아주 순진무구해 보이는 것에 깜빡 속아서 그 아래쪽에 어떤 속임수가 있는지를 전혀 의심하지 않았다가 깜짝 놀라는 일이 왕왕 있으니 말일세." 그러고는 입은 꼭 다문 채 입가에 미소를 흘렸다.

"바로 저기입니다!"

콜린스가 귀에 거슬리는 쩨지는 듯한 목소리로 외쳤다. 그는 말들이 걸음을 멈추도록 고삐를 당기며 앞쪽을 가리켰다. 곱사등 같은 산등성이의 어깨 너머로 낮게 자리 잡은, 돌로 지은 농가의 모습이 보였다.

"곧 마차에서 내려 걸어서 가야 합니다." 콜린스는 말들에게 앞으로 나아가도록 박차를 가하며 소리쳤다. 말발굽이 눈 속으로 푹푹 빠져들었다.

우린 길을 가로막는 부서진 대문에 도달할 때까지 5분 정도 더 마차를 타고 달렸다. 이곳에서 마차에서 내렸고, 콜린스가 앞장서고, 홈즈가 반 헬싱의 가방을 움켜쥐고 그 뒤를 바짝 따랐고, 내가 맨 마지막에 서서 농가로 올라갔다.

눈이 꽤 높게 쌓여 있어 발목까지 차올랐고, 걷는 것 자체를 힘들게 만들었다. 황무지의 황폐한 집 안마당에 도달할 때까지 다들 두어 번은 넘어질 뻔했다. 주변에 몰려 있는 별채들 덕분에 날리는 눈발을 어느 정도 피할 수 있는 곳이었는데, 희한하게 아직도 흠집 하나 없는 멋진 카펫이 깔려 있었다.

이곳은 괴이할 정도로 인적이 없었다. 적막이 우릴 짓눌렀고, 난 불안감이 바늘처럼 신경을 콕콕 찌르는 걸 느꼈다. 어쨌든 너무나 조용했다. 콜린스가 나무로 조악하게 만든 문짝을 탕탕 두들기며 주인을 불렀지만, 아무런 대답도 흘러나오지 않았다. 우린 어리둥절해하는 눈길을 주고받았다.

"이거 별로 기분이 좋지 않은데요."

콜린스가 이마를 찌푸리며 말했다.

"들어가보는 게 좋을 것 같습니다." 그는 문에서 뒤로 물러서며 홈즈에게 말했다.

"앞장서 주시겠습니까, 홈즈 씨? 이 질병에 관해선 저보다 더 경험이 많으시니까요."

홈즈는 건성으로 고개를 끄덕였다.

"가세, 왓슨."

홈즈는 그렇게 말하고 문을 힘껏 밀어 열고는 농가 안으로 사라졌다. 나도 그의 뒤를 따랐다.

들어서자마자 난 큰 충격을 받았다. 집 안은 텅 비어 있을 뿐만 아니라 오랫동안 사용되지 않고 버려져 있어서였다. 우리가 서 있는 길쭉하고 천장이 낮은 방에는 가구와 세간이 단 한 점도 없었고, 회반죽이 벽에서 떨어져 나와 축 늘어진 채 매달려 있는데다가 커다란 덩어리를 이루고 자리 잡은 곰팡이가 돌로 된 바닥을 가로질러 녹색의 촉수를 뻗치고 있었다. 때가 끼고 거미줄이 쳐진 작은 유리창들을 통해 햇빛이 들어왔다. 벽난로에는 재와 타다 남은 땔감이 수북이 쌓여 있고, 축축한 곰팡내가 방 안을 가득 채우고 있었다. 이 농가에는 여러 해 동안 사람이 살지 않은 게 분명했다.

홈즈 쪽으로 고개를 돌렸는데, 그의 얼굴에는 놀라는 기색이 전혀 보이지 않았다.

뒤쪽에 있던 문이 쾅 소리와 함께 닫혔고, 깜짝 놀라 돌아선 내 눈에 '일리 넘버 투'의 총신이 들어왔다. 눈을 들어보니 콜린스의 얼룩덜룩한 얼굴이 사악한 미소로 돌변해 있었다.

"실망시켜서 미안하군." 콜린스가 코웃음을 쳤다.

"보다시피 이곳에는 아무도 없어."

화이트의 가족이라는 것이 없을 뿐만 아니라, 그보다 더 중요한 건 또 다른 '희생자'도 없다는 사실이 즉시 분명해졌다. 우릴 캐서린 헌터로부터 떼어내서 격리된 이곳 농가까지 유인하려는 콜린스의 상상력이 빚어낸 마술이었던 것이다. 홈즈와 난 완전히 속아 넘어가서 함정으로 제 발로 걸어들어온 셈이었다. 콜린스의 기만적인 책략 뒤에 숨어 있는 궁극적인 목적이 무엇인지 아직 분명하진 않았지만, 녀석이 우리의 적이라는 것과 우리가 큰 위험에 처해 있다는 것은 알 수 있었다. 난 오버코트 주머니에 들어있는 권총을 꺼내려고 천천히, 조심스럽게 움직였다.

"내가 선생이라면 그런 짓은 하지 않겠어."

콜린스가 피스톨의 공이치기를 당기며 차갑게 말했다.

콜린스의 위협하는 말을 듣고는 놀랍게도 홈즈가 폭소를 터뜨렸다. 콜린스의 얼굴에 불안해하는 기색이 잠시 감돌더니 이내 자신감을 되찾았다.

"위대한 탐정 나리께서 완전히 물 먹은 상황에서조차도 속이 편한 모습을 보니 기쁘구만."

"선생이 맘껏 즐겨야할 한껏 극적인 순간에 웃음을 터뜨린 것은 사과해야겠군." 활짝 웃는 표정으로 홈즈가 말했다.

"하지만 선생의 터무니없는 멜로드라마의 막을 좀 일찍 내려야 할 것 같아 미안해서 어쩌지?" 그는 편안하고 느긋한 태도로 말을 이어갔다.

"친애하는 닥터 콜린스, 선생도 봤겠지만 난 한 순간도 속이 뻔히 들여다보이는 촌극에 속아 넘어간 적이 없단 말씀이야."

"그게 무슨 뜻이지?" 이제 콜린스의 목소리에는 경계하는 기색이 역력했고, 이마에는 두려움으로 인해 깊은 고랑이 새겨졌다.

"간단히 말해서 처음부터 선생이 거짓말쟁이라는 것과 선생의 목적이 우릴 이곳으로 데려와서 함정에 빠뜨리는 것이라는 걸 알고 있었다는 뜻이지."

"그걸 어떻게 알 수 있었다는 거야?"

홈즈는 씩 웃으며 말을 계속했다.

"바이올렛 마컴과 캐서린 헌터의 목에 난 상처의 중요성이나 유사성을 알아차리지 못했다는 선생의 주장은 생각해보고 자시고 할 필요도 없었지. 문외한이라고 할지라도 슬쩍 살펴보기만 하면 두 사람의 상태가 기본적으로 동일하다는 걸 당연히 알아차렸을 거야. 그런데 선생은 두 사람 다 치료했던 전문적인 의사였으니 그런 주장이 터무니없을 수밖에. 게다가 의심스럽기 짝이 없는 선생의 주장을 그대로 받아들인다고 쳐도, 선생이 속임수를 쓰고 있다는 걸 드러내는 다른 것들도 꽤 많았다는 게 문제였지."

"어떤 것들이?" 콜린스는 분노 반, 두려움 반이 뒤섞인 목소리로 날카롭게 따졌다.

"일단 선생의 발부터 시작해볼까?" 콜린스는 어리둥절해하는 눈길로 자신의 발을 힐끗 내려다봤다.

"발만 봐도 오늘 아침에 멀리 떨어진, 눈에 덮인 농가를 방문하지 않았다는 걸 알겠더군. 정말 이곳을 찾았다면 신발이 그렇게 반짝거리지도 않았을 것이고, 학교에 찾아온 선생의 바짓단이 전혀 젖지 않고 줄이 바짝 세워져 있지도 않았겠지.

눈은 또 다른 방식으로도 선생의 뒤통수를 쳤어. 새벽부터 눈이 오기 시작했기 때문에 길 위와 안마당에 쌓인 눈이 전혀 흐트러지지 않은 걸로 봐서 오늘 찾아온 방문객이 없을 뿐만 아니라 집 안에 사는 사람들도 밖으로 나오지 않았다는 걸 알 수 있지. 이곳에 사람이 살고 있다면, 농사를 짓기에 바쁜 사람들에게는 전혀 있을 수 없는 일 아니겠어?

심지어 저 아래쪽에서 이 집을 처음 봤을 때부터 아무도 살고 있지 않은 게 확실하더군. 아무리 어렵게 사는 농민이라도 불은 피우고 살 것이고, 특히 오늘처럼 추운 겨울날이라면 당연히 굴뚝에서 연기가 올라갔어야 한단 말이야."

콜린스는 홈즈를 잔뜩 노려봤다. 내 친구의 상세한 설명이 녀석을 충격에 빠뜨린 게 분명했다.

"네 놈이 똑똑하다는 건 인정하겠어, 홈즈."

한참 후, 콜린스가 입을 열었다. 잔뜩 뒤흔들렸던 자신감을 되찾음에 따라 입술에는 거만을 떠는 비웃음이 자리 잡고 있었다.

"그렇긴 해도 충분할 만큼은 똑똑하지 않아."

그는 피스톨을 홈즈 쪽으로 더 바짝 내밀었다.

"어쨌든 내가 만든 함정으로 걸어 들어왔으니까 말이야."

"그래, 선생이 꾸민 별거 아닌 게임에 맞장구를 친 건 사실이야. 그건 그럴 수밖에 없었어. 선생이야말로 드라큘라와 직접 연결될 수 있는 유일한 끈이었고, 녀석에게 날 인도해줄 사람이었으니까."

이제는 내가 충격을 받을 차례였다. 콜린스가 우리의 적이고 우리에게 해가 된다는 점은 알아차리고 있었지만, 드라큘라의 공범이라는 건 꿈에도 생각하지 못했었다.

"백작 녀석이 이 지역에 인간 공범을 적어도 한 명은 갖고 있고, 그 공범이 결국 날 찾아와서 죽이려고 할 것이라는 걸 잘 알고 있었지." 홈즈가 콜린스를 보며 고개를 끄덕였다.

"선생이 지체 없이 등장하시더구만."

분노로 인해 콜린스의 눈에서는 불길이 쏟아져 나올 것 같았고 손을 덜덜 떨었다. 하도 달달 떨어서 홧김에 방아쇠를 당기는 게 아닐까 걱정이 될 정도였다.

"내가 '주인님'을 받들어 모신다는 걸 어떻게 알았지?"

"상대방을 절대로 과소평가해선 안 되는 법이야, 콜린스. 특히나 셜록 홈즈가 적일 때는. 선생이 드라큘라 백작과 관련이 있다는 증거를 무수히 남겨놓았더군. 오늘 아침에 선생이 학교 안으로 들어가 있는 동안 선생의 마차를 아주 면밀히 살펴볼 기회를 가졌었지. 수고를 한 만큼 큼직한 보상이 따르더군. 마차 뒤쪽에서 방수천으로 덮어놓은 커다란 삽을 발견했는데, 그것으로 선생이 이 지역 곳곳에 주인님의 은신처인 관을 파묻는 데 사용했을 게 분명해 보였단 말이야. 삽에 진흙이 좀 묻어 있었는데, 지리적으로 볼 때 황무지에서 작업했다는 것이 드러나더군. 삽 따위가 무슨 뚜렷한 증거가 되겠냐고 우긴다면 딱히 할 말은 없지만, 드라큘라가 이 나라로 운송한 지옥의 관을 만들 때 사용했던 것과 같은 시커멓고 거친 나뭇조각 몇 개도 발견했단 말씀이야. 왓슨과 내가 어제 황무지에서 우연히 그런 관을 한 개 찾아 냈는데, 그곳에서 이것도 발견했지." 홈즈는 손바닥을 위로 하고 손을 쭉 내밀어 반짝거리는 검은 단추 한 개를 내보였다.

"어디 보자……. 선생의 프록코트에서 떨어진 것 같구만."

"아주 똑똑하군. 정말 똑똑해." 콜린스가 으르렁거렸다.

"물론, 당신 말이 맞아. 드라큘라 백작께서 나의 주인이시고, 난 그분의 성실한 종이지. 난 선택받았고, 곧 불사의 제자로 받아들이겠다고 약속해주셨어. 그분은 전지전능하시고, 그분의 힘은 수 세기 동안 퍼져 내려오고 있단 말이야."

열변을 토하는 콜린스의 목소리에는 흥분하는 기색이 역력했다.

"선생의 주인께선 지금 어디에 계신가?"

홈즈가 침착한 어조로 물었다.

"바로 네 뒤에 계신다."

콜린스가 뾰쪽한 목소리로 외쳤다.

난 본능적으로 홱 돌아섰는데, 눈에 들어오는 것은 조용하고 텅 빈 실내뿐이었다. 콜린스는 신경질적으로 낄낄거렸다.

"놀라게 해서 미안하군요, 닥터 왓슨."

미친 듯이 지껄이는 콜린스의 얼굴 위로 음흉한 미소가 스쳐 지나갔다.

"드라큘라는 어디에 있나?"

홈즈가 다시 물었다. 그의 목소리는 차분하고 흔들림이 없었는데, 그래도 콜린스의 정신을 번쩍 들게 만드는 위협적인 기색이 묻어났다.

"알고 싶어 안달이 나는 모양이지, 셜록 홈즈? 불행히도 네 녀석은 그걸 모른 채 무덤으로 들어가게 될 것이다. 내 임무가 널 죽이는 것이거든."

이러한 콜린스의 위협과 심장을 겨냥하고 있는 피스톨을 무시하고 홈즈는 여전히 느긋한 태도로 콜린스에게 계속 질문을 던졌다.

"드라큘라가 언제 처음으로 선생을 찾아왔었나?"

젊은 의사의 얼굴이 즐거움으로 가득 찼다.

"그분은 어둠 속에서 내게로 다가오셨다. 난 그분이 가까이 존재하신다는 걸 느꼈지. 그분의 말씀이 들렸다. 날 필요로 한다고 하시며 종으로 받아들여 주셨다. 그리고 영원한 생명을 약속하셨다."

"백작의 수호자로 발탁된 것이었나?"

"그렇다."

"햇살이 있는 낮 동안에 그를 보호하는?"

"그렇다."

콜린스는 말을 하면서 스스로가 초래한 최면 상태로 빠져들어가는 것처럼 보였다. 지금이야말로 앞으로 뛰쳐나가 콜린스를 덮칠 가장 좋은 기회처럼 보였는데, 그러한 나의 의도를 눈치챈 홈즈가 하지 말라며 고개를 가로저었다.

"선생의 주인은 지금 어디에 누워 있지?" 홈즈가 콜린스에게 물었다.

우릴 포로로 잡고 있는 자의 눈이 어둠 속에서 다시 반짝반짝 빛을 발했다. 얼굴에서 몽롱한 표정이 사라지고 그 자리를 비웃음이 가득한 우거지상이 대체했다.

"어둡고 따뜻한 곳이지, 셜록 홈즈."

콜린스는 온몸에 힘을 뺐다가 바짝 긴장하며 천천히 말했다.

"그분은 땅 속 깊은 곳에 누워계신단 말이야. 너와 네 친구는 2분을 곧 뵙게 될 것이다."

콜린스는 피스톨을 홈즈의 심장에 겨누고 방아쇠를 당겼다.

19장

불운한 세력

피스톨의 날카로운 총소리가 울려 퍼질 것이라고 예상하고 나도 모르게 얼굴을 찌푸렸지만, 그 대신 철컥 하는 작고 둔중한 소리만 들렸을 뿐이었다.

홈즈가 조롱기가 가득한 폭소를 터뜨리자 얼굴 가득 어리둥절한 표정을 짓고 있는 콜린스는 방아쇠를 한 번 더 당겼다. 이번에도 결과는 마찬가지였다.

"선생 주인만 전지전능한 게 아니야, 콜린스."

홈즈가 활짝 웃으며 느물거렸다.

"선생의 마차를 수색하는 동안에 피스톨도 발견했다는 걸 깜빡 잊고 알려주지 않았구만. 이곳으로 오는 동안 그 피스톨을 선생 주머니로 교묘하게 집어넣더군. 탄약은 내가 이미 다 제거했는데 말이야." 홈즈는 코트 안주머니로 손을 집어넣어 여섯 발의 탄약을 꺼내 태평스럽게 바닥에 떨어뜨렸다.

"게임이 이제 본격적으로 재미있어지지 않나, 선생?"

충격과 분노가 콜린스의 감정을 휘어잡으려고 싸움을 벌였다. 충격이 먼저 승리를 거뒀고, 콜린스는 잠시 동안 눈을 휘둥그레 뜨고 홈즈를 노려봤다. 이어 분노가 격렬하고 악에 바친 비명으로 표출됐다. 그러더니 아무도 예상하지 못한 놀라운 속도로 갑작스럽게 허리를 굽혀 바닥에서 탄약들을 주워들더니 문간으로 달려갔다.

"빌어먹을 홈즈 녀석아! 지옥에나 떨어져라!"

콜린스는 악을 바락바락 쓰더니 커다란 돌멩이를 집어 들고 팔을 크게 휘둘러 홈즈에게 집어던졌다. 그러고는 눈밭으로 달려나갔다.

홈즈는 날아오는 돌멩이를 슬쩍 피했고, 돌멩이는 표적을 가격하지 못하고 바닥에 떨어졌다.

"가세, 왓슨, 녀석이 도망가지 못하도록 해야 해. 우릴 드라큘라에게 안내하도록 만들어야 한다구."

우리가 농가에서 뛰쳐나가자 콜린스가 농장 뒤쪽에 있는 황무지 방향으로 죽어라고 달려가는 모습이 보였다.

추적을 하는 동안, 안마당을 가로지르고 높이가 1.8미터나 되는 험준한 담장도 뛰어넘었다. 담장을 넘자마자 바람에 실려와 쌓인, 고운 눈 더미에 푹 빠졌다. 어떤 곳은 거의 허리까지 올라왔다. 앞으로 나아가는 것 자체가 눈과의 투쟁이었고, 우리의 전진 속도는 느릴 수밖에 없었다. 잠시 동안 우리의 사냥감이 시야를 벗어났다. 눈에 들어오는 것이라고는 적당한 높낮이를 이루며 하얗게 펼쳐진 황무지뿐이었다. 그러나 곧 이어 홈즈가 콜린스를 찾아냈다.

"저기야!" 홈즈는 팔을 쭉 뻗어 우리보다 200미터 정도를 앞서 달리는 검은 점을 가리켰다. 우린 힘을 내서 속도를 높였고, 눈이 좀 더 평탄하게 흩어져 있는 높은 곳에 도달하자 움직이는 게 약간 더 편해졌다. 우린 점차 더 간격을 좁히기 시작했다.

난 주머니에서 리볼버를 꺼내 달리던 걸음을 멈추고 겨냥한 후에 발포했다. 콜린스는 아주 잠깐 동안 땅바닥에 쓰러졌다가 다시 도주하기 시작했다.

"조심하게, 왓슨," 홈즈가 경고했다.

"도망자가 살아 있어야 하니까."

콜린스는 바위들이 모여 있는 곳에 도달하자 피스톨을 다시 장전하고 반격을 해왔다. 총소리가 울려퍼지며 우리 머리 위로 총탄이 휘파람 소리를 내며 지나갔다. 홈즈와 난 몸을 잔뜩 구부린 채 계속 앞으로 걸음을 옮겼다. 또 한 번의 총소리가 들리고 이번에는 총탄이 바로 우리 발 앞의 눈 더미를 파고들었다.

"몸을 숙이게, 왓슨!" 홈즈가 날 땅바닥으로 끌어당기며 쉰 목소리로 속삭였다.

"우린 녀석의 사격 범위 안에 들어왔네. 따라서 충분히 몸을 숨길 곳이 없으면 손쉬운 표적이 될 수밖에 없다구."

잠시 동안 우린 차가운 눈 위에 엎드려서 콜린스가 어떤 행동을 하길 기다렸지만, 아무런 일도 벌어지지 않았다. 모든 게 정적에 잠긴 채 꼼짝도 하지 않았다. 난 콜린스에게 아직 네 발의 탄약이 더 남아 있고, 그것들을 다 써버리기 전에는 홈즈와 내가 몸을 다치지 않고 녀석에게 다가갈 수 없다는 걸 잘 알고 있었다. 만약 내가 콜린스를 겁먹게 할 정도로 근접한 곳에 사격을 가한다면 녀석이 서둘러 보복하려 들 것이고, 그렇게 되면 탄약을 소모시킬 수 있을 것이라는 생각이 들었다.

난 바위들로 이뤄진 피신처에 눈의 초점을 맞추고 신중하게 관찰했다. 시간이 좀 흐르자, 우리의 사냥감이 위치를 바꾸려고 꿈틀거리는 모습이 슬쩍 보였다. 아주 짧은 순간이었지만 겨냥을 하기에는 충분한 시간이었고, 난 콜린스가 있는 방향으로 한 발을 발사했다. 총소리가 울려 퍼지는 가운데 고통에 찬 비명이 그 뒤를 이었다.

"녀석이 맞은 모양이군." 그렇게 말하는 홈즈의 목소리에는 기뻐하는 기색이 전혀 없었다.

난 깜짝 놀라 벌떡 일어섰다. 이렇게 먼 거리에서, 그리고 이런 위치에서 콜린스를 적중시킬 수 있으리라고는 꿈에도 생각하지 못했다.

"엎드려!" 홈즈가 식식거리며 소리쳤다.

"녀석이 사기를 쳤을지도 몰라."

난 재빨리 홈즈 옆으로 몸을 낮추고 2, 3분 동안 더 기다렸다. 하지만 여전히 바위들 뒤쪽에서 어떤 소리나 움직임이 없었다.

"가보세." 마침내 홈즈가 말했다.

"조사를 해봐야겠어."

우린 바짝 몸을 낮춘 채 바위투성이인 곳으로 재빨리 다가갔다. 땅바닥을 기어 조심스럽게 바위 뒤를 돌아본 순간, 숨이 끊어진 콜린스의 시신이 눈에 들어왔다. 등을 땅에 대고 누워 있었는데, 쭉 뻗은 한 손에는 여전히 피스톨이 들려 있었고, 두 눈을 크게 뜨고 허공을 멍하니 바라보고 있었다. 이마 한가운데에서 세 번째의 시커먼 눈이 우릴 노려보고 있었다. 가느다란 핏줄기가 그 상처에서 시작되어 머리 옆 부분을 타고 금발을 지나 쌓인 흰 눈 위로 이어졌다. 눈 위에서는 진홍빛의 반점이 점점 커지고 있었다.

홈즈는 신음 소리를 냈고, 얼굴은 화가 나서 시뻘게졌다.

"왓슨! 왓슨! 왓슨!" 그는 두 주먹을 불끈 쥐고 좌절감을 이기지 못해 마구 휘두르며 소릴 질렀다.

"미안하게 됐네." 적절한 변명은 아니지만 그래도 사과를 할 수밖에 없었다.

"콜린스를 죽일 생각은 없었네. 녀석을 자극해서 가지고 있는 탄약을 다 소모하도록 하려고 한 것이지······."

홈즈가 성질을 가라앉히려고 애쓰는 동안, 길고도 불편한 정적이 흘렀다.

"전적으로 자네 잘못만도 아니네." 결국 홈즈가 입을 열었다.

"자네가 생각하기에 가장 적합한 일이라고 생각되는 걸 했을 뿐이니까." 그는 슬픈 표정으로 고개를 가로젓고는 비통한 어조로 덧붙였다.

"자네가 녀석을 사살하지 않았으면 좋았으련마는……."

"그저 행운의 사격이었을 뿐이네."

난 중얼거리듯이 대꾸했다.

"아, 좀 더 정확히 말하자면 불운한 사격이었네." 홈즈가 따끔하게 한마디 했다.

"우리가 커다란 대가를 지불하도록 했으니……. 드라큘라와 연결되는 단 하나의 실마리를 끊어버린 셈이지."

홈즈는 시신의 옆에 무릎을 꿇고 무슨 단서가 남아 있지 않나 옷가지를 샅샅이 수색했다. 난 낙담하고 무력한 상태로 옆에 묵묵히 서 있었다. 하늘이 다시 어두워지고, 눈보라가 곧 닥칠 것이라는 걸 예보라도 하듯 바람이 거세졌다.

홈즈가 일어서며 코트에 묻은 눈을 털어냈다.

"나온 게 있나?" 내가 물었다.

실망스럽게도 홈즈가 고개를 가로저었다.

"내가 이미 알고 있는 사실 말고는 아무것도 없네."

난 기분이 더욱 처참해졌고, 무거운 한숨을 내쉬었다.

"자, 가세." 홈즈가 내 팔을 잡으며 힘없는 목소리로 말했다.

"이 정도의 일로 좌절해서는 안 되지."

우리가 막 마차를 향해 걸음을 옮기려는 순간, 우릴 그 자리에 얼어붙게 만드는 어떤 일이 벌어졌다. 콜린스의 목에서 가느다랗게 꺽꺽거리는 소리가 흘러나오기 시작했던 것이었다. 우린 깜짝 놀라 죽은 사내의 자줏빛 입술에서 피가 섞인 침이 흘러나오는 모습을 멍하니 내려다봤다. 그러더니 시신의 딱 벌어진 입을 통해 몸이 으스스 떨릴 정도로 명확하게 말들이 쏟아져 나왔다. 난 그처럼 묵직하게 울리는 침착한 목소리는 딱 한 번 들어봤었지만, 머릿속에 생생히 남아 있었다. 바로 드라큘라 백작의 목소리였다.

"작은 성공을 거뒀다고 기뻐 날뛰지 마라, 셜록 홈즈."

백작의 말이 이어졌다.

"넌 내가 거둔 승리에서 더 배워야 할 것이다. 내게 있어 승리란 목숨을 걸고 쟁취한 것이다. 난 또 다시 승리를 거뒀고, 내가 선택한 자들이 모두를 지배할 때까지 난 결코 쉬지 않을 것이다."

20장

우위를 점하다

우린 이미 죽은 콜린스의 입에서 쏟아져 나오는 이 말을 공포에 질린 채 듣고 있었다. 그 목소리는 황무지를 가로질러 쓸고 지나가는 바람의 신음 소리만을 남겨놓고 사라졌다. 바람소리마저도 우릴, 언젠가는 우리가 죽어야 한다는 사실을, 죽은 사내의 입을 통해 무덤으로부터 말을 전할 수 있는 힘을 가진 자를 파멸시키겠다는 우리의 허황된 열망을 비웃는 것처럼 들렸다. 우린 아직도 드라큘라의 사악한 힘이 어느 정도인지를 완전히 파악하지 못하고 있는 셈이었다.

"또 다시 승리를 거뒀다!"

홈즈가 드라큘라의 말을 큰소리로 되풀이했다.

"맙소사, 왓슨, 이게 무슨 뜻인지 알겠나?"

"캐서린 헌터로군." 난 두려운 마음으로 대꾸했다.

"내 생각도 그렇다네. 더 이상 지체하지 말고 학교로 되돌아가야겠어. 아직도 햇살이 두어 시간 남아 있으니, 해가 떨어질 때까지는 이 괴물의 위협이 효력을 발휘하지 못하도록 빌어야겠군."

* * *

우리가 마차로 되돌아갔을 때는 폭설이 쏟아지기 시작했고, 이로 인해 가드너의 여학교로 돌아가는 여정이 지체됐다. 눈보라가 불어 닥치자 말들이 겁을 먹고 날뛰었고, 홈즈는 말들을 진정시키기 위해 고삐를 부여잡고 싸워야만 했다.

난 돌아가는 길 내내 침묵을 지켰다. 나 자신이 콜린스의 죽음에 책임이 있다는 생각에 풀이 죽을 수밖에 없었고, 의도적으로 그런 것이 아니라 우발적으로 발생한 일이라며 스스로를 달래보기도 했지만, 죄책감을 떨쳐버릴 수는 없었다. 콜린스와 있었던 일을 몇 번이고 반복해서 생각하고 또 생각한 끝에 여전히 날 어리둥절하게 만들고 있는 것 하나를 분명히 하기 위해 홈즈에게 질문을 해야만 했다.

"홈즈, 콜린스가 드라큘라와 연합을 하고 있다는 걸 미리 알고 있었다면 왜 그 사람이 우릴 빅센 하이츠까지 데려가도록 놔둔 것인가?" 난 휘몰아치는 바람 소리와 마차의 덜커덩거리는 소리에 지지 않으려고 악을 썼다. 홈즈는 눈앞의 도로에서 눈을 떼지 않은 채 내 질문에 대답했다.

"두 가지 이유 때문이었네, 왓슨. 콜린스가 우릴 주인으로 삼고 있는 녀석의 소굴로 데려가지 않을까 하는 희미한 희망을 품었었고, 그게 실패로 돌아가자 콜린스로 하여금 우릴 속이는 데 성공했다고 생각하도록 만드는 게 백작의 휴식처가 어디인지를 털어놓도록 만들기 수월할 것이라고 봤기 때문이지. 콜린스 같은 극단적으로 자존심이 강한 녀석들이 우위를 차지했다고 느낄 때면 얼마나 입을 싸게 놀리는지 자네도 잘 알고 있잖은가?

그런데 자네 자신을 너무 비난하지 말게나, 친구. 나 자신이 콜린스의 죽음에 대해 어느 누구보다도 더 비난을 받아야 하기 때문이지. 난 드라큘라가 콜린스에게 발휘하는 영향력을 과소평가했어. 좀 더 예방조치를 철저히 했어야 했는데……. 어쨌거나 그건 이미 끝난 일일세. 앞으로 벌어질 재난을 제때에 방지할 수 있었으면 좋겠군."

난 별다른 대꾸를 하지 않았고, 우리 두 사람은 침묵에 잠겼다.

아직 땅거미가 질 시각은 아니었지만, 눈보라가 몰아치는 하늘은 상당히 어두워졌다. 따라서 쿰트레이시의 불빛이 눈에 들어오자 정말 안심이 됐다. 잠시 후, 우린 여학교의 바깥에 마차를 세웠다. 홈즈가 마차에서 펄쩍 뛰어 내리더니 쏜살같이 안으로 달려 들어갔다. 허겁지겁 쫓아가는 날 따르게 한 채 홈즈는 병실로 달려들었다.

홈즈는 병실에 도착하자 문을 벌컥 열었다. 그러다가 절망적인 신음을 쏟아내며 문간에 얼어붙었다. 홈즈 너머로 안쪽을 들여다본 순간, 난 홈즈가 분노를 터뜨린 이유를 알 수 있었다. 불과 몇 시간 전에 캐서린 헌터를 뉘어놨던 침대가 텅 비어 있고, 헌터 양은 방 안 어디에서도 찾아볼 수가 없었다.

"그 악마 놈이 여학생을 잡아갔어."

"하지만 어떻게……." 난 방 안을 둘러보며 말을 더듬었다. 강제로 침입하거나 싸움을 한 흔적이 하나도 없었다. 모든 게 우리가 떠날 때와 똑같았다.

"내가 밝혀내려고 하는 게 바로 그 점일세." 홈즈는 으르렁거리는 소리로 대답했다. 그러고는 뒤로 돌아서서 실라스 가드너의 서재로 가더니 노크도 하지 않고 불쑥 들어섰다.

여학교의 교장은 자신의 책상에 앉아 어떤 서류를 들여다보고 있었다. 벽난로를 제외하고 실내에 켜져 있는 불이라고는 탁상용 램프뿐이었는데, 그것이 가드너의 큰 얼굴에 그림자를 던지고 있었다. 우리가 무례하다 싶을 정도로 난폭하게 들어가자 가드너는 깜짝 놀란 표정으로 얼굴을 들었다.

"홈즈 씨!" 가드너는 놀란 두 눈을 크게 뜨고 헐떡거렸다.

"그 애는 어디 있죠?" 홈즈가 다짜고짜 헌터 양의 행방을 물었다.

가드너는 그 질문이 무엇을 의미하는지 몰라 어리둥절해하는 표정으로 우릴 멍하니 쳐다봤다.

"캐서린 헌터가 어디에 있냔 말이오?" 홈즈는 적개심이 뚝뚝 흐르는 태도로 가드너 쪽으로 상체를 내밀었다. 그의 목소리는 불길한 느낌을 내뿜으며 거의 속삭이는 듯했다.

마침내 가드너가 입을 열었지만, 그가 가까스로 꺼낸 말은 불길하기 짝이 없었다.

"헌터 양의 행방을 왜 내게 묻는 겁니까? 당신이 헌터 양을 데려오라고 사람을 보냈으면서요."

"사람을 보냈다고요?" 너무나 어이가 없어 난 가드너의 말을 멍하니 따라했다.

"그래요." 가드너는 천천히 대답했다. 그의 머릿속에서 불편한 의심이 자라기 시작함에 따라 두 눈이 희번덕거렸다.

"자세히 설명해주면 좋겠소." 홈즈가 침착하게 말했다.

"선생이…… 선생이 헌터 양을 데려오라고 사람을 보내지 않았다는 말입니까?"

홈즈가 고개를 가로저었다.

가드너는 머리를 세차게 가로저으며 목이 졸리는 듯한 신음을 뱉어냈다.

"무슨 영문인지를 모르겠군요. 선생이 사람을 보내지 않았다면, 누가 그랬다는 것이죠? 도대체 일이 어떻게 되어가는 겁니까?"

가드너가 의자에서 일어서려고 했지만, 홈즈가 막고 나섰다.

"우리가 닥터 콜린스와 함께 떠난 이후에 발생한 일들을 하나도 빼놓지 말고 다 말해주시오."

"말할 만한 게 별로 없어요." 가드너가 입을 열었다.

"여러분이 떠나고 한 시간쯤 지났을까요? 어떤 사내가 홈즈, 당신의 편지를 갖고 왔다고 하더군요."

"그 사내라는 게……. 애꾸눈에 난장이이며 추악하게 생겼던 가요?"

"맞아요, 맞아, 바로 그 사냅니다. 그 사람이 말하길, 홈즈 씨, 당신과 닥터 콜린스가 캐서린을 이곳에서 데려나가 엑시터에 있는 사설요양원에서 특별한 치료를 받도록 준비했다고 하더군요. 그리고 나에게는 캐서린을 지체 없이 이송할 수 있도록 자신이 모든 권한을 발휘하도록 허락해달라는 부탁을 했다는 말과 함께요."

"선생은 그 사람 말을 믿었다는 건가요?"

난 말도 안 되는 상황을 믿을 수가 없어 물었다.

"그 사람을 의심할 무슨 근거가 있어야죠." 가드너가 화를 발끈 내며 대꾸했다. 이건 틀림없는 사실이라고 인정할 수밖에 없었다. 내가 가드너처럼 상황이 어떻게 돌아가는지 잘 모르는 상태에서 이런 경우를 당했다면 나도 그 난장이의 말을 믿어야만 했을 것이다.

"우린 캐서린을 깨웠죠." 가드너의 말이 이어졌다.

"추위에 대비해서 온몸을 꽁꽁 싸다시피 해서 그 난장이가 타고 왔던 브로엄(상자형 객석을 말 한 필이 끄는 사륜마차)에 실었어요. 이제 홈즈 씨, 도대체 이곳에서 무슨 일이 벌어지고 있는지 당신이 말해주시겠어요? 당신이 헌터 양을 데려오라고 하지 않았다면, 뭐, 당신의 반응으로 봐선 그러지 않은 것 같기에 걱정이 됩니다만, 이 난장이는 누구이고, 왜 당신의 지시를 받아 행동하는 것이라고 말했을까요?"

난 내 친구가 말을 하지 못하고 쩔쩔매는 걸 거의 본 적이 없었는데, 이번 경우에는 꿀 먹은 벙어리처럼 입을 꾹 다물고 있었다. 가드너에게 무슨 말을 해줄 수 있겠는가? 홈즈는 이 사건의 진실을 너무 오랫동안 감춰왔던 터라 이제 와서 진실이 밝혀지면 가드너를 더더욱 혼란스럽게 만들 뿐만 아니라 홈즈에 대한 신뢰마저 완전히 무너지게 만들 수 있었다.

결국 홈즈가 입을 열었다.

"이번 사건과 관련해서 가드너 당신에게 숨겨온 정보가 분명히 있습니다. 하지만 그게 이기적이거나 부정직한 이유에서가 아니라 선생과 선생의 이성을 보호하기 위해서였습니다."

"나의 이성이라고요?"

"그렇습니다. 그리고 난 이 비밀 상태를 계속 유지해야 합니다." 가드너가 뭐라고 말을 하려고 했지만, 홈즈는 한 손을 들어 그의 행동을 저지했다.

"선생이 이걸 인정하기가 어렵다는 걸 잘 알고 있지만, 어떤 방식으로든 선생과 캐서린 헌터에게 도움이 된다고 판단했다면 이 섬뜩한 사건에 대한 모든 사실들을 주저 없이 선생에게 건넸을 것입니다. 일단은 헌터 양이 겪고 있는 질병에 순전히 의학적인 것만이 아니라 다른 종류의 오염이, 사람의 정신과 마음의 오염이 관련되어 있다는 것만 알아주었으면 합니다. 닥터 콜린스도 이러한 오염의 희생자였고, 결국 파멸에 이르렀던 것입니다."

"뭐라고요!" 가드너는 이번에는 의자에서 벌떡 일어섰다.

"그 말은, 콜린스가 죽었다는 뜻인가요?"

홈즈는 고개를 끄덕였다.

"콜린스는 이 질병의 진정한 원주인이 헌터 양을 손에 넣을 수 있도록 우릴 그녀의 침대 곁에서 떠나도록 유인하는 미끼에 불과했습니다."

"원주인이라는 게 그 난장이를 말하는 겁니까?"

"아니오. 난장이는 지시를 수행하는 또 다른 하인일 뿐이죠. 우리가 추적하고 있는 악마는 자신의 오염을 헌터 양에게 더 전염시켜서 파멸되는 걸 보고 싶어 합니다. 녀석이 목표를 달성하기 전에 찾아내서 파멸시키는 게 우리의 임무이고요."

홈즈는 잠시 말을 끊었고, 가드너의 얼굴은 새하얗게 변해버렸다.

"난 감히 생각하고 싶지 않군요." 가드너는 다시 의자에 앉으며 두려움이 가득 찬 목소리로 말했다.

"나의 상상력이 떠들어대는 걸 듣고 싶지도 않고요." 그의 손가락은 본능적으로 자신의 목으로 올라가서 목정맥을 어루만졌다.

"더 이상 그런 생각이 떠오르지 않도록 마음을 닫아버리고 악몽이 선생의 문 앞에 찾아오지 않도록 하시죠. 캐서린 헌터가 앓고 있는 질병을 둘러싼 으스스한 진실을 절대로 알 수 없게 된다는 사실을 받아들이고 감사히 여기기 바랍니다. 그건 우리 두 사람이 짊어지고 나갈 짐이거든요."

가드너는 잠시 아무런 대꾸도 하지 않고 조용히 앉아 있었다. 얼굴에 새겨졌던 깊은 주름이 점차 펴지고, 꽉 다물었던 입술이 느슨해졌다. 그는 내 친구의 말 속에 포함된 지혜를 받아들이겠다는 듯 고개를 끄덕였다.

"주님이 두 분과 함께 하시기를." 가드너는 속삭이는 것보다 조금 더 큰 목소리로 말했다.

"이제 우린 가봐야겠습니다. 기대고 바랄 희망이 극히 미미한데다가 시간도 별로 없어서요."

"가드너가 모든 걸 다 알고 있는 것 같던데?" 가드너의 서재를 나서면서 내가 홈즈에게 말했다.

"비록 그렇다고 하더라도 자신이 이해한 바를 말로 표현하는 그런 방식은 아닐 걸세. 이해했다기보다는 느꼈다고 하는 것이 맞겠지." 홈즈는 한숨을 내쉬었다.

"어쨌거나 가드너는 우리가 신경 쓰고 걱정할 대상이라고는 할 수 없네, 왓슨. 그 여학생을 채간 녀석이 다름 아닌 마인스터인 게 분명해. 반 헬싱이 말해줬던 드라큘라의 사도 말일세. 트란실바니아를 출발한 드라큘라의 상자들을 운송하는 책임을 맡왔던 게 바로 이 난장이였단 말이지. 지금 이 순간, 이 녀석이 아주 귀중한 화물을 가지고 주인에게 황급히 달려가고 있다는 건 의심할 여지가 없단 말일세."

"그렇다면 도대체 우린 어떻게 해야 하는 건가?"

"지금은 드라큘라가 우위를 점하고 있네, 왓슨. 우린 지금 물에 빠져 허우적거리고 있는 중이니 지푸라기를 잡아야지. 좀 약하긴 하지만 돌파구가 한 개 남아 있기는 하네."

"그게 뭔가?"

"콜린스의 진료소 말일세. 드라큘라가 위세를 떨치고 있는 곳으로 우릴 안내할 작은 단서라도 찾아낼 수 있을지 모르잖나."

우리가 다시 차가운 밤공기 속으로 나아갔을 때, 컴컴한 하늘에서는 더 이상 눈이 내리지 않고 많은 별들이 반짝거리고 있었다. 하지만 내 마음은 무겁기만 했다. 아무리 노력해도 드라큘라 백작이 이겼다는 무서운 생각을 떨쳐버릴 수가 없었다.

21장

결정적 단서

　콜린스가 쿰트레이시에서 약 10킬로미터 떨어진 그림펜의 작은 마을에 위치한 닥터 모티머의 진료소를 이용하고 있었기 때문에 우린 가드너의 여학교를 떠나 그곳으로 급히 달려갔다.

　달빛이 비치는, 하얀 눈으로 뒤덮인 전원지대로 마차를 몰아가면서 이번 여행에서 얻는 것이 전혀 없을 것이라는 느낌을 지울 수가 없었다. 지금쯤이면 헌터 양은 드라큘라의 손아귀에 쥐어져 있고, 우리의 눈앞에서 사라졌을 게 분명했다. 드라큘라는 그 지역을 떠날 준비를 이미 하고 있을 것이었다. 일단 녀석이 황무지를 떠나버리면, 녀석의 종적을 다시 찾아내는 게 거의 불가능할 터였다. 이런 생각을 입 밖에 내지 않았지만, 홈즈는 내가 생각하고 있는 걸 알아차리고 있었다.

마차를 몰고 거의 한 시간이 흐른 후, 우린 모티머의 진료소 밖에 마차를 세웠다. 자그마한 회색 집인 진료소는 그림펜 대로의 한쪽 끝의 약간 올라선 지대에 위치하고 있었다. 주변의 다른 집들과는 대조적으로 진료소 내에서는 사람을 환영하는 따스한 불빛이 유리창을 통해 흘러나오지 않았다. 컴컴하고, 인기척이 전혀 들리지 않았다.

"오늘 밤에는 신중함이고 예절이고 따질 시간이 없네." 홈즈가 현관문의 손잡이를 돌려보다가 굳게 잠겨 있는 걸 발견하고는 선언했다. 약간 뒤로 물러서서 한쪽 다리를 들어 올리더니 문짝을 힘껏 걷어찼다. 자물쇠를 둘러싸고 있는 오래된 목재가 충격을 받아 부서지는 메마른 파열음과 함께 문이 활짝 열렸다.

홈즈와 난 최대한 서두르면서도 체계적으로 드라큘라 백작이 숨어 있는 곳을 가리켜줄 단서를 찾아 진료소 내부를 샅샅이 뒤졌다. 하지만 아무런 소득이 없었다. 콜린스가 이곳에 머물렀다는, 눈에 띄는 증거도 별로 나오지 않았다. 옷장에 들어 있는 허름한 양복 두어 벌과 정리가 안 된 침대 하나, 부엌 싱크대에 들어있는 씻지 않은 접시들, 진흙이 잔뜩 말라붙어 있는 부츠 한 켤레가 다였다.

거의 한 시간 동안이나 수색했지만 중요해 보이는 것은 하나도 찾아내지 못했다. 우리가 하는 일을 말도 못하게 더 어렵게 만든 것은 우리가 정확히 뭘 찾아야 하는지를 모른다는 사실이었다.

홈즈는 진찰실을 마지막까지 남겨놓았다. 난 진찰실이야말로 단서가 나올 가능성이 가장 낮다고 판단했지만, 실제로 샅샅이 조사를 시작했을 때는 이 판단이 틀렸으면 하고 바랐다. 그랬는데, 공들여 수색을 한 끝에 내 친구는 낙심한 표정으로 의자에 털썩 주저앉아 바닥만 멍하니 내려다보고 있었다. 얼굴에는 근심하는 기색이, 두 눈에는 피곤한 기색이 역력했다. 홈즈는 패배라는 짐을 지는 데 익숙하지 않은 사람이었다.

난 또 다시 콜린스를 사살한 것에 대해 자책하며 무력하게 홈즈의 곁에 멍하니 서 있었다. 그런데 갑자기 홈즈가 흠칫 놀라며 몸을 앞으로 숙이고 자신이 앉아 있는 곳과 가까운 벽 앞의 바닥을 노려봤다. 홈즈는 뭔가에 흥분됐는지 두 눈을 반짝이며 무릎을 꿇고 확대경으로 카펫을 조사하기 시작했다.

"뭔가를 찾아낸 건가?" 난 희망에 부푼 가슴을 안고 신경을 바짝 곤두세우며 큰 소리로 물었다.

"그래, 찾은 것 같네." 홈즈는 작은 소리로 중얼거렸다.

"자네도 카펫에 난 네 개의 작은 자국이 보이나?"

나도 홈즈의 곁에 무릎을 꿇고 그의 손가락이 가리키는 걸 봤다. 벽 앞에 1.5미터 x 0.9미터 크기의 눈에 보이지 않는 직사각형의 물체가 남긴 네 개의 둥그런 작은 자국이 눈에 들어왔다.

"이게 무엇인 것 같은가?" 홈즈가 물었다.

"음, 상당히 무게가 나가는 가구 같은 게 세워져 있었던 것처럼 보이는군."

"잘 봤네, 왓슨. 그리고 그게 무엇이든 간에 꽤 오랫동안 이곳에 있었을 거야. 자네가 저 자국을 좀 더 자세히 조사하면 이곳의 카펫이 주위의 다른 곳들보다 훨씬 더 색깔이 연하고 깨끗하다는 걸 보게 될 걸세. 그건 그 물건이 꽤 오랜 기간 동안 이곳에 세워져 있었을 뿐만 아니라 극히 최근에 이동됐다는 걸 보여주는 것이지."

"콜린스가 그랬다는 뜻인가?"

"틀림없네. 이제 문제는 무엇이 이곳에 세워져 있었고, 더 중요한 것은 그것을 움직인 목적이 무엇이냐는 것일세."

홈즈는 실내를 찬찬히 둘러봤는데, 그의 시선이 반대편 벽에 기대어 세워져 있는 높직하고 무거운 책장에 딱 멈춰 섰다.

"바로 저것이네, 친구." 홈즈가 큰소리로 외쳤다.

"자네가 말했던 무게가 나가는 가구 같다는 게 바로 저것이란 말일세." 홈즈는 그렇게 말하고 책장 쪽으로 성큼성큼 걸어가 잠시 동안 꼼꼼히 살폈다. 그러더니 활짝 웃으며 기쁨에 찬 손뼉을 쳤다.

"자, 자, 왓슨," 홈즈는 들뜬 목소리로 말했다.

"이제 이 커다란 흉물덩어리를 벽에서 치우는 데 자네가 손을 좀 빌려준다면 내 추리가 정확한지를 확인할 수 있을 걸세."

우린 각각 책장의 한쪽 끝을 붙잡고 젖 먹던 힘까지 짜내 책장을 벽으로부터 5, 60센티미터쯤 떼어냈다. 책장 뒤쪽을 살짝 들여다본 홈즈가 환호성을 질렀다.

"이걸 보게, 왓슨, 이래서 콜린스가 책장을 이곳으로 옮긴 거라네." 홈즈는 커다란 책장으로 완전히 가려져 있던 벽에 난 문을 가리키며 말했다.

"콜린스는 우리처럼 호기심을 갖고 이곳저곳을 살피는 눈들로부터 저것을 비밀로 감춰두고 싶었던 거지."

몸을 구겨넣다시피 하며 책장 뒤로 들어간 홈즈가 그 문을 열자 시커먼 어둠 속으로 내려가는 계단이 드러났다.

"집 아래쪽에 있는 방으로 내려가는 계단인 게 분명하네." 홈즈는 폭소를 터뜨렸다.

"게임이 시작됐네, 왓슨."

홈즈가 진찰실에서 가져온 석유램프를 손에 들고 우린 아무것도 보이지 않는 컴컴한 곳으로 뻗어있는 돌로 된 폭이 좁은 계단을 내려가기 시작했다. 램프에서 흘러나오는 희미한 광선으로는 불과 몇 십 센티미터의 앞쪽 밖에는 밝힐 수 없었다. 공기는 당장 피부로 느낄 수 있을 정도로 차가워졌고, 누군가가 내 얼굴에 축축한 숨결을 내뿜는 것 같았다.

마침내 우린 계단의 맨 아래쪽에 도달했고, 지하저장고였을 게 분명한 곳에 들어섰다는 걸 알아차렸다. 홈즈는 두 개의 녹슨 가스램프의 뚜껑을 찾아내서 불을 붙였다. 일렁거리는 녹색 불빛의 도움을 받아 주위를 둘러봤다. 내부에는 벽에 붙어 있는 두 개의 벤치가 있었는데, 그중 하나에는 바이스가 물려 있고 다양한 도구들이 흩어져 있는 걸로 봐서 목수의 작업대인 것 같았다.

작업대 위쪽에는 나무를 켜는 거대한 톱이 매달려 있었다. 다른 벤치에는 시커먼 용액이 담겨 있는 네 개의 커다란 의료용 유리병이 놓여 있었다. 하지만 즉시 우리의 시선을 잡아끈 것은 중앙에 나란히 놓인 두 개의 관이었다. 우리가 황무지에서 찾아냈던 것과 동일한 관이었다. 그중 한 개는 뚜껑이 열려 있었는데, 바닥에 얇게 깔린 마른 흙을 제외하고는 텅 비어 있었다. 다른 한 개는 뚜껑이 닫혀 있었다.

"드라큘라의 또 다른 안식처로군." 난 큰소리로 말했다.

"맞네." 홈즈가 동의했다.

"이것들이 앞으로 사용될 수 없도록 소독을 해야겠군."

그러더니 화가 난 듯 거친 한숨을 내쉬었다.

"너무 서두르다가 깜빡 잊고 십자가가 들어 있는 반 헬싱의 가방을 마차에 두고 왔어. 그걸 가지러 가야겠네."

홈즈는 램프를 낚아채고 계단을 날듯이 달려 올라갔다.

지하저장고에 홀로 남겨진 난 그때서야 무척이나 춥다는 걸 깨달았다. 몸을 덜덜 떨면서 숨을 길게 내쉬자 입에서 뿜어져 나온 습기가 하얀 김으로 변해 위로 올라갔다. 뻣뻣이 굳은 몸을 이끌고 의료용 유리병이 놓여 있는 벤치로 가서 그중 한 개의 뚜껑을 열고 손가락 하나를 시커멓고 끈적끈적한 액체에 담갔다가 꺼내 냄새를 맡아봤다. 구역질이 올라올 것 같아 얼른 고개를 돌렸다. 그건 피였다. 이 유리병에 들어 있는 피는 드라큘라가 위기에 처했을 때 사용하려고 준비해놓은 대비책이 아닌가 하는 생각이 퍼뜩 들었다. 드라큘라가 살아 있는 인간의 따뜻하고 붉은 피에 접근할 수 없는 상황이 발생했을 때 할 수 없이 이곳에 저장된 피를 벌컥벌컥 마시고 힘을 되찾아야만 하는 건지도 몰랐다. 그런 더러운 행동을 생각하는 것만으로도 배 속이 울렁거리고 발작 직전까지 내몰렸다.

난 안간힘을 쓰며 덜덜 떨리는 몸을 간신히 추슬렀다. 그런데 바로 그 순간, 뭔가가 주의를 끌었다. 숨이 막힐 듯한 적막이 흐르는 가운데 희미하게 뭔가를 긁는 소리가 들리는 듯했다. 귀를 쫑긋 세우니 그 소리가 또 다시 들렸다. 그 소리는 조금씩 더 커짐에 따라 그 소리가 들려오는 곳을 찾아낼 수 있었는데, 끔찍하게도 그건 뚜껑이 닫힌 관으로부터 흘러나왔다.

난 관 앞으로 다가갔다. 리드미컬하게 긁어대는 으스스한 소리가 틀림없이 관 안에서 들려왔다. 관 안에 있는 누군가가, 아니 무엇인가가 밖으로 나오려고 애를 쓰는 게 분명했다. 난 비정상적일 정도로 침착하게 관 뚜껑을 살폈는데, 단단히 못이 박혀 고정되어 있었다.

바로 그 순간, 심장을 멈추게 할 뻔한 무슨 소린가가 들렸다. 그 소리는 한참이 지난 지금도 악몽을 꿀 때마다 내 귓전에 울려 퍼지며 날 괴롭히고 있다. 그건 목소리였다. 재갈을 물린 듯 간신히 흘러나오는 신음 소리였다. 관 안에서 목소리가 들리는 것이었다. 잔뜩 겁을 집어먹고 몸이 굳어버린 내 귀에 그 소리가 또 들렸다. 미약하긴 하지만 분명히 알아들을 수 있는 말이었다.

"살려주세요. 살려주세요." 미약한 애원은 나무로 만든 조잡한 관을 휘둥그레진 눈으로 내려다보는 내 귀를 스치고 지하 저장 고의 살 떨리는 적막 속으로 사라졌다. 난 두려움과 호기심에 사로잡혀 꼼짝도 할 수 없었다.

"살려주세요." 이번에는 절규가 더 크게, 그리고 더 집요하게 흘러나왔다. 계단 쪽을 힐끗 쳐다봤지만, 홈즈가 달려오는 소리나 모습은 없었다. 이런 상황에서 내가 어떻게 해야 한단 말인가? 그 질문이 천둥치듯 머릿속을 후려갈겼지만, 난 아무런 결정도 내리지 못하고 그저 멍하니 서 있었다.

"제발 절 꺼내주세요." 애원은 가련하기 그지없었다. 그리고 그 목소리에는 귀에 익은 뭔가가 있었다. 예전에 알고 지내던 사람들에 대한 기억을 희미하게 불러일으키는 그 어떤 것이었다. 억양이 내 기억을 살살 건드렸지만, 안개가 낀 듯한 기억력으로는 그것에 딱 맞는 이름이나 얼굴을 떠올릴 수가 없었다.

"제발 절 꺼내주세요." 그 목소리는 고통에 겨운 애원을 되풀이했다. 갇혀 있는 자신을 발견하고 거의 미칠 지경에 빠진 사람이 어두운 감옥을 탈출하기 위해 처절하게 몸부림치는 모습이 눈에 훤히 보이는 듯했다. 도대체 누구일까? 흡혈귀 본인일까, 아니면 드라큘라 백작이나 콜린스에 의해 저곳에 갇혀버린 불운한 희생자일까? 목소리에 고통이 절절이 맺혀 있는 걸로 봐서 희생자 쪽이라는 걸로 점점 생각을 굳히기 시작했다. 흡혈귀의 일원이라면 관 뚜껑이 저처럼 못으로 박혀 있지 않을 거라는 나름대로의 추론도 한몫했다.

난 조악한 벽들로 이뤄진 숨 막힐 듯한 어둠 속에 누워 안전한 곳으로 빠져나갈 수 있지 않을까 하는 희망을 품고 관 뚜껑을 박박 긁어대는 포로를 상상했다. 그가 그렇게 노력을 하는 동안, 실낱같이 공급되던 귀하디귀한 공기가 점차로 줄어들고 있었다. 나라면 그런 상황을 도저히 견뎌낼 수 없을 게 분명했고, 악마 같은 고문이 지속되는 걸 허용하지 않을 것 같았다.

이런 상황들을 곰곰이 생각하는 가운데, 작업대 위에 놓여 있는 커다란 끌을 보고 내 눈이 크게 떠졌다. 갑작스러운 충동에 사로잡힌 난 그 끌을 낚아채서 관 뚜껑을 떼어내는 작업에 착수했다. 그건 간단한 작업이었고, 얼마 지나지 않아 뽑아내야 할 못이 두어 개밖에 남지 않게 됐다. 나머지 못들을 막 제거하려는 순간, 동물의 앞발 같은 손 두 개가 관 뚜껑 양쪽을 통해 밖으로 나오려는 걸 봤다. 두려움이 나의 온몸을 휘어감는 가운데 앞발 같은 것들은 관 뚜껑을 움켜쥐고 한쪽으로 가볍게 밀어버렸다. 뚜껑이 1미터쯤 떨어진 돌로 된 바닥에 나뒹굴었다. 천둥이 치는 듯한 굉음이 지하 저장고에 울려 퍼졌다.

관 속에 갇혀 있던 포로는 펄떡 일어섰다가 천천히 동물 같은 움직임을 보이며 쭈그려 앉아 날 쳐다봤다. 관을 탈출하려는 필사적인 노력을 한 끝에 갈라지고 피를 철철 흘리는 두 손을 괴물 같은 새의 구부러진 발톱처럼 앞으로 내밀어 쳐들었다. 심장이 당장이라도 터져버릴 듯한 극심한 공포에 잠기면서 그때서야 내가 속아 넘어갔다는 걸 깨달았다. 이건 우리의 적들에 의해 불운하고도 잔혹하게 갇혀 있는 포로가 아니라 피를 찾아 헤매는 흡혈귀였던 것이다!

난 흡혈귀의 소름끼치는 모습을 혐오스러운 눈길로 멍하니 쳐다봤다. 당장이라도 각질이 일어날 듯한 하얀 얼굴은 제멋대로 자란 볏짚 같은 머리카락으로 둘러싸여 있었다. 입 주변은 허연 거품이 잔뜩 묻어 있었다. 잔인해 보이는 송곳니는 피를 뚝뚝 흘리는 입술을 뚫고 삐져나와 있었다. 그동안 갇혀 있었던 터라 지하저장고의 희미한 불빛에조차도 적응하지 못한 안개가 낀 듯한 뻘건 눈은 심하다 싶을 정도로 깜빡거렸고, 눈동자는 격한 감정에 사로잡혀 번들거렸다.

한때 인간의 얼굴이었던 게 이처럼 악마 같은 모습으로 변한 것을 멍하니 쳐다보다가 그게 누구의 얼굴이었던지를 갑자기 깨닫고는 두려움이 한층 더 커졌다.

괴물이 날 향해 다가오기 시작했다. 머리가 핑핑 돌기 시작했다. 내가 뭘 해야 하지? 지금처럼 괴물이 흥분하고 있는 상태에서는 나보다 훨씬 강할 게 분명하므로 내가 공격하고 나설 수도 없었다. 내 리볼버도 흡혈귀에게는 소용이 없을 것이고, 날 보호할 다른 수단을 가지고 있는 것도 없었다. 괴물이 더 가까이 다가오자 난 비틀거리며 어설프게 후퇴했는데, 너무 겁을 먹어 팔다리가 거의 마비 상태라는 걸 이미 알고 있었다. 축축하고 썩은 냄새를 풍기는 괴물의 숨결이 날 덮쳐올 때 괴물의 사악한 눈에서 승리의 불빛이 반짝이는 게 보였다.

바로 그때, 계단에서 시끄러운 소리가 들렸다. 홈즈가 돌아오고 있었다. 난 목청껏 소릴 질렀다.

"도와줘! 홈즈, 얼른 도와주게!" 바로 그런 순간을 노린 것처럼 괴물이 날 덮쳐 바닥에 쓰러뜨렸다. 비명을 지르고 어쩌고 할 시간적인 여유가 없었다.

바닥에 쓰러진 덕분에 두려움으로 인해 뻣뻣해졌던 몸이 풀어졌다. 난 흡혈귀가 찍어 누르기 전에 한 쪽으로 재빨리 몸을 굴렀다. 내게 달라붙는 괴물을 뿌리치고 얼른 일어서려고 발버둥을 쳤다. 홈즈가 다가오는 모습이 흘깃 보였다.

"이걸 받게, 왓슨." 홈즈는 소릴 지르며 십자가를 내밀었다.

난 손을 쭉 뻗어 십자가를 받아들었다. 하지만 그러는 동안 괴물이 날 확 뒤집는 바람에 어설프게 잡고 있던 십자가가 내 손아귀에서 벗어나 바닥에 떨어졌다. 괴물은 사나운 비명을 지르며 십자가를 걷어차서 손이 미치지 않는 곳으로 날려버렸다. 거친 손아귀가 내 목을 거머쥐었고, 악마 같은 얼굴이 내 목에 가까워지자 역겨운 악취가 코를 찔렀다. 현기증이 덮쳐오기 시작하는 것 같아 허겁지겁 공기를 들이마셨다. 실내가 어두워지면서 천천히 빙빙 돌기 시작했다.

내가 물에 잠기는 듯한 느낌에 대항해서 싸우고 있을 때, 갑자기 딱 하는 날카로운 소리와 함께 괴물이 잡고 있던 내 목을 풀어주며 휙 돌아섰다. 실내가 다시 밝아지고 더 이상 빙빙 돌지 않았다. 눈에 초점이 다시 잡히기 시작하자 작업대 위쪽 벽의 받침대에서 나무를 켜는 톱을 확 잡아당기는 홈즈의 모습이 보였다. 마지막으로 한 번 더 힘을 주자 톱이 떨어져 나왔다. 흡혈귀는 홈즈의 행동에 최면이 걸리기라도 한 듯 내 옆에 가만히 서 있었다.

"몸을 숙여, 왓슨!" 홈즈가 고함을 질렀다. 난 즉시 그의 말에 따라 바닥으로 몸을 날렸다. 내가 그렇게 하자, 홈즈는 마치 나무를 찍어 넘기기라도 하는 것처럼 톱을 도끼처럼 쥐고서 흡혈귀를 향해 힘차게 휘둘렀다. 공기를 가르는 무시무시한 톱에서 휘파람 소리가 났다. 그 소리의 뒤를 이어 단단한 것이 으스러지는 섬뜩한 소리와 함께 흡혈귀의 껄떡거리는 비명소리가 터져나왔다. 난 바닥에 엎어진 상태 그대로 눈앞에서 벌어지는 광경에서 눈을 떼지 못했다. 그것은 마치 단테의 《지옥(inferno)》에서나 튀어나왔을 법한 모습이었다. 톱날은 창백한 흡혈귀의 목을 파고들어 머리를 완전히 잘라버렸다. 머리는 피 분수를 뿜어내며 몸에서 떨어져나갔다. 그 소름끼치는 물체는 바닥에 떨어져 꼼짝도 하지 않았다. 생명이 떠나버린 두 눈에는 충격이 얼어붙어 있었고, 아무 소리도 내지 못하는 비명을 내지르는 입은 딱 벌어져 있었다.

머리를 잃어버린 몸통은 두 팔을 허우적거리며 두어 걸음 비틀거리다가 바닥에 주저앉았다. 잘라진 목에서 여전히 흘러나오는 핏줄기는 까맣고 끈적끈적한 웅덩이를 만들고 있었다.

홈즈는 들고 있던 톱을 떨어뜨리고 눈앞에 펼쳐진 대학살의 현장을 혐오감이 서린 눈길로 멍하니 내려다봤다.

"이 악몽은 언제 끝나게 될까?" 그는 조용하게 속삭였다.

난 간신히 두 발로 일어선 다음, 곤두선 신경을 진정시키려고 잠시 기다렸다가 홈즈가 전리품인 소름끼치는 얼굴을 볼 수 있도록 램프를 들어올렸다. 난 불쾌감이 짙게 물든 긴장된 어조로 물었다.

"이 괴물의 얼굴이 눈에 익지 않은가?"

홈즈는 떨어져나간 머리를 노려보다가 크게 놀랐는지 눈을 휘둥그렇게 떴다.

"스태플턴이로군!"

정말 그랬다. 불과 며칠 전에 셜록 홈즈의 생명에 직접적인 위협을 가했던 교활한 살인자 스태플턴이었다. 그런 그가 내 친구를 살해하려고 계획했던 그 어떤 형태보다도 더 끔찍한 모습으로 지금 이곳에 누워 있었다.

"이것이야말로 결정적인 단서일세!" 홈즈가 스태플턴의 머리를 가리키며 소릴 질렀다.

"괴기스럽다는 건 인정하지만, 이것이야말로 우리가 찾던 정보를 제공해주고 있네. 이제 어디에서 드라큘라 백작을 찾을 수 있을지 알겠구만."

22장

칙사

"가세, 왓슨, 한순간도 지체할 수 없네."

홈즈는 밖에 세워둔 마차 쪽으로 달려가며 소리쳤다. 홈즈의 뒤를 따라 달리는 내 머릿속은 의문들로 가득 차 있었다. 스태플턴은 어떻게 해서 콜린스의 지하 저장고에 있게 된 것일까? 그는 언제, 그리고 어디에서 흡혈귀가 된 것일까? 스태플턴이 누워 있던 관에 왜 못이 박혀져 있었던 것일까? 이제 드라큘라가 어디에 있는지를 홈즈는 어떻게 알게 된 것일까? 하지만 내 머릿속에서 가장 우위를 차지하고 있던 의문들도 마차에 허겁지겁 올라타는 순간, 드라큘라의 은신처에 대한 의문 때문에 뒤로 미루어둘 수밖에 없었다.

홈즈에게 그 소재를 물어보자 짜증이 난다는 듯 이마를 찌푸렸고, 내가 그의 생각을 방해했다는 걸 깨달았다.

"지금은 말해줄 수 없네, 왓슨."

홈즈는 말들을 재촉하며 쏘아붙였다. 마땅치 않았지만 홈즈의 침묵에 동참할 수밖에 없었다.

마차를 빨리 몰아 그림펜의 대로를 달려 옹기종기 모여 있는 집들과 작은 여관을 지나치면서 현재 우리가 하고 있는 일이 어둠 속에서 환하게 불을 밝힌 창문들 안쪽의 편안하고 정상적인 삶과 얼마나 동떨어져 있는지를 실감하지 않을 수 없었다.

우린 곧 작은 마을을 벗어나 쓸쓸한 황무지를 다시 가로지르고 있었다. 밤하늘은 맑고 상쾌했으며, 구름의 방해를 받지 않은 달님이 밝게 빛나면서 눈 덮인 전원지대에 푸르스름한 그림자를 길게 던졌다. 홈즈는 말들을 전문가처럼 다뤄서 도로가 질척거림에도 불구하고 빠른 속도로 달리도록 만들었다. 말들의 옆구리에서는 격한 운동으로 인해 김이 모락모락 피어올랐고, 목 주위의 핏줄이 밧줄 가닥처럼 툭 불거졌다.

난 홈즈의 곁에 앉아 험하고 구불구불한 길을 따라 달리는 동안에 위험하기 짝이 없는 구덩이에 마차바퀴가 빠져들거나 작은 돌 위를 지나가며 튕겨 올라 크게 흔들리는 것에 대비해서 최대한 몸을 움츠렸다. 나의 두 눈은 불어닥치는 얼음처럼 차가운 바람을 맞아 눈물이 고였고, 얼굴도 따끔거리기 시작했다. 그와 동시에, 모험에 대한 설렘과 알지 못하는 것에 대한 두려움이 합쳐져 혈관 속의 피를 들끓게 만들었다. 그건 홈즈와 내가 위험한 수사를 하기 위해 어두운 밤에 밖으로 나갔을 때 여러 번 경험했던 바로 그런 느낌이었다. 하지만 이번처럼 위험하거나 결과가 중요했던 적은 단 한 번도 없었다.

난 홈즈를 힐끗 곁눈질했다. 여행모자를 폭 눌러쓴 그의 수척하고 창백한 얼굴은 달빛을 받아 의기양양해 보였다. 홈즈도 나와 마찬가지로 설렘 반, 두려움 반의 감정을 느끼고 있는 게 분명했다. 홈즈의 눈에 서려 있는 결심의 빛을 확인하고 그가 반 헬싱에게 했던 맹세를 떠올렸다.

"교수님을 도와 이 드라큘라 백작이라는 작자를 추적하고, 제 자신에게 어떤 결과가 오더라도 꼭 파멸시키겠다는 것을요."

홈즈는 나와 마찬가지로 이번 사건이 클라이맥스에 도달하고 있다는 것과, 우리가 지금 진입하려고 하는 경기장에서 죽음을 무릅쓴 결투를 벌여야 한다는 걸 깨닫고 있었다. 난 묵묵히 힘을 주십사고 기도드렸다.

오랫동안 오르막길을 달려 정상에 도달하자 이제는 내리막길이 이어졌다. 홈즈는 말들을 재촉했고, 위험스러운 울퉁불퉁한 길을 마차가 당장이라도 부서질 듯 덜덜거리며 내달렸다.

난 눈을 들어 달을 쳐다봤다. 원을 꽉 채운 달이 눈이 시릴 정도로 맑은 한밤중의 하늘에 매달려 있었다. 순간적으로 무엇인가가 그 달을 가로질러 스쳐지나가는 것처럼 보였다. 달 표면을 아주 잠깐 동안 어둡게 만드는 움직임이었다. 눈을 감았다가 다시 쳐다봤는데, 이번에는 아무것도 보이지 않았다. 그게 무엇이었든 간에 사라져버린 것이었다. 어쨌거나 난 경각심을 가지고 신경을 곤두세운 채 어둠 속을 날카롭게 살폈다. 바로 그 순간, 어디에선가 불쑥 그것이 다시 모습을 드러냈다. 우리의 앞쪽에서 튀어나온 작고 시커먼 형체가 달 표면을 배경으로 하여 흐릿한 실루엣을 이뤘다. 홈즈도 그 유령 같은 존재를 알아차렸다. 하지만 그는 아무 말도 하지 않고 말들을 모는 데만 정신을 집중했다. 이제는 위험한 내리막길을 마구 달려가는 말들을 억제하는 게 쉽지 않은 것 같았다.

덜컹거리는 마차의 소음을 뚫고 뭔가가 펄럭거리는 희미한 소리가 들렸다. 그 소리가 점점 커지자 말들도 알아차린 모양이었다. 말들이 조금씩 겁을 집어먹고 신경질을 부리기 시작했다.

"저게 뭐지?"

난 큰 소리로 홈즈에게 물었다.

홈즈는 내 질문에 대답하지 않고 그 물체만을 뚫어지게 쳐다봤다. 그 순간, 그 시커먼 형체가 또 다시 달 표면을 스치고 지나갔다. 이번에는 천천히 움직여서 그 모습을 분명히 파악할 수 있었다.

"올빼미야!" 난 안도의 한숨을 내쉬며 소리쳤다.

"올빼미일 뿐이라구!"

홈즈의 안색은 전혀 밝아지지 않았다.

"그런데 점점 가까이 다가오는군."

그는 음산한 어조로 대꾸했다.

홈즈의 말이 옳았다. 펄럭거리는 날갯짓 소리가 점점 크게 들리더니 칡올빼미 한 마리가 어둠 속에서 모습을 드러내고 말들의 머리 위를 스쳐 지나갔다. 말들은 겁을 집어먹고 뒷걸음질 쳤다. 지금껏 봤던 어떤 올빼미보다 훨씬 큰, 괴물 같은 올빼미였다. 홈즈는 말고삐를 잡아당겨 진창이 된 회색 눈 속에서 발굽을 마구 놀리며 날뛰는 말들을 진정시키려고 안간힘을 썼다.

올빼미가 속도를 줄이려고 날개를 활짝 편 채 길고 날카로운 발톱을 쑥 내밀며 되돌아왔다. 올빼미는 공중에서 잠시 맴돌다가 급강하해서 말 한 마리의 목에 발톱을 쑤셔 넣었다. 말은 귀청을 찢을 듯한 비명을 내지르며 올빼미를 떨어뜨리려는 절박한 심정으로 머리를 미친 듯이 흔들어댔다. 올빼미는 날개가 떨어져라 휘젓다가 말의 목덜미에서 발톱을 뽑아내고 솟아올라 어둠 속으로 모습을 감췄다. 달빛에 비친 말의 목에서는 시커먼 피가 방울방울 흘러나와 번들거리며 흘러내렸다.

급작스럽고 악랄한 공격에 완전히 겁을 집어 먹은 말들은 코를 힝힝거리더니 습격자를 피하려고 본능적으로 달리는 속도를 높였다. 마차는 내리막길을 무시무시한 속도로 달려 내려갔다. 때때로 바퀴가 알 수 없는 장애물을 타고 넘어가자 마차가 험악하게 흔들리며 한쪽이 들려 잠시 동안 바퀴 두 개로만 달리기도 했다.

우리가 이처럼 마차에서 이리저리 튕겨지는 동안, 올빼미가 번개처럼 우리의 시야 속으로 들어왔다. 그러고는 방향을 바꾸더니 말들을 덮치려고 급강하했다.

"빌어먹을 악마 같으니!"

홈즈는 고함을 지르고 옆에 놓여 있던 기다란 말채찍을 집어 들고 올빼미를 후려쳤다. 채찍 끝이 딱 소리를 내며 괴물을 향해 구불거리며 날았지만, 괴물은 그걸 가볍게 피하고 위쪽으로 살짝 올라갔다가 우리의 뒤쪽으로 날아들었다.

불행히도 채찍질하는 소리가 말들을 더 빨리 달리게 만들었고, 이제 전혀 통제가 되지 않는 상태로 쏜살같이 달려 내려가는 마차에서 떨어지지 않으려고 난 좌석의 팔받침대를 죽어라고 잡고 매달렸다. 홈즈가 미친 듯이 고삐를 잡아채며 속도를 늦추려고 했지만, 아무 소용이 없었다. 말들은 입가에 게거품을 물고 앞에 펼쳐진 어둠 속으로 무작정 달려갔다. 이런 상태에서 말들이 도로를 벗어나지 않고 달리는 건 거의 기적에 가까운 본능이라고밖에 할 수 없었다.

올빼미가 되돌아왔다. 올빼미가 이번에는 바로 우리 얼굴 앞으로 날아들었기에 뺨 위로 불어닥치는 날갯짓의 바람을 그대로 느낄 수 있었다. 올빼미는 마차를 한 바퀴 뱅 돌더니 무시무시한 울음소리를 내지르며 우릴 덮쳤다. 홈즈를 향해 결사적으로 내리꽂히는 바람에 홈즈는 고삐를 놓고 자신의 얼굴을 보호해야 했다. 집요한 올빼미는 발톱을 앞으로 쭉 내밀고 덤벼들었다. 발톱이 가죽장갑을 뚫고 파고들자 홈즈는 고통에 찬 날카로운 비명을 질렀다. 홈즈가 허공에 대고 두 팔을 마구 휘둘러대자 올빼미가 다시 날아올랐다. 바로 이 짧은 순간을 노려 홈즈가 채찍으로 올빼미를 후려쳤다. 이번에는 날개를 정통으로 맞혔다. 밤하늘에 깃털을 흩뿌리며 올빼미는 땅바닥에 곤두박질치고, 눈 위에서 꼴사나운 형태로 날개를 퍼덕거렸다. 하지만 이건 일시적인 상태에 불과했다. 뒤를 힐끗 돌아보니, 괴물은 균형을 되찾으려는 듯 커다란 날개를 흔들어대더니 승리의 비명을 내지르며 하늘로 솟아올랐다. 다친 데가 전혀 없는 것 같았다.

하지만 이제 나도 코트 주머니에서 리볼버를 꺼내 올빼미를 향해 한 발을 발사했다. 불행히도 겨냥을 제대로 할 수 없어 명중시킬 수가 없었다.

몇 초가 흐르기도 전에 작심을 한 괴물이 다시 공격해왔다. 이번에는 내가 표적이었다. 올빼미는 날 향해 달려들면서 사악하게 구부러진 부리를 쩍 벌렸다. 난 몸을 잔뜩 웅크리고 올빼미가 1.5미터쯤 떨어진 곳까지 다가왔을 때 한 발을 더 발사했다. 이번에는 명중했다. 한쪽 날개의 아래쪽에 피로 얼룩진 빨간 동그라미가 나타났는데, 그 정도 상처로는 날아오는 기세를 저지할 수가 없었다. 난 날개를 잡아채서 번뜩이는 발톱이 내 눈으로 파고들지 못하도록 막았다. 사납기 짝이 없는 부리가 장갑을 찢고 그 안쪽의 부드러운 살을 물어뜯으려고 마구 날뛰었다.

바퀴가 도로 위의 어떤 장애물을 타고 넘었는지 마차가 무섭게 몸부림을 치며 튀어올랐다. 이 갑작스러운 요동 때문에 올빼미와 난 마차 뒤쪽으로 날아갔다. 비명을 내지르며 날개를 퍼덕거리는 괴물이 덤벼들지 못하도록 꽉 움켜쥔 채 난 등으로 떨어졌다. 올빼미가 내 손아귀를 벗어나려고 발버둥 치면서 부리를 딱딱 마주치는 날카로운 소리가 연신 울려퍼졌다. 바로 그 순간, 홈즈가 손에 채찍을 쥐고 내 위쪽에 서 있는 모습이 눈에 들어왔다. 홈즈는 채찍을 올가미 모양으로 만들어서 올빼미의 목에 걸고 힘껏 잡아당겼다. 올빼미는 비명을 내지르며 난폭하게 몸부림을 쳤다. 다가오는 죽음을 벗어나려고 기다란 날개를 죽을힘을 다해 퍼덕거렸지만, 홈즈는 올가미를 굳건하게 잡고 놓지 않았다. 퍼덕이던 날개가 점차로 축 늘어지고 올빼미의 몸에서 힘이 빠져나가는 게 느껴졌지만, 홈즈는 올빼미로부터 모든 생명의 기운이 빠져나갔다는 확신이 들 때까지 채찍을 놓지 않았다.

내가 막 몸을 일으키려는 순간, 천둥이 울리는 듯한 굉음이 들리더니 온 세상이 무너져 내려 날 덮쳐오는 것 같았다. 주변이 극심하게 흔들리고 난 앞쪽으로 날아갔다. 난 허공을 가로질러 떨어지고 있다는 걸 알아차렸다. 잠시 동안 주변에는 온통 차갑고 별들이 눈앞에서 왔다 갔다 하는 어둠뿐이더니, 정신을 잃기 바로 직전에 내 몸이 부드럽고 차가운 눈 속으로 파묻히고 있다는 걸 느꼈다.

내가 얼마 동안이나 정신을 잃고 누워 있었는지는 알 길이 없었다. 하지만 내 머리를 둘러싸고 있는 안개의 벽을 뚫고 들려오는 홈즈의 목소리에 의해 결국 깨어났다.

"어디 다친 데는 없나, 왓슨?"

홈즈는 정신을 차리게 하려고 내 어깨를 흔들면서 물었다.

눈을 뜨자 내 위로 몸을 숙이고 있는 홈즈의 걱정 가득한 얼굴이 보였다.

"그런 것 같네." 난 쉰 목소리로 대꾸했다.

"날 좀 일으켜 세워주면 더 확실히 알 수 있을 것 같네."

난 홈즈의 도움을 받아 비틀거리며 간신히 두 발로 일어섰다. 주위를 둘러보고나서야 무슨 일이 벌어졌는지를 알 수 있었다. 도로의 가장자리, 내가 누워 있었던 곳 바로 옆이 바위가 갈라진 깊숙한 협곡이었다. 이 협곡의 밑바닥인 15미터쯤 아래쪽에 뒤틀리고 박살난 마차가 떨어져 있었다. 새하얀 눈을 배경으로 하여 선명한 검은색의 두드러진 형태로 마차와 나란히 누워 있는 것은 우릴 태우고 달렸던 가엾은 말들의 사체였다. 마차가 도로에 있던 커다란 바위에 부딪치고 한쪽으로 뒤집어진 상태에서 협곡으로 떨어진 게 분명했다. 말들도 억지로 끌려내려갔을 것이었다. 하지만 홈즈와 난 기적적으로 마차 밖으로 내동댕이쳐졌고, 부드러운 눈이 우리가 추락하는 걸 막아줬던 것이었다.

난 옷에서 눈을 털어내며 친구를 향해 고개를 끄덕였다.

"뼈가 부러진 곳은 없네."

협곡의 가장자리에 간신히 자리를 잡고 있는 것은 꼼짝도 하지 않는 올빼미의 사체였다. 길이가 60센티미터도 훌쩍 넘는, 괴물 같은 날짐승이었다. 날카로운 발톱 끝에서는 여전히 피가 뚝뚝 떨어지고 있었다.

"자연이 만들어낸 괴물이로군." 내가 말했다.

"그러니 우릴 공격하려고 들었지."

"괴물인 건 분명하지만, 자연이 만들어낸 건 아닐세."

홈즈가 말했다.

"이놈의 새는 우리의 적이 보낸 거라네. 드라큘라의 지시를 따르는 또 다른 밤의 괴물일 뿐이지. 백작이 모든 야행성 짐승들, 특히 박쥐, 올빼미, 늑대들을 지배하는 힘이 있는 것으로 믿어진다고 반 헬싱이 공책에 적어놨더군. 이놈의 새는 우리의 여정을 늦추기 위해, 혹은 우릴 살해하기 위해서 보내진 게 틀림없네."

"그렇다면 드라큘라는 자신의 은신처를 자네가 알고 있다는 걸 알아차리고 있겠군?"

"물론이네, 왓슨. 콜린스가 자신의 주인을 전지전능하다고 했는데, 그건 주인을 과대평가했던 게 아닐세."

"하지만 백작이 어떻게 알 수 있단 말인가?"

"드라큘라가 자신의 지시를 따르는 모든 괴물들과 텔레파시나 영적인 연결을 맺고 있는 것처럼 보이네. 콜린스의 시신을 통해 말을 했던 걸 기억하나? 이게 사실이라면, 내가 스태플턴을 파멸시키자마자 백작은 그 사실을 알아차렸을 것이고, 내가 자신의 뒤를 바짝 쫓고 있다는 것도 알게 됐겠지."

"그래서 이 더러운 칙사를 파견했던 것이고?"

난 죽은 올빼미를 가리키며 말했다.

홈즈는 고개를 끄덕였다.

"맞아. 그리고 목표들 중에서 적어도 한 가지는 성취한 셈이지. 우리의 추격 속도를 늦추는 것 말일세. 어쨌거나 우린 시간을 많이 지체했을 뿐만 아니라 반 헬싱의 가방까지 잃어버렸네. 가방은 저 아래쪽의 잔해 어딘가에 떨어져 있을 걸세. 우리의 손이 전혀 닿지 않는. 그래도 그나마 위안이 되는 것은 우리가 제대로 추적을 하고 있다는 것 정도이겠군."

"그렇다면 드라큘라는 어디에 숨어 있는 건가?"

"자네 스스로 알아냈으리라고 생각했는데 아닌가, 왓슨?"

난 고개를 가로저었다.

"녀석은 바스커빌 가의 저택에 있네."

"뭐라고!"

"난 훨씬 전에 그렇다는 걸 알아냈어야 했어. 흡혈귀가 피신하기에 이상적인 장소잖나. 인적이 드문 황무지로 둘러싸인 거대한 빈집인데다가 백작 자신의 성과 같이 고풍스럽기까지 하니."

"스태플턴은 이 모든 부분의 어디에서 끼어든 건가?"

"그건 아주 길고도 복잡한 이야기라네, 왓슨. 그리고 지금은 그걸 말하고 있을 시간이 없어. 우린 지금 당장 바스커빌 저택으로 달려가야 하네. 이 괴물이 그곳을 떠나 우리가 영원히 추적할 수 없는 곳으로 날아가 버릴 기회를 잡기 전에 말일세."

우린 바스커빌 저택을 향해 묵묵히 걷기 시작했다. 좀 더 직선으로 방향을 잡아 늪지를 가로지르는 위험 대신에 도로를 따라 걷긴 했지만, 눈이 꽤나 높이 쌓여 있어 마음먹은 대로 빨리 걸을 수가 없었다.

"내가 얼마나 오랫동안 정신을 잃었던 건가?" 난 회중시계를 꺼내 힐끗 쳐다보다가 바늘이 멈춰서 있는 걸 보고 물었다.

"2, 3분 정도였을 것 같은데?" 홈즈의 대답이 즉시 날아왔다. "나도 정신을 잃었었거든."

"지금 몇 시나 됐나?"

"1시는 넘었을 것이네."

"그렇다면 헌터 양은 죽었겠군."

난 가슴이 답답해져서 큰소리로 말했다.

"희망을 포기해서는 안 되네. 확률이 우리 쪽에 무척 불리하다는 건 나도 인정하지만. 만약 캐서린 헌터가 죽지 않는 자들의 일원이 됐다면, 그건 내가 무능해서 그렇게 됐다고 봐야지."

난 홈즈를 변호하고 나섰다.

"무슨 말도 안 되는 소릴! 자넨 할 수 있는 일을 다 했단 말일세."

"날 믿어줘서 정말 고맙네, 왓슨. 하지만 난 그 여학생에게 닥칠 위험에 대해서 좀 더 조심했어야 했네. 마인스터가 이 지역에 있다는 것과, 내가 여학교에서 자리를 비운 사이에 녀석이 헌터 양을 낚아채려고 할지도 모른다는 걸 미리 알고 있어야 했어." 홈즈는 풀이 죽어 고개를 가로저었다.

"그런데도 콜린스를 상대로 내 자신의 게임을 즐기는 동안, 헌터 양이 전혀 보호받지 못하는 상태로 내버려뒀단 말일세. 악마 같은 적수의 힘과 천재성을 심각하게 과소평가했던 것이지."

"그리고," 나도 홈즈처럼 울적한 마음으로 입을 열었다.

"내가 콜린스를 사살하지 않았다면 녀석이 우릴 자기 주인의 소굴로 바로 안내해줬을 수도 있었고."

"왓슨, 우리가 살아가는 데는 수없이 많은 '만약에'라는 것들이 있지만, 바로 그런 것들을 알아차리는 게 내 직업일세. 어쨌거나 이미 지나간 과거는 바꿀 수 없는 법이지. 드라큘라가 캐서린 헌터를 이미 차지했다면, 우리가 그것을 되돌릴 방법은 없네. 그렇다고 해도 우리가 수행하는 임무의 가장 중요한 목적은 남아 있지. 드라큘라 백작을 파멸시키는 것 말일세!"

23장

가장 어두운 시간

　우린 바스커빌 저택의 관리인 숙소가 붙어 있는 대문에 도달할 때까지 터덜터덜 걸었다. 연철로 만들어진 대문에는 환상적인 틈새기 장식의 미로가 자리 잡고 있었는데, 지금은 눈으로 뒤덮여 섬세한 레이스 장식을 확대해놓은 것처럼 보였다. 바스커빌 가문의 상징인 곰의 머리를 올려놓은, 비바람에 시달린 기둥들이 문간의 양쪽에 수비병처럼 서 있었다.

　우린 열려 있는 대문과 폐허가 되어 누워 있는 관리인 숙소를 지나 유령처럼 서 있는 본관으로 향하는, 나무들로 이뤄진 어두컴컴한 길을 따라 직진했다. 겨울이 되어 옷을 다 벗어버린 높다란 나무들이 해골 같은 가지들을 뻗어 머리 위 높은 곳에서 뒤엉켜 높다란 돔을 형성한 상태라 위를 쳐다봐도 밝은 달이 어쩌다가 한 번씩 보일뿐이었다. 불어오는 바람에 살랑거리는 나뭇가지들이 서로 부딪치며 우리의 접근을 경고하는 것 같았다.

나무들로 이뤄진 큰 길이 끝나고, 지금은 눈에 뒤덮여 홈 하나 없이 순결한 널따란 잔디밭이 이어졌다. 눈앞에 바스커빌 가의 본관이 자리 잡고 있었다. 내가 기억하고 있던 그대로의 모습이었다. 본관의 중앙은 툭 튀어나온 현관이 위치한 두터운 벽이었다. 눈이 쌓여 달빛을 받아 반짝거리는 담쟁이덩굴이 본관의 전면을 뒤덮고 있었다. 창문들이 있는 곳은 얼굴에 드문드문 피어난 시커먼 반점처럼 얼룩덜룩한 모습을 드러내고 있었다. 이 중앙 부분에서 총을 쏠 수 있는 수많은 구멍들이 뚫린 오래된 두 개의 탑이 솟아 있었다. 이 첨탑들에 이어 검은색 화강암으로 지어진 보다 현대적인 부속건물들이 붙어 있었다. 중간에 창살이 들어가 있는 창문들에서는 한 점의 빛도 흘러나오지 않아 시커멓고 으스스했다.

진입로에 쌓인 눈 위에 지그재그로 난 바퀴 자국과 현관 옆의 많은 발자국으로 미뤄보아 최근에 본관을 찾아온 사람이 있었던 게 분명했다. 현관에 올라섰을 때 홈즈가 자신의 손을 내 팔 위에 올려놓았다.

"왓슨, 이번 사건에 자네가 참여하도록 허락했지만, 지금은 살아남을 가능성이 극히 희박한 위험한 상황으로 자네를 떠밀어 넣으려는 게 아닌가 하고 걱정이 되는군." 그는 잠시 말을 끊었다가 다시 입을 열었다.

"친애하는 왓슨, 자넨 지금까지 언제나 변함없이 용감하게 행동해왔네. 하지만 집 안으로 나와 함께 들어가자고 요청하거나 기대할 권리가 내게 없다는 것도 잘 알고 있네."

"무슨 말도 안 되는 소릴!" 난 핏대를 세우며 대꾸했다.

"자네는 어떻게 봤는지 모르지만, 난 이제까지 자네의 기대를 저버린 적이 없었다고 생각하네. 지금 그런 짓을 할 의도도 전혀 없고. 자네와 함께 들어가는 것이 나의 의무라고 생각하네."

홈즈는 심각한 표정의 얼굴에 살짝 미소를 지어보이고는 내 팔을 꽉 쥐었다 놓았다.

"자넨 정말 좋은 친구일세." 그는 부드러운 목소리로 말했다.

우린 더 이상 말을 하지 않고 바스커빌 가 본관의 거대한 떡갈나무 문으로 다가섰다. 문은 잠겨 있지 않았다. 컴컴하고 조용한 집 안으로 들어서는 순간, 홈즈와 난 또 한 번 천장이 높고 무거운 서까래가 올라앉은 홀로 들어섰다는 걸 느꼈다. 조심조심 걷는데도 불구하고 발자국 소리가 건물 전체에 울려퍼지는 것 같았다. 홈즈는 고양이처럼 조심스러우면서도 날렵한 걸음으로 홀 가운데에 있는 테이블로 다가가서 나뭇가지 모양으로 생긴 작은 촛대를 꺼냈다. 촛불을 밝히자, 희미하지만 그런 대로 어둠을 몰아냈다. 우린 오래된 스테인드글라스가 박혀 있는 높은 유리창과 떡갈나무 판재들, 수사슴의 머리, 문장(紋章)이 박힌 덧옷(옛날 기사(騎士)들이 갑옷 위에 입었음), 벽에 고정되어 있는 옛날 무기들을 둘러봤다. 모두가 촛불의 창백한 빛을 받아 흐릿하고 칙칙해 보였다.

　주위를 살펴보고 있는 우리의 귀에 어떤 소리가 들렸다. 틀어막힌 듯한 입을 통해 쏟아져 나오는 여자의 울음소리였는데, 도저히 참을 수 없는 고통에 몸부림치며 힘겹게 내는 소리였다. 그 소리는 마치 이 저택의 슬픈 역사의 일부분이 되어버린 듯한 벽 그 자체에서 흘러나오는 것 같았다. 홈즈는 중간 발코니를 손으로 가리키며 그곳을 조사해야겠다고 조용히 신호를 보냈다. 홈즈는 코트 주머니에서 피스톨을 꺼내 한 손에 들고 다른 손에는 촛대를 들고 홀의 윗부분을 빙 두르고 있는 네모나고 난간이 있는 발코니로 이어지는 오른쪽 계단통을 앞장서서 올라갔다. 우린 그곳에 서서 울고 있는 여인의 신음하는 듯한 비명을 다시 들어보려고 귀를 기울였다. 그 소리는 왼쪽 복도를 따라 이어지는 방들 중의 한 곳에서 나오는 것 같았다. 홈즈는 그 방향을 가리키며 나의 짐작을 확인시켜줬다.

　우린 기다시피 해서 아무 소리도 내지 않고 복도를 따라 걸었다. 촛불이 우리의 그림자를 주변에서 춤추게 만들었다. 그런데 그림자는 우리와는 상관없이, 우리의 몸에서 떨어져나가 자유롭게 움직이는 것처럼 보였다. 생소한 것을 보는 것 같아 좀 으스스했다.

　가슴을 저미는 듯한 울음소리가 점점 더 커졌다. 우린 네 번째 침실 앞에서 걸음을 멈췄다. 절망에 찬 울음소리가 이 방에서 흘러나온다는 건 의심의 여지가 없었다. 홈즈가 촛대를 바닥에 내려놓고 문을 천천히 열자, 난 눈썹에 맺힌 차디찬 땀을 손등으로 문질렀다.

방 안은 불기가 약간 남은 난로의 불빛으로 어슴푸레했다. 침대에 엎드려 있는 건 여자였는데, 얼굴을 베개에 파묻고 울고 있었다. 그녀는 몸을 부들부들 떨면서 고통에 찬 신음 소리를 흘려내고 있었다. 잠시 후, 그녀는 우리가 있다는 걸 알아차리고 얼굴을 들었다. 눈물로 얼룩진 얼굴을 우리 쪽으로 돌려 희미한 불빛의 도움을 받아 침입자가 누구인지를 알아보려고 연신 눈동자를 굴렸다. 그건 캐서린 헌터의 얼굴이었다.

우릴 알아봤다는 표정이 얼굴에 나타나는 것과 동시에 슬프고, 안개가 낀 듯 뿌옇던 눈에 기쁨의 빛이 번뜩였다. 고통으로 점철됐던 표정이 희망의 그것으로 돌변했다. 헌터 양은 득달같이 침대에서 몸을 일으켜 우리에게로 달려왔다.

"오, 홈즈 씨, 닥터 왓슨. 와주셔서 정말 감사드려요." 헌터 양은 울음을 터뜨렸다.

"당신들은 모르실 거예요……. 제가 어떤 일을 당했는지요." 그녀는 극도로 슬픈 표정을 지으며 고개를 가로젓고는 다시 훌쩍훌쩍 울었다.

"와주셔서 정말 감사해요." 헌터 양은 같은 말을 한 번 더 반복하고 내 품 안으로 쓰러졌다.

나도 제때에 도착해서 이 젊고 순결한 영혼을 죄악의 상징인 드라큘라의 손아귀에서 구할 수 있었다는 점에 마음속으로 감사의 기도를 올렸다. 난 헌터 양을 가슴 높이까지 끌어올리고 등을 가볍게 토닥거렸다.

"최악의 순간은 끝났어요. 더 이상 울지 않아도 된다고요."

"울음을 참아볼게요." 헌터 양은 촉촉이 젖은 애처로운 눈으로 날 올려다보며 훌쩍거렸다.

"다행스럽게 헌터 양은 무사하네." 난 홈즈를 돌아보며 말했다. 홈즈는 꼼짝도 하지 않고 서서 헌터 양을 노려보고 있었다.

"당신은 그 악마가 다시는 내게 다가오지 못하도록 해주실 거죠?" 헌터 양은 내 눈을 똑바로 쳐다보며 애원했다.

난 헌터 양이 드라큘라를 악마라고 부르고 있는 것으로 알고 있어서, 녀석이 헌터 양에게 어떤 치욕적인 짓을 저질렀는지 더 이상 생각하지 않기로 마음먹었다. 헌터 양은 내게 더욱 힘차게 매달리며 눈물에 젖은 얼굴을 내 얼굴에 비볐다. 바로 그순간, 그녀가 하는 행동의 무엇인가가 날 불안하게 만들었다. 그녀가 내 목에 대고 내뿜는 뜨거운 숨결이 느껴지자 온몸이 굳는 듯했다. 이전에도 경험한 적이 있었던 것과 똑같은, 달콤하면서도 역겨운 악취였다. 위험하다는 걸 알아차렸지만, 이미 늦고 말았다. 헌터 양을 밀어버리기 전에 그녀의 입술이 나와 접촉하고 날카로운 송곳니가 살을 뚫고 들어오는 걸 느꼈다. 공포심이 가득 한 비명을 내지르며 그녀를 강제로 내 몸에서 떼어내려고 했지만, 그녀는 죽자 사자 들러붙어 떨어지지 않았다.

홈즈가 득달같이 달려와 헌터 양의 머리채를 거머쥐고 옆으로 끌어당겼다. 그녀는 실내의 어두운 구석으로 비틀비틀 뒷걸음질 쳤다. 나 자신도 토할 것 같은 메스꺼움에 머리가 어지러워 비틀거리며 간신히 서 있었다. 난 불안한 마음으로 목을 만졌다. 가느다란 핏줄기가 옷깃으로 흘러내렸다. 송곳니에 살갗만 긁혔고, 목정맥까지는 뚫리지 않은 게 천만다행이었다.

헌터 양은 우리에 갇힌 야생동물처럼 구석진 곳에 쭈그리고 앉아 식식거리며 으르렁거렸다.

"맙소사!" 난 목에 난 상처를 틀어막다가 이 상황이 의미하는 끔찍한 현실을 깨달으며 외쳤다.

"우리가 너무 늦은 거로군!"

"그렇다네." 홈즈가 우울한 목소리로 동의했다.

"드라큘라가 캐서린 헌터 양을 이미 자신의 것으로 만들었어. 우리의 주의를 흩어버릴 목적으로 아주 그럴 듯한 연극을 한 셈이지만, 헌터 양도 이젠 죽지 않는 존재의 일원인 셈이네."

캐서린 헌터가 괴이한 목소리로 껄껄 웃어댔는데, 그 웃음소리를 듣는 순간, 목덜미의 털이 곤두섰다.

"난 그분의 것이야."

그녀는 송곳니를 길게 드러내며 천천히 미소 지었다.

"그분의 신부가 됐어." 헌터 양은 식식거리는 소리로 말하고, 우릴 향해 덮쳐오기 전에 야생고양이처럼 발톱으로 허공을 긁어댔다.

"너희들은 날 구하러 왔는데, 너흰 누가 구해줄 거지?"

홈즈를 향해 길고 하얀 팔을 뻗치는 그녀의 검은 눈동자는 최면술을 거는 힘을 발휘하며 파르르 떨렸다.

"안 돼! 녀석들을 그대로 놔둬! 녀석들은 주인님의 것이란 말이다!" 헌터 양의 동작을 얼어붙게 만드는 권위적인 명령이 우리의 뒤쪽에서 급작스럽게 터져 나왔다. 깜짝 놀라 돌아서니 문간에 짤막한 그림자를 드리우며 난장이의 형체가 서 있었다.

그는 짧고 튼튼한 다리를 놀려 실내로 들어왔다. 머리는 완전히 벗겨진 반면에, 얼굴 아래쪽은 무성하게 자란 시커먼 수염 때문에 시뻘건 두툼한 입술이 보일락 말락 했다. 난장이는 잔인하고 악의에 가득 찬 푸른 눈으로 우릴 노려봤다. 이자야말로 드라큘라를 이 땅으로 운송하는 책임을 맡았던 하인인 마인스터임이 분명했다. 이 녀석이야말로 주인이 영적으로 문제가 있는 것처럼 신체적으로 불구이고 추악하기 때문에 인간으로서 드라큘라의 진정한 공범이 됐을 것이라는 생각이 퍼뜩 머릿속을 스치고 지나갔다. 녀석은 어린애 같은 통통한 손에 강력한 라이플을 들고 있었다.

난장이는 무시무시한 미소를 짓더니 다시 입을 열었다.

"주인님께서 너희들을 기다리고 계신다."

외국의 억양이 또렷한 목소리로 딱딱 끊어 말했다. 그리고 말을 하는 것과 동시에 얼굴에서 괴상망측한 미소가 사라졌다.

"아래층으로 가라." 명령하는 목소리는 실제로 그의 입을 가리고 있는 시커먼 수염 속에서 흘러나왔다. 그는 라이플로 우릴 겨냥하며 앞장서라는 시늉을 했다.

우리가 천천히 홀로 되돌아가자 난장이와 헌터 양이 뒤따라왔다. 홈즈가 권총을 적들의 눈에 띄지 않게 자신의 코트 주머니로 집어넣으려는 모습이 눈에 들어왔다.

"우린 어떻게 해야 하지?" 난 다급하게 속삭였다.

"기다려야지." 냉정하다는 생각이 들 정도로 짤막한 대답이 돌아왔다.

일단 홀로 들어서자 난장이가 다시 말했다.

"식당으로!" 녀석이 라이플로 내 등을 쿡쿡 찌르며 소리쳤다. 헌터 양은 우릴 앞질러가면서 기쁨에 젖어 깔깔거리고는 문을 활짝 열었다.

식당은 길쭉하고 어두운 방으로, 떡갈나무 판재로 장식된 벽은 바스커빌 가의 조상들의 초상화로 장식되어 있었다. 이미 오래 전에 세상을 떠나고서도 이곳을 벗어나지 못하는 죽은 영혼들은 아주 편안한 자세로 살아 있는 사람들을 내려다보고 있었다. 침묵을 지키는 이 유령들의 집단과 어울리고 있는 건 무덤으로부터 돌아온 존재, 드라큘라 백작이었다. 그는 벽난로 안에서 활활 타오르는 불길을 등진 채 초상화처럼 꼼짝도 하지 않고 서 있었다. 얼굴은 데스마스크처럼 표정의 변화가 없었지만, 눈동자는 격렬한 의지를 내보이며 번득였다. 우리가 들어서자, 드라큘라의 잔인한 입이 서서히 벌어지며 조롱하는 듯한 미소가 어렸다.

"신사 양반들, 선생들이 도착할 거라는 희망을 거의 포기할 뻔했소." 드라큘라는 부드러운 목소리로 말했다.

"내가 잠시 머무는 거처에서 환대를 베풀 수 있어 정말 기쁘게 생각하는 바이오."

그의 목소리는 듣기 좋았지만, 예의의 탈을 뒤집어 쓴 매력의 밑바탕에는 사악함이 깔려 있었다.

드라큘라는 망토 속에서 길고 가느다란 팔을 내밀더니 뼈다귀만 남은 듯한 손가락 하나를 구부리며 헌터 양에게 가까이 오라는 신호를 보냈다. 그녀는 기쁨의 한숨을 내쉬며 미끄러지듯 우릴 지나쳐 백작의 곁에 가서 자리를 잡았다.

"선생들은 새로 맞이한 신부를 축하하기 위해 제때 찾아온 셈이오." 드라큘라의 입술이 송곳니까지 찢어지며 늑대 같은 웃음을 지어 보였다. 반 헬싱이 묘사했던 빌어먹을 악당이 한껏 미소를 짓고 있는데, 아무리 언변이 뛰어나다 하더라도 도저히 말로는 설명할 수 없는 뭔가가 드라큘라 백작에게 있었다. 그건 괴물인 백작 자신으로부터 뿜어져 나오는 절대 악의 기운이었다. 죽음으로부터 돌아오고 자신이 죽는다는 걸 부정함으로써 사람이라고 불릴 수 있는 권리를 박탈당했기 때문이었다.

드라큘라는 난폭하면서도 재빠른 동작으로 망토를 뒤로 젖히고 셔츠 앞쪽을 잡아 찢어 그 속의 석고처럼 새하얀 살을 노출시켰다. 한 손으로는 헌터 양의 머리를 받혀 올리고, 다른 손으로는 집게손가락의 날카로운 손톱을 세워 자신의 가슴을 대각선으로 그어 살을 갈라 정맥 하나를 끊었다. 시커먼 핏방울이 상처 자국을 따라 맺히더니 흘러내리기 시작했다.

"내 사랑, 이리 와서 마셔봐." 드라큘라는 끔찍한 상황에 어울리지 않는 상냥한 태도로 헌터 양의 얼굴을 자신의 가슴으로 끌어당겼다. 오른손으로는 상처에서 흘러내리는 피를 게걸스럽게 빨아먹고 있는 헌터 양의 목덜미를 꽉 누르고 있었다.

구역질 나고 인간의 존엄성을 떨어뜨리는 이러한 광경이 나의 온몸을 얼어붙게 만들고, 배 속을 뒤틀리게 만들었다. 헌터 양이 기쁨에 겨워 뭐라고 웅얼거리면서 피를 마시고 있는 동안, 드라큘라는 단 한 순간도 움찔거리지 않고 우뚝 서서 사악한 미소만 짓고 있었다.

"우린 이제 하나가 된 거야, 내 사랑."

만족스럽다는 듯이 떠들어대는 드라큘라의 목소리가 어두운 실내로 울려 퍼졌다.

"내 살 중의 살이고, 내 피 중의 피이며, 내 친족 중의 친족이라(창세기 2장 23절의 일부를 인용해서 신을 모독하는 것으로 보임). 우리의 결합은 피로 이루어진 것이고, 피는 바로 생명이어라." 드라큘라는 잠시 침묵에 잠겼다가 아무런 경고도 없이 헌터 양의 머리를 자신의 가슴에서 우악스럽게 떼어냈다. 헌터 양의 입에서는 피가 뚝뚝 떨어졌고, 그중 일부는 바닥에 흩뿌려졌다.

"감사합니다, 주인님."

헌터 양은 황홀경에 도취되어 큰소리로 말했다. 두 눈은 기쁨에 겨워 반짝거렸고, 혀로는 소중한 생명력을 최대한 많이 긁어 들이려고 입술을 핥고 있었다.

드라큘라는 자신이 주인이라는 걸 증명하는 구역질 나는 장면을 연출하고서는 승리의 표정을 지으며 우릴 노려봤다.

"모든 것이 끝났다. 이제 이 여자는 내 것이다."

드라큘라는 간결하게 말했다. 내가 느꼈던 혐오감이 분노로 대체됐고, 당장이라도 터질 것 같은 울분이 가슴 속에서 부풀어 올랐다. 이 괴물은 우릴 가지고 놀고 있었다. 자신의 힘을 과시하며 우릴 조롱하고 있는데도 우리에겐 그걸 저지할 수 있는 방법이 없었다. 난 홈즈를 곁눈질했다. 그의 강인하고 표정 하나 없는 얼굴에서는 아무것도 읽어낼 수가 없었다. 여태까지 만났던 적수들 중에서 가장 강력한 자와 대면한 상태에서 홈즈가 무엇을 생각하고 있는지 그저 추측만 할 수 있었다.

"난 이 지역에서 원하는 것을 다 얻었어."

드라큘라는 헌터 양의 머릿결을 애무하면서 말했다.

"이제 신부를 데리고 새로운 먹잇감을 구할 수 있는 새로운 근거지로 떠날 시간이 됐다는 뜻이지. 마인스터가 런던으로 돌아가는 방법을 다 마련해뒀어. 런던 어디쯤에서 나의 일을 계속하게 될 것인지 그 누가 알겠는가? 신사 양반들이 보다시피 난 개혁운동을 하고 있는 셈이야. 불사의 이단종교를 널리 퍼뜨리기 위해 트란실바니아 산맥에 있는 내 고향을 떠났으니까. 세계를 여행하면서 나와 같은 종족의 집단을 계속 만들어내어 불사의 군단이 모든 권력을 거머쥘 때까지 계속해서 숫자를 늘리고 퍼뜨린다는 게 내 계획이지."

홈즈와 난 아무 말도 하지 않고 그대로 서서 드라큘라가 자신의 말도 안 되는 꿈에 도취되어 떠들어대는 소리를 듣고 있었다.

"하지만 이곳을 떠나기 전에 셜록 홈즈, 네 녀석과 아무것이나 간섭하기를 좋아하는 네 동료 녀석을 손봐줄 생각이야. 네 녀석이 끼어드는 바람에 내 계획이 약간 방해를 받았거든. 새롭게 합류시킨 스태플턴을 포함해서 내 부하 세 명을 골로 보냈겠다? 그러니 나도 널 파멸시켜야 합당하지 않겠어?"

드라큘라의 얼굴이 끔찍한 미소를 지으며 일그러졌고, 무시무시한 송곳니가 불빛을 받아 번들거렸다.

"네가 이곳에 있으니 정말 기분이 좋구만."

드라큘라는 좀 전처럼 으스스한 친절이 감도는 목소리로 말을 이어갔다. 두 팔을 환영한다는 표시로 쭉 내밀었다가 다시 팔을 굽히더니 활짝 펼쳤던 손바닥을 꽉 말아 쥐어 주먹으로 만들고 그걸 자신의 얼굴 가까이에 갖다 댔다.

"난 적수들과 이야기할 기회를 거의 갖지 못했어. 대면을 해봤자 필히 시간도 짧고 말이 필요 없었지. 넌 이야기해볼 가치가 있는 적수야, 셜록 홈즈. 자신에게 주어진 생명을 다 살아보지도 못한 사람치고는 아주 현명하단 말이지. 나와 동등한 지적 능력을 가진 인간과 대적하기는 실로 여러 해, 수 세기만인 것 같군."

홈즈는 고개를 한 번 끄덕여 절을 하고는 처음으로 드라큘라에게 직접 말했다. 아주 느긋한 태도로 말하긴 했지만, 난 이것이 편안함을 가장한 것이라는 걸 잘 알고 있었다. 또한 홈즈가 이런 식으로 말하면, 결정적으로 대소동이 벌어진다는 것도 잘 알고 있었다. 홈즈의 말이 쏟아져 나옴에 따라 내 가슴속에서는 희망이 자라기 시작했다. 지적인 기량 면에서는 내 친구가 드라큘라의 사악한 적의에 능히 대응할 수 있지 않을까 하는 생각이 들었다.

"당신의 찬사에 감사드리는 바이오, 백작." 홈즈가 말했다.

"별로 길지도 않은 수명을 가지고 죄악과 불의와 싸우려고 에너지를 쏟아 붓고 있는 나의 입장에서 당신처럼 완전히 사악하고, 타락하고 애처로운 존재를 한 번도 만난 적이 없었다면 적절한 대꾸가 됐는지 모르겠구려."

드라큘라의 입술에서 비웃음이 사라졌다.

"애처롭다고?" 큰소리로 터져 나오는 드라큘라의 목소리가 천장이 높은 실내를 꽉 채웠다.

"애처롭다니! 말도 안 되는 소릴!"

같은 말을 되풀이하는 그의 얼굴이 시커메졌다.

이제 홈즈가 미소 지을 차례였다.

"한때 귀족이며 전쟁에서 승리했던 전사가 쥐새끼처럼 어둠 속에 몸을 감추고, 쏟아지는 햇살을 두려워하며, 반쪽짜리 삶을 영위하기 위해 자신보다 못한 것들의 피를 찾아다니는 평범한 범죄자처럼 살아야 하니 애처로울 수밖에! 드라큘라 백작, 당신은 불사(不死)니 뭐니 주장하고 있지만, 그렇게 추잡하게 살아가려고 치러야 할 대가가 이렇게 커서야, 원. 그러니 낭신이 성말 불쌍하다고 하지 않을 수 없지."

홈즈가 직격탄을 날리자, 드라큘라의 두 눈이 분노로 인해 불타올랐고, 감정을 주체하지 못해 콧구멍이 벌렁거렸다.

"네 놈이 감히 날 불쌍하게 여긴다고?" 그는 고함을 내지르며 내 친구를 향해 한 발자국 다가갔다. 그러다가 다음 걸음을 내딛는 동작에서 갑자기 멈춰 서더니 분노를 가라앉혔다. 화를 삭이고는 마음을 비운 듯이 헛헛한 웃음을 터뜨렸다.

"셜록 홈즈," 드라큘라는 오만한 자신감으로 가득 찬 목소리로 차갑게 말했다.

"난 블라드 테페슈 드라큘라 백작이다. 네 녀석이 태어나기 수백 년 전에 수많은 군대를 지휘했고, 또한 수백 년을 살아왔다. 언제든지 자유롭게 취할 수 있는 풍요로운 생명의 포도주를 마심으로써 죽음을 극복했다. 네 녀석이 땅 속에서 썩어문드러지고 오랜 시간이 흘러도 난 이 땅에서 밤을 지배하고 있을 것이다. 죽지 않는 자들의 군주로서! 셜록 홈즈, 그따위 동정심은 네 자신을 위해서나 아껴두도록 하려무나."

"그러면서도 내가 두려운가?"

홈즈가 부드러운 목소리로 대꾸했다.

"내가? 네 녀석을 두려워해?"

드라큘라는 조롱기가 가득한 코웃음을 쳤다.

"그렇다면 왜 날 파멸시키려고 하지?"

"내 계획을 수행하는 데 방해물이기 때문이다. 신경 쓰이게 만드는 벌레를 박멸하듯이 네 녀석을 파멸시키려는 것이다."

"그렇다면, 넌 날 두려워하지 않는다는 건가?"

"내가 두려워할 만한 인간은 존재하지 않는다."

홈즈는 교묘하고 신속한 동작으로 망토의 접힌 부분에서 권총을 꺼내들어 드라큘라의 심장을 겨눴다.

"이래도 날 두려워하지 않을 건가?"

홈즈가 냉혹한 목소리로 물었다.

난장이가 라이플을 들어 올려 홈즈에게 총구를 겨눴는데, 드라큘라가 난장이를 제지했다.

"그대로 있거라, 마인스터." 드라큘라는 날카로운 어조로 지시를 내리고, 다시 홈즈에게로 눈길을 돌렸다.

"인간 것들의 보잘 것 없는 장난감으로 날 파멸시키고 싶은 것이냐? 네 녀석은 날 실망시켰다, 셜록 홈즈. 악마의 왼편에 앉아 있는 자를 다루려면 더 좋은 장비를 갖춰서 와야 하는 것 아닌가? 그런데 그따위 총으로 내게 대항하려고 한단 말이냐?" 그는 목이 쉰 듯한 웃음을 터뜨렸다.

"그런 한심한 물건으로는 날 해칠 수 없다는 걸 알게 될 것이다."

"이번 사건에서 당신을 너무 과소평가했던 건 사실이다, 백작. 하지만 지금은 상황이 역전된 것 같군." 홈즈의 목소리는 여전히 침착하고 자신감에 차 있었는데, 갑자기 그럴 수 있는 이유가 내 머릿속을 순간적으로 스쳐 지나갔다. 나도 내 친구를 과소평가했던 모양이다, 홈즈가 평범한 총탄으로 드라큘라를 위협하는 것이라고 생각했으니. 내 머릿속에는 반 헬싱과 함께 점심식사를 했던 광경이 떠올랐고, 그때 교수가 했던 말도 기억났다. "은으로 만든 총탄을 심장에 직접 박아 넣으면 흡혈귀를 말살시킬 수 있소."

홈즈가 공이치기를 뒤로 잡아당기자, 그 즉시 드라큘라는 정말 위험하다는 걸 감지하고 자신을 보호하기 위해 한쪽 팔을 앞으로 쭉 내밀었다. 그 상태에서 홈즈가 방아쇠를 당겼지만, 난 총탄이 표적에 도달하지 못 하리라는 걸 당장 알아차렸다. 우리의 적수는 기묘한 육감이라도 가지고 있는지 권총이 정말 위협이 된다고 깨닫고, 홈즈가 방아쇠를 당기자마자 드라큘라는 신속하게 사선(射線)을 벗어났다.

난 순간적으로 총탄이 드라큘라를 털끝만큼도 건드리지 못했다고 생각했지만, 드라큘라는 왼손을 부여잡으며 고통에 찬 비명을 내질렀다. 녀석의 손바닥에서 피가 쏟아져 나왔는데, 그곳은 내 친구가 발사한 총탄이 박힌 곳이었다.

다음 몇 초 동안은 한꺼번에 너무 많은 일들이 벌어진 것 같았다. 홈즈의 권총이 발사되자마자 마인스터가 라이플을 들어 올렸다. 마인스터의 주의가 온통 홈즈에게로 쏠려 있어 난 내 리볼버를 꺼낼 수 있었고, 전혀 주저하지 않고 난장이의 몸통에 두 발을 쑤셔 넣었다. 일반적인 총탄이라도 사람을 처치하는 데는 아무런 어려움이 없었다.

그러는 동안, 드라큘라는 부상당한 손을 꼭 끌어안은 채 상처 입은 야수처럼 으르렁거리며 불안정한 걸음으로 앞뒤로 왔다 갔다 했다. 드라큘라의 곁에서 훌쩍거리고 있던 헌터 양은 그를 껴안으려고 안간힘을 썼다. 이러한 애정 표현이 점점 더 집요해지자, 드라큘라는 헌터 양에게 분노의 고함을 퍼부었다.

"썩 떨어지지 못해!"

그는 헌터 양의 얼굴에 쏟아 붓듯이 명령했다. 냉혹하게 거절을 당한 헌터 양은 신경질적인 비명을 내지르며 털썩 꿇어앉아 드라큘라에게 더 단단히 매달렸다. 드라큘라를 올려다보며 곁에 머물게 해달라고 애원하는 헌터 양의 양쪽 뺨 위로 눈물이 주르르 흘러내렸다.

드라큘라는 분노에 찬 고함을 내지르며 부상당하지 않은 손으로 헌터 양을 거머쥐더니 멀리 던져버렸다. 그 힘이 얼마나 강했던지 헌터 양은 벽난로 옆의 벽으로 곧장 날아갔다. 그녀의 머리가 돌에 부딪치자 퍽 하고 깨지는 소리가 들렸고, 바닥에 떨어진 헌터 양의 몸이 튕겨 오르며 끔찍하게도 벽난로 속으로 들어가 버렸다. 활활 타오르는 장작 위에 헌터 양의 몸이 떨어지자마자 탐욕스러운 노란 불길이 그녀의 주위를 게걸스럽게 핥았고, 이내 그녀가 입고 있는 드레스에 불을 붙였다. 드레스가 폭발해서 불길이 치솟는 것처럼 보였다. 자신을 감싸는 무시무시한 고통으로 인해 멍한 가운데 정신을 차린 헌터 양은 목이 막혀 캑캑

거리며 불길에서 빠져나오려고 안간힘을 썼다. 난 헌터 양을 도와주려다가 그녀가 무엇으로 변했는지를 떠올리고는 더 이상 걸음을 내딛지 못했다. 헌터 양의 두 눈이 고통으로 인해 크게 떠지고 속수무책으로 온몸을 꿈틀거렸다. 불길이 그녀의 전신을 감싸는 걸 멍하니 쳐다볼 수밖에 없었다. 집요한 불길이 헌터 양을 다 먹어치우는 순간, 그녀의 애처로운 비명은 살을 태우는 불길의 세력에 파묻혀버렸다.

신속하고도 끔찍하게 이뤄진 화장(火葬)을 보고서 가장 생생하게 남아 있는 기억은, 불길이 가라앉았을 때 헌터 양의 시커멓게 타버린 해골이 죽으면서 남긴 듯한 끔찍한 미소를 지은 채 타고 남은 재 속에서 나온 것이었다. 이 광경을 지켜봐야만 했던 내 가슴은 고통스럽기 짝이 없었다. 내게는 여학교에서 만났던 허약한 아가씨, 흡혈귀가 되는 불쾌한 과정에 감염된 젊고 순결한 아가씨에 대한 기억밖에 남아 있지 않았다.

내가 캐서린 헌터의 소름끼치는 잔해에 넋을 잃고 있는 동안, 드라큘라 백작은 자신의 상처 입은 손을 감싼 채 실내를 비틀거리며 돌아다니고 있었다. 그 손은 이제 시커먼 보라색으로 변하기 시작했다.

홈즈는 경계를 늦추지 않고 미소를 지으며 안전하게 멀리 떨어져서 그런 드라큘라를 지켜보고 있었다.

"총탄의 순수성이 번지기 시작하는 거야." 홈즈가 경고했다.

"좀 있으면 네 녀석의 손이 말라비틀어지다가 썩겠지. 점차적으로 온몸이 영적으로 선한 것에 의해 영향을 받게 될 거고."

"빌어먹을 셜록 홈즈!" 식당에서 비틀거리며 나가는 흡혈귀의 얼굴이 공포로 인해 잔뜩 일그러졌다.

우린 드라큘라를 따라 홀로 나갔고, 드라큘라는 그곳에 멈춰서서 아직도 상처에서 흘러나오는 시커먼 피를 멍하니 내려다봤다. 그러다가 벽에 걸린 한 쌍의 중세 도끼를 발견한 그의 눈이 번쩍 빛을 발했다. 드라큘라는 무슨 계획을 세웠는지 홀을 가로질러 그곳으로 곧장 걸어갔다. 드라큘라가 무슨 짓을 하려는지 깨닫는 순간, 속에서 구역질이 올라왔다.

"저자를 제지해야 해." 내가 소릴 질렀다.

"안 돼!" 홈즈도 고함을 질렀다.

"상처를 입긴 했지만 드라큘라는 우리 두 사람이 힘을 합한 것보다 더 강력하다는 걸 잊지 말게."

그렇게 해서 우린 아무것도 할 수 없는 방관자가 될 수밖에 없었다. 드라큘라가 도끼 하나를 벽에서 떼어내어 전혀 머뭇거리지 않고 자신의 손목을 세게 내려쳐서 상처 입은 손을 잘라내는 모습을 겁에 질린 시선으로 지켜봤다.

드라큘라는 잠시 비틀거리며 고통에 찬 신음을 간신히 억누르더니 이내 꺽꺽거리며 음침한 폭소를 터뜨렸다. 은으로 된 총탄의 선함이 전신으로 퍼져나가는 것을 성공적으로 막아낸, 피를 철철 흘리는 잘린 팔을 끌어안았다.

떨어져 나간 손은 격렬하게 뒤틀리다가 서서히 시커메지고 돌돌 감기더니 우리의 눈앞에서 시들어버렸다. 살이 뼈에서 사라지고, 뼈도 가루로 변했다. 불과 몇 초도 지나지 않았는데 잘려나간 손에서 남은 것이라고는 회색의 작은 잿더미뿐이었다.

여전히 도끼를 휘두르며 우릴 향해 돌아서는 드라큘라의 두 눈에서 승리의 빛이 되살아났다.

"이 빌어먹을 셜록 홈즈 녀석아!" 그는 욕설을 퍼부으며 온힘을 다해 홈즈에게로 도끼를 던졌다. 드라큘라의 겨냥이 얼마나 정확했던지 홈즈가 마지막 순간에 급히 옆으로 피했음에도 불구하고 도끼는 아슬아슬하게 빗나갔다. 그러면서 도끼는 홈즈의 코트 자락 일부를 뒤쪽의 떡갈나무 판재에 박아버렸다. 난 홈즈를 도와주려고 달려갔지만, 홈즈는 별로 힘들이지 않고 도끼를 벽에서 뽑아들었다. 우리가 드라큘라에게로 다시 시선을 돌렸을 때는 홀이 텅 비어 있고, 현관문이 활짝 열려 있었다.

"가세, 왓슨, 이것이 연극의 마지막 막일세. 드라큘라는 지금 도주 중이야. 황무지에 있는 은신처 중 한 곳으로 가고 있겠지. 우린 그곳까지 쫓아가야 하고, 해가 뜰 때면 이 괴물을 영원히 파멸시킬 수 있을 걸세. 지금 녀석을 놓친다면, 그동안 해왔던 우리의 모든 노력들은 다 물거품이 되어버릴 거라고."

24장

또 하나의 희생자를 요구하는 황무지

우리가 홀에서 뛰쳐나가는 순간, 망토를 펄럭이며 나무들로 이뤄진 어두컴컴한 큰길을 따라 사라지는 드라큘라의 모습이 잠깐 보였다. 죽어라고 뒤를 쫓아갔지만, 관리인의 숙소가 있는 대문에 도달했을 때는 녀석의 모습이 시야에서 사라져버렸다.

"어디로 간 거지?"

난 어둠 속을 허망하게 바라보며 소리쳐 물었다.

"보게나!"

홈즈는 눈에 찍힌, 드라큘라의 것이 분명한 발자국을 가리키며 소리쳤다. 발자국은 원래의 도로를 벗어나 흰 눈에 덮인 울퉁불퉁한 황무지를 가로질러 '블랙 토르' 쪽으로 향하고 있었다.

"얼른 가세, 왓슨. 녀석을 놓쳐서는 안 되네." 홈즈는 불경한 사냥감에 대한 추적을 또 다시 시작하며 재촉했다.

난 즉시 친구를 따라 나섰고, 곧 무릎까지 푹푹 빠지는 축축한 눈에 발이 빠져들었다. 전진하는 속도는 느릴 수밖에 없었고, 지극히 불편했다. 눈이 입고 있는 옷을 적셨고, 발은 추위로 인해 감각이 없어졌다. 점차 높은 쪽으로 올라가자 바람에 눈이 날려 눈이 거의 쌓이지 않은 부분들이 드문드문 나타남에 따라 한결 편해지고 전진하는 속도도 빨라졌다. 이제 하늘은 한층 밝아졌고, 지금에서야 우리의 모험이 저녁 내내 지속됐고, 황무지에 곧 새벽이 찾아올 것이라는 걸 깨달았다.

우린 바람이 눈을 갈라놓아 두 개의 높다랗게 쌓인 흰 벽들 사이로 자리 잡은, 바위가 갈라져 생긴 틈새가 드러난 구역에 도달했다. 바로 이곳에서 드라큘라의 흔적이 사라져버렸다. 홈즈는 바위 위로 훌쩍 뛰어올라가 어슴푸레한 황무지를 쭉 둘러봤다.

"어느 쪽이지?"

그는 흐릿한 곳을 꿰뚫어 볼 수 있도록 고개를 쑥 내민 채 초조한 어조로 자신에게 연신 질문을 던졌다.

"아, 저기에 있군!" 홈즈는 마침내 서쪽을 가리키며 환호성을 올렸다. 나도 지평선 너머로 막 사라지고 있는 시커먼 형체를 힐끗 봤다.

"녀석이 수렁 너머의 빅센 하이츠로 가고 있어. 녀석이 일단 그곳에 도착하면, 영원히 잡을 수 없을 게 뻔하네."

우리가 다음번 오르막길의 정상에 도달했을 때 쌓인 눈이 다시 깊어지기 시작했다. 우린 고개를 숙인 채 최대한 발을 빨리 놀렸다. 드라큘라의 발자국이 다시 나타났고, 하늘이 점차 밝아옴에 따라 추적하기도 한결 수월해졌다. 아침 햇살의 장밋빛 색조가 하늘에 퍼져가면서 황무지를 연한 붉은색으로 물들였다.

바로 그때, 장엄한 풍경에 검은 반점처럼 찍힌 드라큘라의 모습이 아래쪽에서 보였다. 어둠이 사라지는 것과 동시에 그의 힘도 점점 사라지는 것처럼 전진하는 속도가 엄청 느리게 보였다.

홈즈가 폭발적인 속도로 앞장서서 드라큘라를 향해 달려 내려갔다. 난 홈즈가 이전에 그렇게 빨리 달리는 것을 본 적이 없었다. 홈즈의 기다란 다리는 땅바닥을 대강대강 스치며 나가는 것처럼 보였다. 먹잇감에 점점 더 다가간 홈즈는 곧 드라큘라와 얼굴을 마주 보게 될 것 같았다. 홈즈가 흡혈귀를 덮치는 순간, 내 심장이 덜컥 내려앉았다. 잠시 주먹질을 나누던 두 사람은 서로를 껴안은 채 바닥에 나뒹굴었다. 내가 가까이 다가가자 드라큘라는 홈즈의 손아귀를 벗어나 바위로 된 경사면을 기어 올라가고 있었다. 홈즈도 벌떡 일어서서 드라큘라의 뒤를 쫓아갔다. 두 사람은 희미하게 밝아오는 하늘을 배경으로 검은 실루엣을 이루며 서로 마주 보고 서 있었다. 홈즈가 고개를 숙이고 드라큘라에게 달려들어 녀석의 가슴에 박치기를 했다. 드라큘라는 깜짝 놀라 비명을 지르며 암벽 가장자리까지 비틀거리며 물러섰다. 녀석은 잠시 몸을 가누며 서 있는 것 같다가 등성이 너머로 허리가 꺾어지며 내 시야에서 사라졌다.

암벽 가장자리까지 허겁지겁 달려간 난 평생 잊지 못할 광경을 목격했다. 드라큘라는 거대한 그림펜 늪지의 15미터쯤 안쪽에 떨어졌다. 악취를 심하게 풍기는 수렁은 이미 드라큘라를 깊숙이 끌어내리고 있었고, 어떻게든 몸을 뽑아내려고 그가 몸부림칠 때마다 한층 더 가라앉게 만들었다. 드라큘라는 순식간에 허리까지 수렁에 잠겼다. 그는 겁에 질리고 고통스러운 나머지 두 팔을 마구 휘저으며 괴이한 말들을 쏟아냈다. 드라큘라의 새카만 망토가 등 뒤에 날개처럼 펼쳐져 있어, 마치 고여 있는 진흙창의 손아귀에서 벗어나려고 필사적으로 발버둥치는 거대한 벌레처럼 보였다.

어느새 내 곁으로 온 홈즈와 함께 조심스럽게 그 광경이 벌어지는 곳으로 다가갔다. 우리가 접근하자 드라큘라가 절박한 눈으로 우릴 쳐다봤다.

"도와줘. 제발 살려줘." 그는 애원했다. 이 악마 같은 괴물의 정체를 잘 알고 있음에도 불구하고, 수렁의 깊숙한 밑바닥으로 빠져들어가는 끔찍한 운명을 피할 수 없어 고통과 두려움의 기색이 역력한 그의 눈동자를 보니 내 속에서 드라큘라를 동정하는 마음이 꿈틀하는 게 느껴졌다.

홈즈는 아무 말도 하지 않고 묵묵히 지켜보기만 했다.

하늘이 좀 더 밝아지고 새로운 날을 시작하는 태양이 지평선에 살짝 고개를 내밀며 찬란한 햇살을 황무지 전체에 퍼뜨렸다.

"안 돼!" 드라큘라는 녹색의 수렁에서 격렬하게 몸부림치며 고함을 질렀다. 그는 햇살로부터 자신의 눈을 보호하기 위해 지금도 피가 흘러내리는 손목으로 얼굴을 가리고 있었다. 이건 마치 자연의 법칙을 오랫동안 위반해온 이 괴물에게 자연이 복수를 하는 것 같았다. 이제 갓 주조되어 나온 소버린 금화처럼 태양이 블랙 토르 위로 불끈 치솟아 화사한 황금 물결로 황무지를 감쌌다. 흡혈귀는 파멸적인 광선이 꿈틀거리는 몸뚱이를 두들기자 고통에 겨워 비명을 내질렀다.

그러다가 우리의 휘둥그레진 눈앞에서 무덤에서 돌아온 이 악마가 분해되기 시작했다. 약물에 취해 꾸는 꿈에서 등장하는 것처럼 그 모든 광경이 무척이나 엽기적이었다. 진저리 나는 과정은 얼굴의 살이 까매지고, 말라비틀어지다가 뼈에서 떨어져가는 것으로부터 시작됐다. 그와 더불어 눈동자 주위에서 노리끼리한 액체가 줄줄 흘러나왔고, 눈동자는 곧 안구에서 빠져나왔다. 입에서도 많은 액체가 분비됐는데, 곧 얼굴 전체가 사람의 것이라고는 더 이상 알아볼 수가 없게 됐다.

진창의 표면 위로 올라와 있는 상체는 오그라들더니 허물어졌다. 썩어가는 흡혈귀의 몸 전체가 완전히 분해되고, 결국 남은 것이라고는 혐오스러운 진녹색의 액체뿐이었다. 하지만 그 부패의 잔해도 그림펜 늪 속으로 서서히 스며들었다.

우린 조금 전까지 눈앞에서 펼쳐진 광경에, 수 세기 동안 사기를 당했던 세월이 성큼 쫓아와 드라큘라 백작의 오래된 신체에서 그 대가를 가져가는 모습에 얼이 빠진 채, 아무 일도 없었던 것처럼 잔잔해진 수렁의 표면을 멍하니 바라보며 서 있었다.

홈즈가 먼저 입을 열었다.

"이제 이 세상은 가장 사악한 괴물로 인해 더 이상 고통을 받지 않겠군."

이른 아침의 햇살이 조용히 말하는 그의 피곤한 얼굴을 갈색으로 물들였다.

갑자기 황무지의 맞은편에서 슬픔에 찬, 낮게 으르렁거리는 소리가 오랫동안 들려왔다. 뇌리에서 사라지지 않고 있던 그 끔찍한 소리가 우릴 블랙 토르를 향해 돌아서게 만들었다. 그곳에는 태양을 배경으로 하고 옆으로 서서 으르렁거리는 거대한 개의 모습이 있었다.

사냥개의 모습을 보는 순간, 난 뼛속까지 으스스 떨렸다.

"맙소사!" 나도 모르게 비명이 터져 나왔다.

홈즈는 내게 다 알고 있다는 눈짓을 했다.

"비슷한 생각을 가진 동료의 죽음을 애통해하는 것일세."

내가 다시 블랙 토르 쪽으로 고개를 돌렸을 때는 그 시커먼 형체가 이미 모습을 감춰버렸다.

⚜
25장

회상

우리는 사건 수사를 종결하고 베이커 가로 돌아왔는데, 셜록 홈즈는 집에 발을 들여놓기가 무섭게 또 다른 사건에 뛰어들어야만 했다. 이번 사건은 바로 좀 전의 모험에 비교해서 정말 재미가 없었는데, 로위나 더밴드 귀부인의 '크리쉬나푸르의 별'이라는 귀중한 보석이 집에서 없어진 사건이었다. 하지만, 이 사건은 홈즈로 하여금 꼬박 일주일 동안이나 매달리게 만들었고, 그로 인해 캐서린 헌터 양의 죽음에 있어서 홈즈는 자신의 잘못을 돌아볼 시간적인 여유를 갖지 못했다. 홈즈는 그 점을 자책했다. 런던으로 돌아오는 여정에서 그의 머릿속을 꽉 채우고 있었던 것은 단 한 가지 생각이었다. 그는 자신의 코트에 몸을 파묻고 좌석에 앉아 침울한 표정으로 마차 창밖을 멍하니 내다봤다.

"난 헌터 양의 죽음에 책임이 있어."

그러면서 틈틈이 그 말을 중얼거렸다. 난 그것과는 반대라고, 헌터 양을 돕기 위해 홈즈가 온 힘을 다했다고 반박해봤지만, 홈즈는 내 말에 위안을 받거나 수사의 다른 측면들을 논의하려고 들지 않았다.

가드너도 헌터 양의 죽음에 크나큰 충격을 받았다. 최악의 소식을 들을 것이라고 예상은 하고 있었을 텐데도 캐서린 헌터가 죽었다는 말을 듣는 순간, 얼굴에서 핏기가 싹 가시고, 두 손은 의자 팔걸이를 너무나 세게 거머쥔 나머지 마디가 하얗게 변할 정도였다. 우리가 모든 노력을 다 기울였음에도 불구하고 헌터 양이 끔찍한 질병에 감염된 후 시간이 상당히 흘렀던 터라 생명을 구할 수 없었고, 혹시 전염될지도 모를 위험을 방지하기 위해 시신을 화장해야만 했다고 홈즈가 말해줬다. 홈즈는 이제 그 질병이 완전히 근절됐기 때문에 다시 발병할 가능성은 전혀 없을 것이라고 장담까지 했다. 정신이 혼란스러워진 교장은 공허한 눈길로 홈즈를 멍하니 쳐다보기만 했다. 캐서린 헌터의 사망 소식은 지난 수개월 동안 가드너의 머릿속을 휘저었던 수많은 문제들에 더해진 최후의 일격이었다. 가드너는 자신의 삶이 산산이 붕괴되는 걸 본 셈이었다. 그가 지금껏 애써왔던 모든 일들이, 학교를 세우고 높은 명성을 얻도록 발전시켜왔던 모든 일들이 이제는 아무 의미도 없는 것처럼 보였다. 바로 이런 점까지 홈즈가 느끼고 있는 죄책감에 더해져서 내가 어떤 말로 위로하던 간에 그 문제에 대한 홈즈의 견해를 바꿀 수가 없었다.

우리가 베이커 가에 도착하자, 문 앞에 화가 잔뜩 난 레스트레이드 경위가 서 있었다.

"지난 며칠 동안 어디에 가 있었던 겁니까?"

그는 성을 벌컥 내며 물었다. 자신의 보울러를 두 손에 얼마나 세게 쥐고 있던지 챙이 딱 하고 부러질까 걱정이 될 정도였다.

"시골에 좀 가 있었소." 홈즈가 퉁명스럽게 대꾸했다.

"괜히 인상이나 쓰고 어물쩍하게 넘어갈 생각은 하지도 말아요." 레스트레이드가 소릴 질렀다.

"홈즈 씨, 당신으로부터 해명을 들어야 할 게 한 가지 있습니다. 경찰 영안실에 들렀던 밤에 무슨 일이 벌어졌는지를 알아야겠습니다."

"별로 말할 게 없는데요."

홈즈가 지쳐빠진 목소리로 대꾸했다.

레스트레이드의 눈이 곧 튀어나올 것처럼 불거졌고, 얼굴은 분노로 인해 시뻘게졌다. 하지만 홈즈는 인내심을 발휘하며 미소를 짓고 몇 마디 사과의 말을 해서 레스트레이드를 진정시키려고 했다.

"내가 건방지게 굴었다면 사과할게요, 레스트레이드. 하지만 며칠 동안이나 잠을 거의 자지 못한 터라 너무나 피로해서 머리가 약간 어지러웠던 모양이오. 사실 나도 당신만큼이나 영안실에서 발생한 괴이한 일 때문에 어리둥절해하고 있는 참이오. 우리가 어떤 사기극이나 그와 비슷한 어떤 현상의 피해자가 아닌가 하는 생각이 들 정도란 말입니다. 내가 조사를 더 해봤지만 아무런 소득이 없어서, 지금까지 살아오면서 처음으로 완전히 속수무책이 됐다는 걸 털어놔야겠군요." 홈즈는 그 말을 하는 동안 내내 침통하고 의기소침한 표정을 짓고 있었다.

홈즈가 패배를 인정하자 스코틀랜드 야드 형사의 얼굴에 의기양양해하는 기색이 피어올랐다.

"이런, 이런!" 가슴을 쑥 내밀고 말하는 레스트레이드의 목소리에는 비꼬는 기색이 묻어났다.

"그 유명하신 탐정께서 패배를 인정하는 말을 들을 날이 오리라고는 꿈에도 생각하지 못했는데……. 당신의 추리력에는 한계가 없을 거라고 생각했거든요."

"그건 나도 마찬가지였소." 홈즈가 슬픈 표정을 지으며 대꾸했다.

"신경 쓰지 마세요, 홈즈 씨." 레스트레이드가 내심 고소해하면서 위로랍시고 한 마디 했다.

"어쨌든 선생도 인간이잖아요."

그는 자신의 머리에 보울러를 탁 치고는 내 친구의 한쪽 어깨를 두어 번 토닥거리더니 떠났다.

"저 친구는 정말 단순해, 왓슨." 레스트레이드가 보이지 않자 홈즈가 말했다.

"실리이 리드게이트 사건에 있어서 다른 어떤 고려사항들보다도 내가 패배했다는 생각이 우선시될 게 뻔해. 아마 그 사건에 관해서는 더 이상 알려줄 것 같지 않구만."

홈즈는 창백하고 초췌해 보였다. 지난 며칠간에 쌓인 중압감이 그의 피곤한 모습에 깊이 새겨져 있었다. 뜨거운 스프와 쇠고기, 피클로 간단한 식사를 마친 다음, 홈즈는 그날의 나머지 부분을 침대에서 보냈다.

더밴드 귀부인의 도둑맞은 보석 건으로 급히 와달라는 요청을 받은 게 바로 그날 밤이었다. 아직도 피로에 젖어있었지만, 찾아오는 도전을 물리칠 수 없어 홈즈는 귀부인이 사는 대저택을 향해 출발했다. 난 이번에는 홈즈를 따라가지 않았고, 그 대신 난로 가까운 곳에 머물면서 우리가 함께 했던 최근의 모험에 대한 상세한 부분들을 회상했다.

더밴드 사건을 수사하던 홈즈는 런던을 2, 3일간 떠나야 했고, 따라서 반 헬싱 교수가 드라큘라 사건에 대한 설명을 들어보려고 찾아왔을 때는 홈즈가 자리를 비우고 없었다. 나도 우리의 동료에게 사건의 전반적인 윤곽을 들려줄 순 있었지만, 모든 상황들을 완벽하게 연결시킬 수 있을 만큼 다 알지는 못한다는 걸 통감하고 있었다. 반 헬싱은 결과에 대해서는 크게 만족했지만, 상세한 부분들을 논의할 수 없다는 것에 대해서는 실망감을 표했다. 그래서 이번 주말에, 즉 크리스마스이브에 우리와 함께 식사를 하면 좋겠다고 제안했고, 그때쯤이면 홈즈가 드라큘라 백작을 파멸에 이르도록 한 모든 사항들을 직접 설명해줄 수 있을 것이라고 말했다.

크리스마스이브가 되자, 런던의 날씨는 계절적인 큰 변화를 겪었다. 전날에 큰 눈이 내려 창밖의 거대도시는 눈으로 뒤덮이고 얼음에 갇혀 있었다. 실내에서는 난로의 불길이 활활 타오르고 있는 반면에, 거리에서는 세찬 바람이 눈송이를 휘날리며 무섭게 울부짖고 있었다. 더밴드 사건을 성공적으로 마무리한 홈즈는 한결 기분이 좋아져 있는 상태였다. 홈즈는 이제 막 도버에서 돌아왔는데, 그곳에서 다이아몬드를 되찾았을 뿐만 아니라 더밴드 귀부인의 하인과 쌍둥이인 범인까지 체포했다.

7시 30분 정각이 되자 반 헬싱이 도착했고, 송구영신의 인사말을 교환하고는 허드슨 부인이 마련해준 풍성한 식탁에 앉았다. 전통적인 크리스마스 만찬을 즐기는 동안에는 별다른 대화가 오가지 않았는데, 일단 식사를 마치고 우리가 식탁에 둘러앉아 식후의 리큐어(달고 과일 향이 나기도 하는 독한 술로 보통 식후에 아주 작은 잔으로 마심)를 홀짝이게 되자 반 헬싱이 드라큘라 사건 수사에 대해서 설명해달라고 홈즈를 재촉했다.

"우리가 나중에 알게 된 사실이지만,"

홈즈가 설명을 시작했다.

"드라큘라 백작이 수많은 세월 동안 조상 때부터 대대로 살아오던 고성의 지하 납골당에 숨어 살며 그리 멀리 떨어져 있지 않은 카르파티아 산맥에 위치한 촌락의 소녀들의 피만 흡취하다가 고향을 떠난 목적은 전 세계에 퍼지는 전염병처럼 불사의 이단종교를 퍼뜨리는 것이었습니다. 영국이 그의 불경스러운 목적을 실행하는 첫 번째 기착지였던 것이죠. 하지만 런던에 도착하고 나서 이처럼 거대한 도시에서 뭔가를 하기에는 너무 위험하다는 걸 깨달았고, 따라서 발각되거나 방해받을 위험이 훨씬 적은 상태에서 자신의 계획을 실행할 수 있을 것 같은 보다 한적한 지역인 다트무어로 옮긴 것이라고 믿고 있습니다. 인간이면서 그를 추종하는 마인스터가 트란실바니아의 흙이 들어 있는 상자들을 그림펜으로 옮기는 작업을 추진했을 겁니다. 물론 그 상자들 중의 하나에는 드라큘라 백작의 몸이 들어 있었고요. 드라큘라가 콜린스의 도움을 받게 된 것은 그림펜에서였습니다. 백작은 그 지역을 잘 알고 있고, 정보와 은신처를 제공해줄 수 있는 누군가가 필요했겠죠. 콜린스가 의사라는 점 때문에 의도적으로 선택한 게 분명합니다. 콜린스는 피를 공급하는 원천에 접근할 수 있을 뿐만 아니라 드라큘라의 공격을 받았다는 증거를 덮어버릴 수도 있어서였겠죠. 백작에게 희생당한 자들을 치료하면서, 콜린스는 흡혈귀의 짓이 아닌가 하는 의심이 생기지 않도록 함과 동시에 희생자의 상태에 대해서 계속적으로 주인에게 정보를 줄 수 있고 위험이 닥치는 경우에는 경고까지 해줄 수 있었을 테니까요."

"드라큘라를 돕도록 콜린스를 어떻게 설득했을까?" 내가 물었다.

"콜린스는 상당히 의지가 약했던 터라 백작의 강력한 최면술에 걸려 쉽사리 희생자의 대열에 합류했을 것이네."

"이와 같은 경우에 대부분, 협조자들에게는 자신의 봉사에 대한 대가로 결코 죽지 않는 걸 약속받곤 했죠." 반 헬싱이 끼어들었다.

난 콜린스가 그런 약속에 대해 언급한 것을 떠올리며 고개를 끄덕였다.

"콜린스가 드라큘라에게 쿰트레이시에 있는 여학교에 대해서 알린 것은 의심의 여지가 없습니다."

홈즈의 설명이 계속됐다.

"그리고 백작이 그곳을 처음으로 방문했을 때 바이올렛 마컴을 장래의 신부로 점찍고, 그녀의 피를 마시려고 매일 밤 찾아가기 시작했을 겁니다. 왓슨, 자네도 마컴 양이 아프기 시작한 바로 그날에 콜린스가 학교로 찾아왔다는 가드너의 말을 기억하고 있나? 다른 의학적인 도움을 찾아내지 못하도록 재빨리 찾아간 것이겠지.

그런데 콜린스의 강력한 반대에도 불구하고 마컴 가의 아가씨는 결국 드라큘라의 손이 미치지 않는 런던의 집으로 옮겨가고 말았단 말씀이야."

"우리가 햄스테드 히스에서 마주쳤던 유령 여인은 어디에서 그렇게 됐을까요?" 반 헬싱이 자신의 머릿속에서 모든 상황을 명백히 정리라도 하는 것처럼 조용히 중얼거렸다.

"마컴 가의 아가씨가 떠나서 백작은 화가 났을 게 분명해." 내가 말했다.

"그건 사실일세." 홈즈가 대꾸했다.

"백작은 자신의 손아귀에서 마컴 가의 아가씨를 탈취당한 꼴이 된 셈이지. 그렇다고 그 아가씨를 쫓아 런던으로 돌아갈 의향은 없었네. 그래서 가드너의 학생 중의 한 명인 캐서린 헌터를 자신의 신부로 선택한 것일세.

그러는 동안, 콜린스는 마인스터의 도움을 받아가며 드라큘라의 관들을 그 지역 이곳저곳에 숨겼어. 그리고 백작은 자신이 쳐놓은 거미줄의 중심으로 옮겨 갔네. 바스커빌 가의 저택으로 말일세."

"홈즈, 이제는 분명히 말해주게. 자넨 어떻게 해서 드라큘라가 그 저택에 있다는 걸 추리해낸 것인가?"

"그걸 내게 말해준 게 스태플턴이었네."

"뭐라고!"

"물론 직접적으로 말해준 것은 아니었네. 일단 스태플턴이 내가 죽었다고 생각하면 주의를 바스커빌 저택으로 돌릴 것이라는 걸 난 알고 있었지. 녀석은 자신이 정당한 소유자라고 믿었다는 걸 기억하게나. 여학교에서 스태플턴의 두 번째 경고 편지를 받았을 때, 스태플턴이 우릴 따라온 것이 아니라 우리가 스태플턴을 따라 다트무어로 온 것일지도 모른다고 내가 했던 말 기억나나?"

난 고개를 끄덕였다.

"녀석이 날 불타는 건물 안에 내버려뒀을 때, 내가 확실히 죽을 것이라고 생각했던지 매컬리 스트리트에서 자신의 물건들을 챙겨 이른 아침에 다트무어 행 기차를 잡아탔네. 사실, 우리보다 하루 먼저 도착한 걸세."

"그렇다면 화재가 발생하고 그 다음날 아침에 받았던 경고는 어떻게 된 것인가? 녀석이 자네가 죽었다고 확신했다면 녀석이 그걸 보냈을 리는 없지 않은가?"

"자네가 기억하고 있는지 모르겠지만, 다른 것들과는 달리 그 봉투에는 주소가 적혀 있지 않았네. 그건 자네에게 전달되도록 된 것이기 때문일세."

"내게?" 난 깜짝 놀라 목이 콱 막히는 듯했다.

"그건 내가 죽었다고 복수할 생각을 하지 말라고 자네에게 보낸 경고였던 것일세. 우리가 늘 하던 거미와 파리에 대한 이야기를 스태플턴에게 들려줬는데, 녀석의 뒤틀린 정신으로는 죽은 파리를 보내면 자네가 그 뜻을 알아차릴 것이라 봤던 게지."

"그게 사실이고, 그런 행동이 내가 복수하는 걸 저지할 수 있을 거라고 예상했다면, 녀석은 날 단단히 잘못 판단한 셈이지."

홈즈는 날 쳐다보며 따스한 미소를 지었다.

"스태플턴은 쿰트레이시에 도착하자마자 임시 은신처에 몸을 숨기고 형세를 살폈을 걸세. 그러다가 날 본 게 틀림없네." 홈즈는 껄껄 웃었다.

"이 세상에서 가장 중요했던 녀석을, 또 죽었다고 생각했던 녀석을 다시 보게 됐을 때 스태플턴이 얼마나 놀라고 불쾌했을지는 상상이 되는구만."

"그래서 여학교로 경고장을 보낸 것이로군."

"맞네. 자신이 내 뒤를 다시 쫓고 있다는 걸 알려주고 싶어서 안달이 났을 걸세. 그런데 일이 스태플턴에게는 지극히 잔인한 상태로 돌변하고 말았지. 내가 생존해 있다는 사실이 녀석에게 너무나도 큰 실망과 불만을 안겨주는 바람에 결국 한계를 넘고만 것일세. 현실적인 감각과 완전히 단절돼버린 것이네. 그런 상태에서 바스커빌 저택이 비어 있다는 걸 알게 되면서 그곳으로 즉시 침입해서 차지했겠지. 그리고 바스커빌 저택의 영주가 된다는 자신의 미친 꿈을 사실처럼 이어갔을 거고."

"그렇다고 그게 오래 동안 이어지진 않았겠죠, 홈즈 씨?" 반 헬싱이 한 마디 거들었다.

"드라큘라가 자신의 성소에서 또 다른 주인을 허용할 리가 없으니까요."

"옳으신 말씀입니다. 이 침입자를 발견하자마자 드라큘라는 지체 없이 불사의 이단종교로 끌어들였습니다. 그리고 왓슨과 제가 콜린스의 지하 저장고에서 마주쳤던 것은 스태플턴이 흡혈귀로 변한 모습이었습니다. 바로 백작이 숨어 있는 곳이 어디인지를 알려주는 만남이었습니다. 스태플턴의 도피처인 바스커빌 저택이라는 것을요."

"설명을 듣고 보니 분명해지는구만, 홈즈." 내가 말했다.

"그런데 드라큘라는 왜 그냥 스태플턴을 죽여버리지 않았던 걸까?"

"왓슨, 드라큘라가 비록 짐승 같은 존재이긴 하지만 교활하고 지적인 괴물이었다는 걸 명심해야 하네. 백작은 스태플턴을 자신의 제자로 봤던 것일세. 캐서린 헌터의 정신을 완전히 손아귀에 넣은 후에 백작은 그녀와 함께 새로운 영토를 찾아 여행을 떠날 의도를 갖고 있었네. 스태플턴은 뒤에 남겨놓아 데본셔 지역을 돌아다니면서 피를 찾도록 할 생각이었지. 그렇게 하면 백작 자신의 불경한 이단종교에 참여하는 동족을 더 많이 만들어낼 수 있었을 테니까 말일세. 좀 섬뜩한 방식이긴 하지만, 스태플턴은 황무지의 영주가 되겠다는 자신의 야망을 성취할 수도 있었네."

"그게 사실이라면, 백작은 왜 자신의 관에 못을 박고 가둬뒀던 것인가?"

"그건 스태플턴이 어떤 식으로든 드라큘라 자신의 활동을 방해하는 걸 원치 않았기 때문이네. 그 지역에서는 단 한 명의 흡혈귀만이 활동할 수 있는 여지가 있었는데, 드라큘라는 그게 자신이길 확실히 하고 싶었던 것이지. 백작과 자신의 신부가 다른 곳으로 떠나면서 콜린스에게 스태플턴을 풀어주라고 지시했을 게 분명하네. 사실, 피에 대한 갈증이 워낙 컸기 때문에 그대로 놔뒀어도 결국에는 자신의 힘으로 관을 깨고 나왔을 걸세."

"내가 때 이르게 녀석을 풀어주지 않았다면 그랬겠지." 내가 한 마디 거들었다.

"맙소사! 도대체 무슨 일이 있었던 건가요?" 반 헬싱이 큰소리로 물었다. 홈즈는 우리의 예전 적수의 목을 나무톱으로 잘라냈던, 지하 저장고에서 벌였던 무시무시한 격투를 설명했다.

"한동안 날 어리둥절하게 만들었던 건," 홈즈의 설명이 끝나자 내가 말했다.

"우리가 뒤를 쫓고 있다는 걸 드라큘라가 알았다면 왜 다른 곳으로 도망가서 자신의 안전을 도모하지 않았냐는 점일세."

"그건 내가 대답해줄 수 있을 것 같네요, 닥터 왓슨." 반 헬싱이 내 질문을 받았다.

"드라큘라는 트란실바니아의 귀족이었고, 귀족으로서의 자부심을 무덤 너머까지 가지고 갔었소. 녀석이라면 단지 인간에 불과한 작자의 개입으로 자신의 계획이 방해받도록 놔두지 않으려 했을 게 확실합니다. 당신네들의 존재는 녀석에게 짜증스럽기도 했지만, 동시에 도전이었을 것이오. 이미 한 명의 신부가 될 뻔한 여자를 뻔히 보고도 탈취당했는데, 또 한 명을 잃고 싶지는 않았을 것이오."

"바로 그 점에서 녀석은 치명적인 실수를 한 겁니다. 자신의 적수를 너무 과소평가했던 것이죠." 난 씩 웃으며 홈즈를 슬쩍 쳐다봤는데, 그는 내가 자신에게 바치는 찬사를 전혀 인식하지 못하고 있는 것 같았다. 잠시 동안, 홈즈는 가끔 정신이 베이커 가의 우리 거실에서 멀리 떠나 있을 때 그랬던 것처럼 두 눈에는 멍하니 먼 곳을 쳐다보는 표정이 깃들어 있었다.

다시 정신을 차린 홈즈는 설명을 계속해서 반 헬싱에게 이번 사건에 관한 모든 상세한 부분들을 다 전해줬다. 거기에는 드라큘라와 처음 대면했던 날 아침에 쿰트레이시에 있는 대장간을 찾아가서 은 십자가 한 개를 녹여 총탄으로 만들었다는 것과, 드라큘라의 잔해가 그림펜 늪의 녹색 수렁 속으로 가라앉는 걸 똑똑히 지켜봤다는, 우리가 한 모험의 마지막 장면에 대한 생생한 묘사까지 포함되어 있었다. 반 헬싱은 의자에서 상체를 쑥 내밀고 앉아 푸른 눈을 예리하게 반짝이며 홈즈의 설명에 푹 빠져 있었다.

홈즈의 설명이 다 끝나자 교수는 잠시 침묵을 지키다가 격한 감정으로 인해 갈라진 목소리로 조용히 말했다.

"그럼 이제 사악한 괴물은 더 이상 존재하지 않는 거로군요. 나 자신이 백작의 최후를 지켜보는 목격자가 됐으면 좋았을 텐데……. 이 세상은 셜록 홈즈, 당신에게 얼마나 많은 감사의 인사를 해야 할지 모르겠군요."

"교수님의 칭찬에 감사드립니다." 홈즈는 너그러운 태도로 대답했다.

"하지만 이번 사건에서 제가 성공을 거뒀던 것은 모두 친애하는 친구인 왓슨의 도움이 있어서입니다."

"그거야 물론이죠." 반 헬싱은 홈즈의 말에 동의하며 내게 따스한 미소를 지어 보였다.

"그런데……." 홈즈가 말했다.

"캐서린 헌터의 생명을 구했더라면 기분이 더 좋았을 겁니다. 헌터 양의 죽음에는 저 자신에게 일말의 책임 있다고 자책하고 있습니다."

반 헬싱과 난 동시에 그렇지 않다고 소리쳤다.

"자넨 인간으로서 할 수 있는 일들은 다 했단 말일세." 내가 장담하고 나섰다.

네덜란드 인은 상체를 앞으로 쑥 내밀고 내 친구의 팔을 어루만졌다.

"난 당신이 이 젊은 아가씨의 죽음에 대해서 어떻게 느끼고 있는지 잘 알고 있소." 그는 조용하고 편안한 목소리로 말했다.

"하지만, 나의 친구여, 당신은 그걸 전체적인 시각에서 봐야 할 것이오. 헌터 양의 죽음이 비극인 것은 사실이지만, 그걸 당신이 성취한 것과 비교해보시오. 만약 드라큘라가 탈출해서 살아 있다면, 얼마나 더 많은 젊은 아가씨들이 이 사악한 밤의 짐승에 의해 타락했을지를 생각해보시오. 그녀들의 생명을 당신이 구한 것이라는 걸 잊지 마시오."

난 홈즈의 얼굴 표정을 보고 정말 진지하게 표현된 교수의 그 말이 홈즈를 감동시켰다는 걸 알 수 있었다. 홈즈는 반 헬싱에게 그 말을 받아들이겠다는 것과 감사하다는 뜻으로 고개를 끄덕였다. 그와 거의 동시에 홈즈의 기분도 좋아졌다.

"지금까지," 홈즈는 두 손바닥을 마주 비비며 밝은 목소리로 말했다.

"죽은 사람들에 대해서 충분히 이야기한 것 같군요. 우리 두어 주일 동안 힘든 일을 해왔고, 지금은 축제의 계절이니 긴장을 풀고 즐기기로 합시다. 왓슨, 자네가 친절하게 우리의 잔들을 채워준다면, 난 우리의 손님께 브래들리의 상점에서 사온 새로운 브랜드의 시가를 맛보여드릴 생각이네."

내가 홈즈의 말대로 하는 동안, 그는 벽난로의 선반에서 시가 상자를 가져와 반 헬싱에게 권했다.

"미안하오, 홈즈 씨," 반 헬싱이 시가를 거절하며 말했다.

"초대해준 주인께 무례를 범하고 싶진 않지만, 난 시가를 즐기는 사람이 아니오. 난 내 자신의 작은 셰룻을 더 즐기고 있소." 반 헬싱은 자신의 상의 안주머니에서 가죽으로 된 셰룻 상자를 꺼냈다.

"그렇다고 해도 이건 피워보셔야 합니다!" 홈즈는 시가 상자를 반 헬싱에게 쑥 내밀며 소리쳤다. 반 헬싱은 내 친구의 강압적이기까지 한 주장에 깜짝 놀라 몸을 뒤로 뺐다.

"한 대 피워보시라니까요."

"좋습니다." 교수는 마지못해 홈즈의 말에 동의했다. 상자를 여는 순간, 예의상 할 수 없이 한다는 교수의 표정이 깜짝 놀라며 즐거워하는 표정으로 돌변했다. 상자 안은 반 헬싱이 들어 올리자 불빛을 받아 반짝거리는 작은 물체 한 개를 제외하고는 텅 비어 있었다.

홈즈는 신이 나서 껄껄 웃었다.

"우리가 함께 한 것에 대한 기념품을 다소 극적인 방법으로 선물한 걸 부디 용서해주십시오. 하지만 꼭 이렇게 하고 싶어 어쩔 수가 없었습니다." 하지만 그 물체를 신중하게 살펴보고 있는 반 헬싱의 귀에는 홈즈의 말이 전혀 들리지 않는 것 같았다.

"그건 드라큘라 백작의 반지입니다." 홈즈가 설명했다.

"잘린 손목이 시들어 사라졌을 때 그것만 남아 있더군요. 그걸 교수님께서 가지셔야 옳다고 느꼈습니다."

반 헬싱은 선물을 불빛이 있는 곳으로 들어 올려 기쁨이 넘치는 눈으로 쳐다봤다. 그건 반짝거리는 커다란 루비가 박힌 단순한 금반지였다. 루비의 중심에 까만 홈 같은 게 있었는데, 내겐 그게 반지를 끼고 있던 악마의 시커먼 심장을 대변하는 것처럼 보였다.

"친애하는 홈즈 씨, 이게 훌륭한 선물인 건 맞지만 난 이걸 받을 수 없소. 가장 위험했던 게임을 끝까지 해낸 사람이 당신이니 이 반지는 당연히 당신의 전리품이 되어야 한단 말이오."

"무슨 말도 안 되는 말씀을!" 홈즈가 목소리를 높였다.

"전 교수님께서 이걸 가지셨으면 합니다. 여러 해 동안 드라큘라 백작의 파멸을 추구해오시지 않았습니까? 이건 가장 사악한 괴물이 마침내 박멸됐다는 영원한 증거입니다."

반 헬싱이 다시 반박하려는 순간, 노랫소리가 훼방을 놓았다. 아래쪽의 거리에서 '퍼스트 노엘'의 곡조가 올라오고 있었다. 우린 모두 함께 방을 가로질러 창문으로 다가가서 아래쪽을 내다봤다. 눈을 맞은 대여섯 명의 젊은이들이 우리의 집 문을 둘러싸고 모여 서서 아름다운 목소리로 노래하고 있었다. 그들의 얼굴은 젊은이들 중에서 가장 키가 큰 사람이 들고 있는 랜턴이 내뿜는 빛줄기로 밝게 빛나고 있었다.

"모든 이들에게 호의를 베푸는 계절이로군."

반 헬싱은 부드러운 목소리로 중얼거리며 반지를 주머니에 넣었다. 내 친구는 성가대가 캐럴을 다 부를 때까지 기다렸다가 창문을 위로 밀어올리고는 목청껏 '메리 크리스마스!'를 외치며 은화 몇 개를 그들에게 떨어뜨렸다.

"메리 크리스마스!" 성가대도 눈으로 뒤덮인 거리를 힘차게 나아가며 쾌활한 목소리로 화답했다.

반 헬싱은 조금 더 있다가 가족과 함께 새해를 맞이하려고 집으로 돌아가야 하기 때문에 이게 우리의 마지막 만남이라고 말하고는 떠났다. 우린 반 헬싱을 도로까지 배웅하고 이륜마차를 잡는 걸 도와줬다. 그는 우리에게 한 번 더 감사하다는 인사를 하고 우리의 삶으로부터 눈보라 속으로 모습을 감췄다.

우리의 안락한 거실로 되돌아오자마자, 홈즈는 기분이 가라앉았고 별로 말하고 싶은 생각이 없는 듯했다. 내가 난로 가에 앉아 담배를 피우자, 홈즈는 바이올린을 집어 들고 지금껏 들어보지 못한 곡조를 연주하기 시작했다. 자작곡인 게 분명했다. 처음에는 귀에 거슬리고 화음도 맞지 않았지만 점차 듣기 좋은 선율로 변했고, 결국에는 크리스마스 캐럴 몇 곡까지 연주했다. 난 눈을 감고 홈즈의 놀라운 연주에 완전히 잠겨들었다. 마음을 편안하게 해주는 선율은 말구유에서 태어나신 메시아에 대한 옛날 이야기를 들려주는 듯했다. 기독교인들이 기념하는 이 시기에 홈즈와 내가 우리의 방식으로 모든 사람들의 행복에 기여했다는 생각에 마음이 포근해졌다.

홈즈가 잠자리에 들기 직전에 자신의 침실로 갔다가 꾸러미 두 개를 가지고 와서 내게 건넸다.

"자정이 지났네. 이건 자네를 위한 것일세, 왓슨. 작은 크리스마스 선물이라고 생각해주게."

"아, 고맙네, 홈즈." 난 깜짝 놀라 목소리를 높이고 선물의 포장을 풀었다. 하나는 내가 가장 좋아하는 '쉽' 담배가 들어 있는 항아리였고, 다른 하나는 붉은 가죽으로 장정되고, 아래쪽 오른쪽 귀퉁이에 금박으로 나의 이니셜이 박혀 있는 커다란 공책이었다.

"그건 드라큘라 사건을 순서대로 잘 기록하라고 주는 선물일세." 홈즈가 설명을 덧붙였다.

"이 세상은 아직 들을 준비가 되지 않은 이야기이므로 자네의 기록은 사적인 것으로 남아 있어야 할 걸세."

나도 홈즈의 말에 동의하며 고개를 끄덕였다.

"자네가 내게 이미 선물을 했으니 자네도 내 호의를 받아줬으면 하네." 난 책상 서랍에서 작은 꾸러미를 꺼내 홈즈에게 건네주며 말했다.

"고맙네, 왓슨." 홈즈는 내 선물이 자신의 수집품에 포함될 또 하나의 담배 파이프라는 걸 알고는 감사의 말을 전했다.

"메르샤움(해포석으로 만든 담뱃대)이로군. 난 이 종류로는 한 번도 담배를 피워본 적이 없네. 아침에 첫 담배를 이걸로 피울 생각을 하니 기분이 좋군. 하지만 지금 당장은 몹시 피곤하니 자네에게 잘 자라는 인사를 해야겠네."

난 아직도 들떴던 기분이 가라앉지 않고, 아직 잠자리에 들 생각도 없었던 터라 브랜디를 한 잔 더 따라서 불가에 앉았다. 창문을 스치고 지나가는 눈송이들을 바라보면서 최근에 벌인 모험을 극적인 결말로 이끈 일련의 괴상한 사건들을 떠올렸다. 그런 다음, 1888년 크리스마스의 이른 시간에 붉은 가죽으로 장정이 된 나의 새로운 공책에 《엉킨 실타래》라고 부르기로 결심한 무시무시한 이야기의 첫 문장을 적어 넣기 시작했다.

셜록 홈즈와
엉킨 실타래

초판 1쇄 인쇄 · 2016년 2월 11일
초판 1쇄 발행 · 2016년 2월 18일

지은이 · 데이비드 스튜어트 데이비스
옮긴이 · 하현길
펴낸이 · 이종문(李從聞)
펴낸곳 · 책에이름

편집기획 · 이수미, 정인경, 인우리
디자인 · 이희욱
영업마케팅 · 이진석, 임상국
관리 · 최옥희, 장은미
제작 · 유수경

등록 · 제406-2013-000087호
주소 · 경기도 파주시 광인사길 121 파주출판문화정보산업단지(문발동)
영업부 · Tel 031)955-6050 l Fax 031)955-6051
편집부 · Tel 031)955-6070 l Fax 031)955-6071

평생전화번호 · 0502-237-9101~3

홈페이지 · www.ekugil.com (한글인터넷주소 · 국일미디어, 국일출판사)
E-mail · kugil@ekugil.com

• 값은 표지 뒷면에 표기되어 있습니다.
• 잘못된 책은 바꾸어 드립니다.

ISBN 979-11-950000-3-6(03840)